微 小 说 集

儿女

戴希·著

北京日报出版社

图书在版编目（CIP）数据

儿女 / 戴希著. -- 北京 ： 北京日报出版社，
2020. 6（2023. 1重印）
ISBN 978-7-5477-3641-8

Ⅰ. ①儿… Ⅱ. ①戴… Ⅲ. ①小小说－小说集－
中国－当代 Ⅳ. ① I247.82

中国版本图书馆 CIP 数据核字（2020）第 069059 号

儿女

出版发行： 北京日报出版社
地　　址： 北京市东城区东单三条8-16号东方广场东配楼四层
邮政编码： 100005
电　　话： 发行部：（010）65255876
　　　　　　总编室：（010）65252135
印　　刷： 三河市嵩川印刷有限公司
经　　销： 各地新华书店
版　　次： 2020年7月第1版
　　　　　　2023年1月第2次印刷
开　　本： 787毫米×1092毫米　　1/32
印　　张： 10
字　　数： 274千字
定　　价： 56.80元

序言

日常生活中的笑与泪

// 李晓东

戴希读大学时所学的专业是卫生计划统计，毕业后曾一度在医院工作。因其执着于微小说创作，成绩越来越明显，而被调入文化单位。在中国新文学史上，"弃医从文"是一种现象，或曰美谈。现代中国作家中，最著名的是鲁迅和郭沫若，以及郁达夫，当代则有毕淑敏、冯唐等，戴希大约也属此列。

与戴希相识，是我到小说选刊杂志社工作后。《小说选刊》与湖南省常德市武陵区（就是陶渊明《桃花源记》开篇"晋太元中，武陵人捕鱼为业"的"武陵"，所以常德被称为"桃花源里的城市"，下属有桃源县、武陵区等）合作开办"善德武陵杯"全国微小说精品栏目，并支持武陵区举办"武陵国际微小说节"。长相和表情与著名笑星大兵有几分相像的戴希，永远是一副微笑的面孔，镜片后一双眼睛微眯着，讲话腔调含义丰富，可以同时读出热情、认真、亲切、无奈等。他为人谦逊真诚、工作不愠不火，有担当、有韧性，而绝不任性。

经过多年努力，在常德市委市政府、武陵区委区政府领导支持下，"武陵国际微小说节"已成为中国乃至世界华文文学领域最为重要的微小说专门节会。每年都有来自国内各地、港澳台地区，以及美国、加拿大、日本、韩国、德国、瑞士、印尼、新西兰、捷克、新加坡等国的微小说作家、专家与学者，齐聚穿紫河畔、柳叶湖边，做一回"桃花源中人"，颁领"善德武陵杯"全国微小说精品奖，召开年度微小说高峰论坛，领略武陵区、常德市日新月异的发展成就和"黄发垂髫，怡然自乐"的美好生活。武陵区还设立了中国微型小说（小小说）创作基地、《小说选刊》创作基地，正在投资建设专门的中国微小说微电影创作基地。如今，微小说已和桃花源一样，成为常德市文化建设的亮丽名片，成为武陵区城市发展的重要抓手。戴希作为活动的具体策划与组织者，担负了繁重的事务，付出了大量的心血，也经历了心情的起伏。有成功的喜悦，也饱含着不易的泪水。笑与泪，构成了戴希从事微小说事业的主体表情。

与业务工作相伴随的，是戴希的微小说创作。可以说，戴希首先是一位优秀的微小说作家，然后才有机会为此项事业投入巨大的心血。和工作体味一样，"笑中有泪、泪中带笑""含泪的幽默"同样是戴希微小说的特色。这本《儿女》是戴希的微小说集，风格体现较为典型。

"楚虽三户，亡秦必楚。"湖南乃举大义、成大事的地方，英雄辈出，豪杰蜂起。但同时，又非常重视生活，"芒果台"湖南卫视，多年来引领时尚生活之潮流，以至于湖南电视大厦和岳麓书院、橘子洲头一样，成为长沙的标志性景点。因此，湖南作家中，有唐浩明、王跃文写历史风云、名臣铁相、官场沉浮，也有戴希这样，把目光和情感倾注在凡人小事、日常生活上，以微小说写小事情、小人物，却令读者情感共鸣，哲理深思，余韵绵长。

中国人讲究"天理人伦"，人伦是天理的基础，也是为人之本。戴希的微小说，相当部分正是取材于亲情。因不愿让母亲看到自己的凶残，身背十四条人命、杀人不眨眼的悍匪放弃顽抗，束手就擒（《因为母亲》）；春节将至，父亲从外地赶来，想看一眼忙着门诊的儿子，为了遵守"出诊时间不会客"的规定，父亲挂号后，排了一上午队，一见面，就先给儿子递上矿泉水（《挂号》）；为了不让六岁的儿子失望，向来胆小怕事的男人成了勇斗歹徒的英雄（《其实很简单》）……

孝，乃人伦之基。"善德武陵"的核心价值，就是德、孝、廉。私德重孝，公德崇廉，是武陵区精神文明建设的重要依托，也是戴希微小说所着力弘扬的。这本集子的开卷之作《儿女》，就写儿子为老人尽孝。小儿子已百般孝顺，母亲却无论如何不满意，让人感觉不可理喻。从后文才知道，这小儿子是机器人，不是老人的亲生儿子。但就是这机器人儿子，在老人去世后悲痛不已，自毁电脑程序、取出高能电池，还随老人而去。与机器人儿子相对照的是老人的亲生儿子、女儿，都事业有成，却直到父母去世，都没有来看一眼。孟子说"人之异于禽兽者几希""无君无父，乃禽兽也"。对父母不孝，丧失人伦，连没有灵魂的机器人都不如，枉为人子啊！小说虽然一句直接的评论也没有，褒贬却尽在文中。

人伦之大者，父子、兄弟、夫妇。家庭乃社会的细胞，夫妻关系是家庭的结构基础，尤其是如今的"小家庭"。爱情是浪漫的，婚姻却是现实的。作为洞察力超强的小说家，戴希笔下的夫妻，同样有笑有泪。灰娃和金克木夫妇常常生气，一生气，妻子灰娃就砸东西，锅碗瓢盆全砸碎，直到有一次花费两千多元重买全套家什，才感到真正心疼。再生气，也不对生活用品"施暴"了（《双赢》）。作品两千余字，篇幅不长，画面感却很强，把一对各有性格的农村年轻夫妇的动作、行为、情态，尤其是心理，刻画得惟妙惟肖。微小说《婚事儿》，把隐藏在温情脉脉的婚姻大事之下，双方家长的相互算计、耍小聪明表现得细致入微，让人读之哑然失笑，却又深深理解。爱情是两个人的事，婚姻却是两个家庭的事。微小说作为文学的轻骑兵，有时也如杂文在散文家庭中的作用一样，带有匕首和投枪、解剖刀和显微镜的功能，把生活的脉络、真相一一显现出来，不是心灵鸡汤般的矫情虚饰。这正是微小说与小故事的本质区别。

居家则孝，为政则廉，才能建成桃花源。多次去武陵，当地领导干部亲民、务实、自律的作风，让我印象深刻。我在多个党政机关有过工作经历，以我之经验，依然感觉为政作风如此，很值得珍惜。戴希曾有写一组历史题材微小说，把历史典故，"取其一点，敷衍成篇"，旧事新说，以古鉴今的创作构想。而立意选材的角度，则在于廉，此集后部，便集中收录数篇。《鹿战》中，齐楚争霸，齐国高价收购楚鹿，楚国从国王、大臣起，为获利纷纷弃农养鹿，结果粮食无收。齐不再购鹿而楚已无粮，只得败于齐国。小说有寓言气息，意旨亦明确，即只顾眼前小利，而忘记根本，终究要承担严重后果。《鹞鹰之死》和《特别赏赐》，都述唐太宗之事，都含着幽默，让人忍俊不禁。前篇唐太宗玩鹰而魏徵进见，帝藏鹰于怀，而臣不离去，直至鹰窒息而死。后篇长孙皇后叔父受贿二十匹绢绸，唐太宗不仅不惩，还再赏他五十匹，条件是让他自己背回家去，结果可想而知。贞观之治之所以千古典范，不玩物丧志、不贪污受贿，无疑为其根本也。果然，下一篇《死亡之约》，重述了著名的唐太宗放死囚回家过年，来年秋天死囚们自己回来领死的故事。四篇历史题材微小说连读可悟，唯有为君者勤政，为臣者不贪，君主从善如流，忠良直言敢谏，才可得海晏河清，才可实现"修文德以来之"的王道理想。

善德武陵，善、德并举，德举孝廉，善则更包容更宽，人之善、物之善、情之善，武陵人"一一为具言所闻"，取得多方面实际成效。比如在武陵城区，看不到一处道路隔离栏，因为遵守交通规则已成市民的自觉行为，"隔离栏在心里"。而戴希的微小说，也以仁柔之心，叙小才微善，直指人心。《每个人都幸福》叙写不同残疾的孩子，在老师引导下，认识到相互帮助弥补，就能得到幸福。《啊，太阳》讲的是，为了让化疗后的同学回到班上不感觉自卑，全班男女同学都自觉剃了光头。联想到支援武汉抗击新冠肺炎的年轻医生护士剃光头、剪长发，冲击力格外强劲，每个光头，都是明媚的太阳，着实感人。

生态文明、善及万物。《发现》写一对夫妇错怪了家养的贵宾犬，知道真相后"妻的眼角不知怎么有了泪。我笑，眼里也有泪光闪烁"。《你看你看这蜂鸟》则将主人公直接赋予南美丛林这全世界体型最小的蜂鸟。写了被人类欺骗之后蜂鸟的报复，万物有灵，不可欺生啊！

戴希在微小说领域耕耘多年，集子中不少作品在发表时即产生不小影响，被多次转载、收录，获得多种奖项。《每个人都幸福》就转载、收录了十六次。具体为：原载《中国铁路文艺》2009年第7期，转载于《小说选刊》2009年第9期、《小小说选刊》2009年第18期、《教师博览》2009年第12期、《优秀作文选评（小学版）》2010年第9期、《新语文学习（小学高年级）》2011年第5期、《作文成功之路（下）》2010年第6期、《名言》2012年第10期，选入《2009中国年度小小说》《2009年中国小小说精选》《2009中国微型小说年选》《中学生创新阅读·2009名家励志故事排行榜》《草是风的一面旗帜·校园小说白金版》《21世纪中国最佳小小说2000—2011》《中外经典微型小说大系》以及冰心奖获奖作家精品书系之《爱的冬天不会有寒冷》。我之所以把这段介绍摘录在这里，是想告诉大家，好的小说，无论长篇、中篇、短篇，还是微小说，都可以广为流传、众口称赞。

读戴希的微小说，常常会心于渗透在作品中的、淡淡的幽默感。幽默是智慧的化身，戴希的微小说，也很有些"烧脑"的感觉，不少都仿佛智力测验题或脑筋急转弯。在生活工作中，他幽默而真诚，随和而沉稳，忍耐而坚持，从他的作品里，我们发现了智慧、善良、道德，被感动、浸染、陶冶，而这，也是常德文化、武陵文化的精髓。

（原载2020年3月30日《文艺报》）

作者简介：李晓东，文学博士，副编审，中国作家协会会员。现任中国作家协会《小说选刊》杂志副主编，曾任上海市委宣传部舆情处调研员、副处长，中央巡视组副处级、正处级巡视专员，中国作协办公厅秘书处处长，甘肃省天水市委常委、副市长（挂职）。研究方向为明清白话小说、中国现代戏剧、新时期文学，散文创作有"天风水雅——天水散文系列""乡土·矿山系列"等。

目录

儿女

老太太七十七岁生日一过，老头儿就溘然长逝了。

他俩年轻时相濡以沫，年老后相互搀扶，生前的时光都沐浴在暖暖的春日里，小日子过得宁静而温馨。

如今老头儿不在了，老太太朝思暮想，心中时常涌起如潮的怀念和悲伤。

可祸不单行，未出半年，老太太又患上严重的帕金森氏综合征，生活一下不能自理了。

幸好有小儿子寸步不离地跟着她。小儿子任劳任怨、耐心细致，把老人照料得井井有条、一丝不苟。

一日三餐，小儿子总是精心安排，既充分考虑营养调剂，又尽量做到色香味俱全，努力让老人吃得爽快，更有益健康。

家中卫生，那是每天小清洗，每周大扫除，始终保持窗明几净、清新典雅的居住环境。

帮老人穿衣、背老人下床、抱老人上桌、给老人喂饭菜、扶老人如厕、助老人服药、为老人洗头洗澡剪指甲、替老人按摩捶背、安抚老人睡觉……从晨曦初露到夜阑人静，每天小儿子都像不知疲倦的机器，一刻不停地匀速运转。

小儿子还定时拧开音响，播放老人喜欢吟唱的《莫斯科郊外的晚上》；或者抱起琵琶，亲手弹弹老人爱听的《梁祝》。如果有时间，他也端坐在沙发上，陪老人看电视，老人要看哪个频道，他就调到哪个频道，不厌其烦，直至老人眉开眼笑。

天气晴好的日子，吃过早饭，小儿子就把老人背到户外，小心放到轮椅车上，然后推着轮椅车在小区院落里转悠，让老人一边沐浴清新的阳光，一边欣赏明丽的风景。

总之，只要是对老人好或者有益的事儿，小儿子做起来肯定无微不至、乐此不疲。

有时，老人恨自己吃喝拉撒甚至大小便清理都要劳累小儿子，自己简直就是个废物，心烦意乱或心疼小儿子了，也猛然撞墙，想一命呜呼，却总被眼明手快的小儿子及时制止，小儿子还和和气气地安慰老人，极力劝导老人开开心心地过好每一天。

"没肝没肺，你不是人！"

"装腔作势，老娘不要你的虚情假意！"

……

"老娘一刻也不想看到你，你给老娘滚出去，滚得越远越好！"

当老人故意刁难、挖苦小儿子，对他怒目而视，尖酸刻薄地吼叫，咬牙切齿地辱骂，小儿子视而不见、听而不闻，依然对老人满面春风、关怀备至。老人黔驴技穷、无可奈何。

世上哪有丁点儿脾气都没有，长年累月对老人悉心呵护、从不懈怠的儿女啊！可自己的小儿子偏偏就是这样的超人！老人一方面觉得自己前世修得好，今生得了福报；另一方面也感到自己亏欠小儿子太多，实在对不起小儿子。老人的眼眶里经常有泪光闪烁。

其实，为老人尽孝，大儿子也责无旁贷，可大儿子有大儿子的难处呀。

大儿子在美国的芝加哥当教授，教中文，他事业第一，一心扑在教研上；自己又是大诗人，酷爱诗歌创作，每天都要挤时间码码字儿；中美两国遥遥万里、远隔大洋，回趟国着实不易，还要花上价格不菲的机票……

听说大儿子的感情生活也多有不顺：娶过五个老婆，先是美国的，继而韩国的，接着日本的，然后南非的，最后是法国的，娶了离，离了娶，只有美国的老婆还为他生了个儿子……

偶尔，大儿子能给她寄点美元，虽不多，但老人觉得已不错了。老人知道，大儿子已加入美国国籍，美国人可不兴孝顺这一套。大儿子还有点中国心，还没有忘本变质呢，你能要他怎样？

老人想起二十多年前，大儿子以他们那儿文科全市第一、全省第二的考分考上北京大学中文系时，多么的光宗耀祖啊！当然，如今的大儿子已成名闻遐迩的大诗人、超级大国老美的大学教授，更是为他们家族的脸面贴足了金！

只是，如果……如果大儿子也在身边，小儿子就不会孤立无援、独自操劳了！老人也想。

十年后，老人又撒手人寰、驾鹤西去。

临终前，大儿子来电说，法国的妻子正好生了崽，他要照顾妻儿，脱不开身，就不回国为老人吊丧了。

依然只有小儿子不离不弃地守护在老人身旁，陪伴老人度过她人生最后的时光。

"谢谢你，亲爱的儿子！"老人要走时十分吃力地说，然后眼角就沁出一滴清泪。

小儿子霎时感动了、颤抖了。小儿子知道，老人的这一滴清泪，既凝结了她对大儿子的眷眷之情，也蕴含着她对自己的深深感激。尽管小儿子一直认为，他照料老人很正常、理所当然。

老人走了，小儿子依依不舍、闷闷不乐，极度的悲伤之下，也不想再活了。

办完老人的丧事，小儿子就毅然决然，选择了自杀。小儿子自杀的方式不是服毒，不是割脉，不是跳楼，也不是撞墙，而是倒地摔碎自己，并自毁电脑内的自动程序，卸下身上充电和驱动用的高能电池。小儿子不是自然人，他是机器人！

亲爱的读者，请原谅我，前面忘了说明：老人还有个女儿，成家立业后定居北京，在一家外企做高管。收入是很高，善心也好，但人太忙，忙得一塌糊涂，用她自己的话说，就是根本没时间照看老人。所以，机器人实际上是女儿花钱买来，请他照料老人并代她向老人尽孝的。

[原载《芒种》2016年第7期、台湾《青溪新文艺》第6期，转载于《小小说选刊》2016年第16期、《微型小说选刊》2016年第19期、《小说选刊》2018年第6期、《读写月报（初中版）》2019年第C1期，选入《2016年中国小小说精选》《亚特兰大孔子学院2019年春季阅读教材》《当代中国经典小小说》系列丛书之《第三卷·老爱情》、《新时代好小说》，获第二届"临川之笔"暨纪念汤显祖逝世400周年全国小小说（微型小说）征文大赛三等奖、"荣浩杯"第三届全国短小说大赛一等奖、2018"善德武陵杯"全国微小说精品奖一等奖、首届"禧福祥杯"《小说选刊》最受读者欢迎小说奖]

因为母亲

他是杀人不眨眼的凶手，他的身上沾有十四个无辜生命的鲜血。

他又是狡兔三窟的罪犯，全国通缉两年多了，警方使出浑身解数，也未能将其抓获归案。

可再狠毒的男人，内心也有最柔软的地方，也有最柔软的时候。两年后，他想母亲了，通宵达旦地想！实在熬不住，竟斗胆潜回了老家。他只想见母亲一面，让母亲开开心就走。作为独生子，从小娇生惯养。但父亲过世早，他是跟着母亲长大的。

侦察员很快得到情报，并迅速向警方密报。

机不可失！警方立马实施抓捕。四名刑警从天而降，直抵他的藏匿之处。在一番周密的策划和部署之后，一个刑警小心走到他母亲的住宅前，扬起手轻轻地敲门，与此同时，另外三个刑警则机警地守候在大门边和楼道口，随时准备应对险情和组织夹击。

听到敲门声，他不动声色地来到门前。从门上的猫眼里，他窥探到了外面的动静。虽然外面的人穿着便装，但他已确定是刑警无疑。

"谁呀？"他故意装得漫不经心。

"社区干部！"敲门的刑警沉着应答。

他"哦"了一声，又问："干吗来的？"

"综治工作迎检，上门查验户口。"

"好吧，稍等一下，我穿好衣服就来开门！"他阴笑。随即返回房间，从枕头下摸出手枪，十分麻利地上足子弹，然后，悄悄把手枪藏在裤子口袋里。

当他蛇一样顺溜地滑向门边，露出狰狞面目，准备陡然开门，同时举枪射击，他的母亲忽然进入客厅，站在了他的身后。

"儿啊，外面来了什么人？"母亲小声询问。

"妈，查户口的！"他回头看着母亲，满头银发的母亲目光如同秋阳。他的心暖了一下。

"那你把户口本找出来，给他们看看就是！"母亲微笑道。

"好吧！"他愣怔一下，旋即若无其事地走向房间。

待母亲蹑手蹑脚地走到门边开门时，他又咬牙把已上足子弹的手枪悄悄地放回枕头底下，然后十分无奈地翻出户口本，大摇大摆地来到客厅。

"老妈妈，很抱歉，我们打扰您了。现在，我们要带您的儿子去社区，核实核实户口信息。您就——先休息吧！"敲门的刑警心平气和地安慰他的母亲。另三人则鹰一样敏锐地盯着他，一边十分迅捷地把他围住，一边机警地摸着裤袋里已经上膛的手枪。

"那好，咱们走吧？"他手举户口本，一脸的泰然自若。

临出门，他又若有所思地回头："妈，关上门，您安心休息啊！"

虽然他表现得波澜不惊，四个刑警却不敢有丝毫的马虎。看似最安全的时候，往往也是最危险的前夕。这个道理，他们都懂。

直到他们平安地下楼，他的母亲轻轻关上房门，他服服帖帖让他们戴上手铐，仔细搜查他后没有发现凶器，他们才禁不住嘘了一口气。

这时，四个刑警都深感惊讶不解：往日比狼还凶残十倍的他，今天怎么变得像羊一样温顺了呢？

路上，一个刑警终于憋不住问道："以前，你作案老谋深算，杀人如割韭菜。今天，怎么会没带刀枪，还这样文质彬彬？"

"你们不敢相信了，是吧？"他苦苦一笑，"说真的，你们都要感谢我的母亲！要不是我的母亲在家里，要不是她始终在现场看着我，今天你们四个又要倒在我的枪口之下！"

"为什么？"一个刑警好奇地问。

"因为，"他眼里闪烁着泪花，"我实在不愿在我的母亲面前开枪杀人，让她目睹她的儿子何等的凶残！所以……"

"所以怎样啦？"

"我又一狠心，把枪藏在枕头底下了！"

（原载《小说界》2016年第1期，转载于《小小说选刊》2016年第8期、《微型小说选刊》2016年第9期、《微型小说月报》2016年第4期、《绝妙小说》2016年第6期、《传奇·传记文学选刊》2016年第8期、《小说选刊》2018年第8期，获黔台杯·第三届世界华文微型小说大赛三等奖，选入《小小说美文馆》丛书之《情愫·飘香的臭豆腐》）

祝你生日快乐

芦苇岸和林馥娜在网上恋得很火。恋得很火时林馥娜忽然问芦苇岸他老婆白玛的生日。不问不要紧，一问还真让芦苇岸十分吃惊，白玛的生日已近，就在三天后了。

"问我老婆的生日干吗？"芦苇岸觉得林馥娜真逗。

"就是提醒你——"林馥娜显得很大度，"应该送她一朵玫瑰，而且，你最好不要直接出面。"

嗬，有意思！打结婚后，芦苇岸就很少记起白玛的生日，更别说送她生日玫瑰。既然林馥娜如此通情达理，当然得送玫瑰给白玛，并看看她的反应了。

白玛生日那天，芦苇岸买了一朵很美很雅致的玫瑰，请快递送到青花中学。

"这朵玫瑰真好！可是——是谁让你送

来的？"接过玫瑰，白玛在鼻尖下美美地嗅嗅，脸上很快地鲜花盛开。

快递员摇摇头："我只知道送花者是位男士。他说，你知道他是谁！"说完，快递员头也不回，匆匆走了。

结局一

"听说有人给你送玫瑰啦？"夜晚入睡前，芦苇岸不动声色地试探白玛。

白玛一惊，马上矢口否认："天方夜谭，压根儿没有的事！""没有的事？你们学校都有人通风报信啦！"

"别人拿你取乐呢！"白玛用纤纤玉指轻点芦苇岸的鼻尖。

"哦，原来这样！"芦苇岸佯装大悟。

"怎么样？你老婆知道生日玫瑰是你送的吗？"翌日网聊，林馥娜调皮地问。

"她呀——"芦苇岸十二分的伤心，"不仅没有，仿佛还掖着藏着什么！"

"何以见得？"林馥娜追问。

"我问她是否有人送她玫瑰，她说没有。我说她们学校有人告诉我了，她说那是别人无事寻欢。你看你看！"

林馥娜像蜜蜂采到了鲜花一样："这就好，这就好哩！"

"还好，好在哪里呀？"芦苇岸心里酸酸的。

"傻瓜！难道你脑子里就一根筋？"林馥娜嗔怪道，"自己好好想想吧！"

结局二

"听说还有人给你送生日玫瑰？"夜晚入睡前，芦苇岸"酸不溜秋"

地试探白玛。

白玛紧盯芦苇岸片刻，立马拧拧他的耳垂："是你导演的滑稽剧吧？还装模作样、神秘兮兮的！"

芦苇岸嘿嘿地笑。白玛闪电般地亲了他一口。

"怎么样？你老婆知道生日玫瑰是谁送的吗？"翌日网聊，林馥娜调皮地问。

"当然！她说除了我还会有谁？说罢，又是轻轻拧我耳垂，又是闪电般地亲我，睡梦中还笑出声来。你看你看！"芦苇岸脱口而答。

"既然如此，"林馥娜沉思道，"咱们还是——分手吧！"

"分手？"芦苇岸一惊，"为什么？"

"因为你老婆心里只有你，她还深深地爱着你！"

"可是，你不也说过爱我吗？"

"那是一时冲动，没考虑你老婆的感情！"

"考虑了又怎样？"

"凡事都有个先来后到，先入为主。既然你老婆一直爱着你，我也只能……"

结局三

"听说有人给你送玫瑰啦？"夜晚入睡前，芦苇岸不动声色地试探白玛。

白玛一惊，马上矢口否认："天方夜谭，压根儿没有的事！"

"没有的事？你们学校都有人通风报信啦！"

"别人拿你取乐呢！"白玛用纤纤玉指轻点芦苇岸的鼻尖。

"哦，原来这样！"芦苇岸佯装大悟。

"怎么样？你老婆知道生日玫瑰是你送的吗？"翌日网聊，林馥娜调皮地问。

"她呀——"芦苇岸十二分的生气,"不仅没有,仿佛还掖着藏着什么!"

"何以见得?"林馥娜追问。

"我问她是否有人送她玫瑰,她说没有。我说她们学校有人告诉我了,她说那是别人无事寻欢。你看你看!"

"哦,原来这样!"林馥娜心中一动,"如果——我是说如果——你老婆真对你不忠,你怎么办呢?"

"还能怎么办?"芦苇岸异常淡定,"先和她简单沟通,看能否挽救我们的婚姻;如果不行,就……"

"就怎样呀?"林馥娜追问。

芦苇岸斩钉截铁:"分手呗!"

林馥娜一惊:"分手之后呢?"

"和你结婚!"

"如果——我不想呢?"

"你不会的!"

"何以见得?"

"我们网恋得如火如荼的!"

这时,林馥娜索性话锋一转:"江非,你个王八蛋!"

"你是谁?你怎么知道我真名?"

"我是白玛。江非,我们离婚!"

(原载《雨花》2016年第5期,转载于《小小说选刊》2014年第11期、《天下书香》2015年2月号、《小说选刊》2018年第8期,选入《2014中国微型小说年选》《2014年小小说选粹》《2014中国年度小小说》《亚特兰大孔子学院2019年春季阅读教材》,进入2014年中国小小说排行榜)

至少还有人喜欢

春日，随心所欲地在街上闲逛。

不经意间，瞥见街边有处地摊。地摊上，摆放着各种各样的书刊：政治的、经济的、军事的、文化的，门类不少；旧的、新的、半新半旧的，应有尽有。我的目光在书刊上移动，但并无买书的打算。我买书一般去三味书屋或新华书店，而且往往事先想好要买的书。

可这时，我的目光闪了一下。定睛再看，我才出几天的一本新诗集《三月深处》竟可怜巴巴地落魄在地摊上。我的脸开始发烧，心里有针扎似的痛。这么高贵的诗集，本该登上高洁的书架，现在却……我怕地摊老板和围观者看出我的窘态，只好努力控制自己的情绪，尽量表现得若无其事。

就像迎接新嫁的女儿回娘家，我准备

自掏腰包把书买走，免得它继续缩在城市偏僻的角落受此冷落。

"老板，请把那本《三月深处》拿给我看看？"这时，身旁一个貌美如花的姑娘躬下身子，指着我的书说，声音极有磁性，又特别好听。

老板把春天的暖意写在脸上，书立马递到姑娘的手中。

姑娘小心吹吹书上的微尘，轻轻翻开书的扉页。

我悄无声息地后退一步，使自己站立在姑娘的身后。

我的目光一愣，又看到了扉页上自己的题字：请沉河兄指教。落款：戴希。

看罢，我伤心地直摇头：沉河兄啊沉河兄，如果不爱，扔下或者烧掉此书，也只有天知地知，何必要让它躺在这里丢人现眼受尽委屈？至少，我们还是朋友啊！我心里有些不满甚至愤怒了。我一般不送自己写的书给别人的，总以为它是自己的心灵世界。送自己的书，与掏心窝子无异。

我尽量克制自己的沮丧，免得姑娘受此感染。说实话，我很担心姑娘把书放回地摊，弄得我颜面尽失。

这时，姑娘却笑盈盈地："老板，这书我买了，请问——多少钱？"

老板拿回书看看定价："打四折，八元吧？"

姑娘欣喜，付过款准备走人。

"慢！"我赶紧叫住她，"姑娘，你知道这书是谁写的？"

"谁写的？"姑娘打量我一眼，又翻开书的封面，看看勒口处的照片，"咳，照片特像你！莫不是——你写的？"

姑娘的脸上春风拂面。我立即得意地点头："谢谢你还能喜欢我的书，但愿它不会浪费你的时间。"

"不用谢！因为我——也爱读诗！"姑娘羞报，匆匆而出。

"原来你是诗人？你也想买书？"看我仍在地摊前发愣，老板探问。

我如梦方醒，轻轻地摇头。

"那你……？"

"我想把书的余款十二元付给你！"

"为啥？"老板惊问。

"书的定价是二十元呗，她只付给你八元！"

"这个……？"老板用一种异样的眼光打量我，笑笑。

"别问为什么啦！"我把十二元钱塞进老板手中，转身，一溜烟地走人。

"哎——"老板还在后面叫我。

我却脚底生风，头也不回。

"让他一头雾水吧，"我想，"今儿个高兴！"

（原载2013年2月22日《湖南工人报》，转载于《小小说选刊》2013年第11期）

天堂·地狱

来到天堂与地狱的交汇处，判官要某长慎重作出选择。

某长眼珠一转：如果上天堂，会是什么样子？

判官肃然道：你得像牛马一样辛勤劳作，像唐僧一样历经劫难，像腊梅一样傲霜斗雪，像荷花一样出淤泥而不染，像蜡烛一样燃尽自己照亮别人……某长打了个寒战。

如果下地狱呢？某长小心试探。

判官微笑道：你可以贪得无厌，可以妻妾成群，可以豪赌狂掷，可以为非作歹，可以丧尽天良……某长窃喜。

我是人民的公仆，我不下地狱谁下地狱？人民是我的上帝，人民不上天堂谁上天堂？某长义无反顾，我下地狱吧！

判官正色道：君子一言，驷马难追，你再深思，决不反悔？

某长义无反顾：心甘情愿，无怨无悔！

那好！判官于是慢慢打开地狱之门。某长定睛细看，里面尽是锋利的刀山、燎燃的火海、沸腾的油锅、腐臭的沼泽、血盆大口的猛兽、青面獠牙的恶魔……某长毛骨悚然。

那天堂呢，能否开启天堂之门？某长近乎乞求。

判官于是訇然大开天堂之门。某长极目远眺，但见里面晴空万里、春风和煦、繁花争艳、莺歌燕舞、泉水淙淙、山峦叠翠……某长向往不已。

你说的天堂地狱与我看到的怎么判若两样、大相径庭呢？某长茫然不解。

我说的是通往天堂地狱的过程，你看的是迈进天堂地狱的结果。天地之事，源远流长，过程结果，截然相反。这就叫公平，公平你懂吗？好了，天机都已泄露，你还是——下地狱吧！

某长目瞪口呆、不知所措。

（原载《三湘风纪》2002第11期，转载于《中学生读写》2003年Z1期、《微型小说选刊》2003年第4期、《当代闪小说》2013年第1期、《小小说选刊》2013年第6期，选入《璀璨星空——闪小说的365夜》）

订婚

网恋一年了！小伙是青岛人，帅气；姑娘是常德人，漂亮。青岛面朝大海，常德山环水绕，都美。

小伙想见姑娘，不，是想娶她了。小伙不声不响，从青岛乘飞机飞到长沙，接着马不停蹄，从长沙坐火车赶往常德。

小伙饿得慌了，他知道常德米粉好吃，就走进一家生意红火的米粉店，点了一碗红烧牛肉粉。嗯，味道果然不错，小伙十分惬意。

刚吃完，手机铃声响起，为了不影响顾客就餐，小伙便跨出店门接听。

接过电话，小伙叫了一辆快车，径直去找女朋友。他这次用的是"突然袭击"，想刹那间出现在女朋友面前，给她一个意外的惊喜。小伙也没有透露出一丝音信，就悄悄地买好了订婚戒指。这次想闪电般地向女朋友求婚，把钻戒直接戴在她的手上。

"不知钟馨会有怎样的反应？"坐在车上，小伙愉快地想。又欲取出钻戒好好看看，这才发现手包掉了，而他的钻戒就装在手包里。这枚钻戒重三克拉，是花三十万元买的，手包里还有现金、银行卡和身份证等。

小伙急忙催车子掉头，折回那家米粉店。小伙思忖，如果手包遗失在米粉店里，找到它或许有希望；如果遗失在店外，可能就很麻烦了。他埋怨自己怎么这样粗心，而现在也只能试试运气了。

小伙迫不及待地找到米粉店的老板，把在店里吃罢米粉而后失落手包的事开门见山向他说了。

"这里还真有个手包，但它是不是你的，我们需要核实清楚。"店老板望着他说，"这也是对手包失主负责吧。"小伙首肯。

于是，店老板问起小伙的姓名、手包的颜色和款式、包里装着的东西与数量。小伙都不假思索地作出了回答。经过当面核对，确信手包是小伙的，店老板才把它完璧归赵。

"你看你看，这么重要的东西，出门在外，当时时小心哦。"店老板提醒小伙。

小伙既高兴又感激，立马从手包里取出一万元，要酬谢店老板。店老板赶紧摆手。

店老板认真地说："这位帅哥，酬谢我怎么也不能收。因为手包不是我捡的，是我们店里一位店员转交我的；它也不是我们店员捡的，是个女孩捡到后交给我们店员的。那女孩怎么也不肯留下姓名，就一阵风似的走了。据女孩讲，她是在我们店外的花坛边捡到的。常言道，无功不受禄。再说，常德是厚德之城，我们交还你的失物还收酬金吗？"

"这……"小伙怔住了。

"你们米粉店的生意兴隆，每天能售出多少碗米粉？"小伙略一思虑，下意识地问。

"大概五千碗吧！"店老板笑答。

"咳，真不错！"小伙竖起大拇指。"也就是说，每天顾客们都要掏四万元吃你们店的米粉，对吗？"他又问。店老板点头。

"常德风景美，常德人更好。如果我要做点善事，以此回报常德人的善良，"小伙打量一眼店老板，"比如明天，我请常德人免费在你们店里吃顿米粉，换句话说，一天五千碗的米粉款全由我代为支付，您不会拒绝吧？"

"这……"店老板一愣。

"您千万别反对哦。我真不缺钱，缺的是行善积德的机会！"

店老板见小伙十二分的诚恳，只好答应了。

机不可失。小伙拿出银行卡就刷卡付款。之后，还提笔写了封感谢信，也交给店老板。

小伙悄无声息，从天而降，确实给了女朋友天大的惊喜。

可当小伙忽然掏出钻戒，要向女朋友求婚时，女朋友一下犹豫了。

"少华，我们都还年轻，恋爱也才一年，不急，再等等吧？"女朋友柔柔地说。

小伙失望又难受，但他也不想勉强女朋友，便咬牙答应了。

"可能是场持久战！看来，钟馨对我仍有疑虑……"小伙心想。

哪料第二天，女朋友只陪他在常德城里转悠大半天，态度就来了个一百八十度的急转弯。

女朋友忽然满面春风地对他说："少华，刚才我想好了，我决定嫁给你！"

"嫁给我？"小伙怀疑自己的耳朵出了问题，"真的？"

女朋友坚定地点点头："真的！"

"这是咋了？"小伙喜形于色但却满脸不解。

女朋友感叹道，"我知道你在青岛生意做大了，年轻又有钱。但为富不仁者很多。你是什么样的人，我没把握。而现在，我已得到答案了。"

"这么快呀，你从哪里得到答案的？"小伙饶有兴趣地问。

"从微信圈里，"女朋友欣慰地笑了笑，"你出钱请常德市民免费吃米粉的故事，今天已在微信圈里刷爆。我有意路过那家米粉店时，也瞥见你写的感谢信，就贴在米粉店外。米粉店里热气腾腾，不少人为你点赞。你呀，真有你的！"

小伙开心地笑了。

他再看女朋友，也觉得她越看越美。

情不自禁地，小伙又大胆地掏出钻戒，这次，女朋友毫不迟疑，向他伸出纤纤玉手……

（原载2017年9月9日《人民日报·海外版》，选入《2017年中国微型小说精选》）

每个人都幸福

苏浅老师教的是一群有先天性残疾的孩子。他们都喜欢苏老师，乐意和苏老师交心。

"苏老师，我真的不幸福！"一天，孙方杰突然对苏老师说。孙方杰是个双目失明的男孩。苏老师一惊："你为什么这样想？""因为我看不见花草鸟虫，看不见蓝天白云，看不见真诚友好的笑脸，我——什么都看不见呵！"孙方杰的脸在抽搐。"哦，我晓得了！"苏老师拍拍孙方杰的背。

又一天，许敏冷不丁地对苏老师说："苏老师，我太不幸福了！"许敏是个双耳失聪的女孩。苏老师一愣，很快在纸上写道："你为什么不幸福？""因为我听不到风声雨声，听不到歌声琴声，听不到亲切悦耳的赞美，我——什么都听不到呵！"看过苏老师的问话，许敏回答。一串热泪无声无息，滴落在纸上。
"哦，我清楚了！"苏老师拉拉许敏的手。

"苏老师，我感觉不幸福！"没过几天，余笑忠又对苏老师说。余笑
忠是个双腿残疾、坐在轮椅上的男孩。苏老师温和地看着余笑忠："告诉
我这是为什么？""因为我不能翻越高山，不能横穿沙漠，不能自由行走，
我——哪儿都去不了呵！"余笑忠声音颤抖。"哦，我明白了！"苏老师
摸摸余笑忠的头。

几日后，李南打着手势告诉苏老师："苏老师，我很不幸福呢！"李
南是个哑巴女孩。苏老师爱怜地望着李南，也打着手势反问："你为什么
感觉这样？"李南又痛苦地打着手势："因为我不能说话，不能唱歌，不
能讲故事，我——不能用口表达心声呵！""哦，我知道了！"苏老师亲
亲李南的脸。

……

越来越多的孩子向苏老师诉说自己不幸福，让苏老师心里越来越不安、
越来越沉重。"不能让孩子们悲观、沮丧，不能呵！"苏老师急了。"可
怎样才能让这些如花的孩子乐观、振作起来，让他们笑对人生、积极进取
呢？"苏老师茶饭不思地冥想。

苦思多日，苏老师的脸才由阴转晴。她迫不及待地把孩子们招拢来，
让他们坐在讲台下。

苏老师首先问孙方杰并在黑板上写道："孙方杰，你要怎样才幸
福？""能睁眼看世界呀！"孙方杰脱口而出。"就这一点？""对，就
这一点！""嗯，好！"苏老师点点头，还把他们的对话写在黑板上。

接着，苏老师问许敏并在黑板上写道："许敏，你要怎样才幸福？"
许敏不假思索："能耳听八方就幸福了！""就这一点？""对，就这一
点！""嗯，好！"苏老师又点头，也把他们的对话写在黑板上。

然后，苏老师问余笑忠并在黑板上写道："余笑忠，你要怎样才幸福？"
余笑忠立马回答："能自由行走就幸福了！""就这一点？""对，就这

一点！""嗯，好！"苏老师点点头，又把他们的对话写在黑板上。

再后，苏老师打着手势问李南并在黑板上写道："李南，你要怎样才幸福？"李南激动地打着手势回答："能开口说话就幸福了！""就这一点？"苏老师打着手势追问。"对，就这一点！"李南又打着手势回答。"嗯，好！"苏老师还是点头，同样在黑板上写下他们的对话。

……

孩子们聚精会神地听呀、看呀，兴致勃勃地和苏老师进行沟通。他们猜不到，苏老师的酒葫芦里到底装的什么药。苏老师呢，也一直满面春风、不厌其烦地询问着、试探着。

"孩子们，"当最后一个孩子大胆地吐露了自己的幸福观，苏老师亮开嗓子、噙着泪花说，"知道吗？你们每个人只有一点不幸福，却有许多意想不到而又弥足珍贵的幸福。比如李南吧，不能开口说话是她的不幸，但她能看、能听、能走……这些，都是其他孩子苦苦追求的幸福呀！换句话说，你们每个人的幸福都比不幸多得多！是不是——"苏老师下意识地停了停，充满深情地感叹道，"每个人都幸福？！"她把这句启示用红粉笔端正醒目地写在黑板的正中央。

仿佛有把神奇的钥匙，打开了孩子们紧闭的心扉。他们豁然开朗的面颊上，慢慢绽放出一朵朵晶莹的泪花，如同含着晨露的花苞，在暖风的吹拂下悄悄绽放。

[原载《中国铁路文艺》2009年第7期，转载于《小说选刊》2009年第9期、《小小说选刊》2009年第18期、《教师博览》2009年第12期、《优秀作文选评（小学版）》2010年第9期、《新语文学习（小学高年级）》2011年第5期、《作文成功之路（下）》2010年第6期、《名言》2012年第10期，选入《2009中国年度小小说》《2009年中国小小说精选》《2009中国微型小说年选》《中学生创新阅读·2009名家励志故事排行榜》《草是风的一面旗帜·校园小说白金版》《21世纪中国最佳小小说2000—2011》《中外经典微型小说大系》和冰心奖获奖作家精品书系之《爱的冬天不会有寒冷》]

挂号

匆匆赶到这家大医院，目睹余盛康医生的办公室外，等候看病的人早已排成长龙，比蚂蚁移动得还慢，他就心急如焚。

他试着挤上前去，直接敲余医生的门，无奈办公室外太拥挤，不仅没人让路，不少人还眼里有刺。他想对门外的人说点什么，可话到嘴边又咽了下去。考虑来考虑去，还是转身去挂号室挂号后，也加入这条长龙，随人流缓缓前移。

实在太慢了！移了半天他思忖，会不会排上一整天都轮不到自己，还得第二天赶早又来排？或者，最快也得等到余医生下班前？

急火攻心，他又想到前面去插队，可依旧无人成全。

"对不起，我有很急很急的事，要先看

余医生，我只占用几分钟，看完就走！"他憋不住径直奔向余医生的门前，小心翼翼地对正在排队的人说。最前面的人却立马横在他面前，下意识地挡住他。

"要要花招了，你当我们是傻子吧？"有人嘲笑道。

"即便余医生的亲爹来了又咋样？现在是上班时间，上班时间他也不能会客！"有人板起面孔。

"你……"他欲言又止，还是回归原处，继续排队。

"正值大年三十，每个等候看病的人都像热锅上的蚂蚁。"他转念一想，"都不容易啊，罢了，罢了，何必这时与人冲撞，闹得大家都不开心。"

还好，在医院下班之前，终于轮到了他。他长长地嘘过一口气，再回头望望后面，等待看病的人仍然排着长龙。如今看病是电脑叫号，只要尚存一丝希望，这些人都宁愿等到最后一刻。

终于叫号了，他赶紧推门进入余医生的办公室。

"请问，您哪儿不舒服？"当他轻轻坐在余医生的办公桌前，余医生边问边抬头。

只一瞬，余医生就愣住了。"爸，怎么是您？您怎么……？"余医生惊讶。

他微微一笑，立马递给儿子一瓶矿泉水："马不停蹄地看病人，累死累活一整天，想必你忙得喝口水的时间都没有。快，先润润嗓子吧！"

余医生迫不及待地拧开瓶盖，咕咚咕咚，一口气喝完了一瓶矿泉水。"爸，实在对不起，今年，儿子又不能回家过年，不能陪陪您和老妈！三年，连续三年了，每年春节儿子都脱不开身，儿子实在……很惭愧很惭愧啊！"余医生喟叹。

他立马向儿子摆手："康儿，快别这样说！清早给你打电话，你说病人多工作忙，真的不能回家，我还有点儿怀疑。但现在，一切我都看到了，你什么也不用解释了！"

这时，余医生瞥见了办公桌上的挂号单。"爸，真是难为您了！这么大老远来，这么大年纪了，您还像病人一样，挂号排队啦？"

"不挂号排队行吗？你上班时间不能会客，我怎么见你？"他乐呵呵地一笑。

余医生的眼角却滚出一颗泪："也是啊！爸，快告诉我，是不是有哪儿不舒服？"

"没有哩，就是想看你一眼！"他立马安慰儿子，"放心吧，我会把这里的情况如实告诉你妈！家里你不用操心，只管好好看病人，千万别出差错啊？"说完，他稳稳地站起来，拍拍儿子的肩头，转身，向办公室门口走去。

望一眼父亲佝偻的背影，余医生眼角的泪珠无声地滴落。

他前脚刚走，后脚就有个病人抢火似的进了余医生的办公室。抖擞一下精神，余医生又开始一丝不苟地给那病人看病。

（原载《四川文学》2016年第8期，转载于《微型小说月报》2016年第4期，选入《2016中国年度微型小说》）

胯下之辱

授课结束了。

"现在，我要进行一次测试！"教授忽然说。

学生们立马紧张起来，两眼直勾勾地盯着黑板，只等教授出题。

教授却转身走下讲台，径直迈向教室前门，像一道挺立的门槛，从容地趴倒在教室门前。

学生们愣住了，教授不出考题？教授要干吗呀？

只见教授把脸侧向学生，笑笑。"同学们，你们一个接一个，从我身上跨过去，跨过去吧！"他说。

学生们怀疑自己的耳朵出了问题。

看学生们如此神情，教授又说："同学们，还犹豫什么？来呀，一个接一个，从我身上跨过去！"

学生们反应过来，有人鼓掌，也有人举起手机拍照。但就是没人起身，更无人挪步。

教授有点失望，忍不住又喊："同学们，你们怎么啦？从我身上跨过去，跨过去呀！"

一些学生红着脸，慢慢从座位上站起。教授有了几分欣慰，但很快，他又失望了。

站起来的学生，有的仍在左顾右盼，有的竟悄悄从教室后门溜之大吉，仿佛战场上失魂落魄的逃兵。

教授真想发火，真想破口大骂，但教授没有这样。想了想，依然用鼓励的眼神看着他的学生，微笑着说："同学们，再别迟疑了，快从我身上跨过去！从我身上跨过去，这比杀日本鬼子还难吗？这比造原子弹更费劲吗？我相信，你们都不愿做八旗子弟，对不对？"

遣将不如激将。终于有位窈窕淑女缓缓走出座位，轻轻踱向门口，谨慎地从教授身上跨过去。教授满意地点了点头。

"你们看，柔软如水的女生都敢跨了，男生呢？男子汉大丈夫，大丈夫还不敢越雷池一步？"教授又在激将。

有位男生脸上火烧火燎的，又腾地离开座位，一鼓作气从教授身上跨过去。

"这就好，这就好嘛！多大个事啊！继续，继续，同学们，继续从我身上跨过去！"教授热情地呼唤。

就这样，一个，一个，又一个……最后，共有十三位学生让教授如愿。

后来，实在没有学生肯响应了，教授才缓缓从地上爬起，拍拍手，笑笑说："今天一百多位学生听课，只有十三位敢从我身上跨过去。这也不错，不错了！令人遗憾的是，这些学生都不是很自觉，不够勇敢啊！"

"那——尊敬的教授，您为什么要进行这样的测试？"一个女生蹙眉。

"问得好哇！"教授感叹，"每次，我给你们授课，教室里都鸦雀无声，要说有声，也只是你们埋头做笔记的沙沙声。"

"这不好吗？"女生追问。

"我不能说这好还是不好。"教授回答，"我只想告诉你，在欧美最有影响的大学，当教授授课时，学生们总是情绪高涨、积极主动，不时地举手发问，或者站起来发表自己不同的见解，有的甚至为坚持自己的看法，与教授争得面红耳赤……"

"亲爱的教授，您不妨直言相告吧！"有个男生憋不住了，"您今天测试我们的目的究竟是什么？"

"教导你们！"教授语重心长地说，"要敢于否定前人，勇于超越权威，大胆坚持真理，矢志探索创新。因为呀，唯有探索创新，才能促进理论发展，才能推动社会进步啊！"教授目光如炬。

学生们豁然开朗，对教授更加敬佩。因为他们，谁也想不到，一个重点大学的学术权威，一个成就显赫的科学家，为了开悟他的学生，为了激励他们站在巨人的肩膀上矢志成材，也能含笑忍受这胯下之辱！

（原载《小小说大世界》2015年第11期，转载于《小小说选刊》2016年第8期，选入《2015中国年度微型小说》《小小说美文馆》丛书之《芳华·没有公章的奖状》）

假如当初

夏雨和江非都是诗人，都在报刊上读过彼此的诗作。

可他们的初次见面却是在一次文友聚餐时。那次，他们两人都是应邀前往。

夏雨美丽大方、顾盼多情，一上桌就吸引了江非的眼球；江非冷傲沉稳、目光深邃，同样是让夏雨心动的性情。席上，俩人不约而同地打量对方，目光总是不期而遇。席后，文友们一一交换联系方式，夏雨和江非也不例外。

赤日炎炎。夜晚，夏雨电话约请江非去资江边上的兰香茶楼喝茶。正是江非诗歌创作迷茫之时，江非渴望有人点拨。于是去了。

喝茶时，夏雨说她很喜欢闻捷的诗《夜莺飞去了》。那样的抒情、那样的明快，岂止诗歌，生活也该如此。江非就说难怪夏雨的诗真情如溪水流淌，诗风明丽像西藏的天空。那你，是不是常读戴望舒与海子的诗，是不是很喜欢《雨巷》和《面朝大海，春暖花开》？夏雨问，表情如沐春风。江非略一思忖，点头。难怪哩，夏雨银铃般地笑了，他们的诗风也吹进了你的心田！

随着谈诗论诗的深入，他们越挨越近。夏雨还把头凑近江非，不停地嗅着。江非十分诧异，你闻到什么啦？这么津津有味！嗯，夏雨深深地吸了口气，江非，你身上有一种淡淡的香味，你用香吗？用香？江非一愣，不用啊！那你身上怎么有香味？夏雨的目光充满温馨。香味？我只闻到你身上扑鼻而来的栀子花香！我身上能有什么香味？那——我再闻闻，夏雨几乎把鼻尖触上江非的脸上，哦——对了，是那种很淡很淡的苹果香呢！别取笑我！江非不信。真的！夏雨的脸蛋就像她的诗歌一样生动，我很喜欢这种香味，江非！

之后，夏雨和江非就结伴去张家界旅游，去湘西凤凰采风，去岳麓山欣赏红叶，去橘子洲头看"漫江碧透，百舸争流，鹰击长空，鱼翔浅底"的美景。当然，也常去资江岸边散步。两人相互点拨、互相鼓励，诗歌创作又有了长足的进步，都在《诗刊》《星星》《绿风》等全国最有影响的专业诗刊上发表了大量的诗作。两人感觉空气都是甜的。

有诗架桥开路，两人的心越贴越近，很快成了肝胆相照的朋友。

那晚星光闪烁，凉风习习。两人又相约去资江岸边散步。他们谈台湾诗人余光中、席慕蓉，谈大陆诗人潘洗尘、舒婷，谈着谈着，不知为什么谈离了诗歌。江非对当今一些女干部为了升官发财，不惜向上级领导献身大为不解，认为这是人性的堕落和卑劣。夏雨却不以为然，人不能没有理想，理想是夜空闪亮的星辰，为实现理想而献身不应受到非议和责难！江非的心灵被强烈地震动，他仿佛不认识了似的盯着夏雨问，你真的这么认为？真的！夏雨十分坦率地点头，打个比喻吧，你是有点儿小职务的公务员，如果你想得到提拔，我愿意为你去献身于你的领导，做你最好的情人！为什么？江非的心里打着鼙鼓。因为——夏雨脸一红，你是我生命中最重要的男人，我只为你而活，特别是为了你的理想和幸福！江非的心儿开始狂跳，一个宁愿流血也不流泪的男人，眼里忽然噙满晶莹的泪花。不！江非把头摇得像拨浪鼓，我宁愿没有出息，也不愿你为我献身！那你需要我做什么呢？江非，无论什么，我都满足你！那好，江非定定地看着夏雨，做我老婆吧！夏雨明眸一闪，旋即张开双臂，如同小鸟张开翅膀，激动地投入江非的怀抱。

婚后几年，俩人心心相印、息息相通，小日子过得像夏花一样灿烂，又如秋叶一般静美。

直到那次参加桃花江文学笔会，江非的心里才袭上一层阴云。当时应邀参加笔会的某省报副刊编辑，因为桃色新闻不少，江非打心眼里厌恶。所以，参加笔会前，江非就认真地提醒夏雨，一定要远离这等小人！不想在笔会上的一场文艺晚会上，当那位编辑突然走向夏雨，只一伸手，夏雨就满面春风，陪他溜进了舞池。事后，江非大发雷霆，说夏雨你不嫌他脏，还让他牵着手、搂紧腰起舞，值吗？夏雨就埋怨江非，你这人小肚鸡肠，跳个舞就失身了吗？这不是为了在报纸上发发诗歌？发诗？发诗就一定要……？江非厉声责问。别人请上了咋办？陪舞是最基本的礼仪，你呀！夏雨抱怨。不陪舞，不发诗，天就会塌啦？江非几乎虎吼起来。

江非对夏雨不放心了。因为在不久后的另一次文学笔会上，有位诗人竟开玩笑说，夏雨你太美了，坐到我的腿上来，让我享受享受吧！江非立即横了夏雨一眼。夏雨这才没好脸色地冲着那位诗人说，太过分了吧？你也不撒泡尿，自己好好照照！

回家后，江非就大为不解了，为什么那些色鬼总是注意你夏雨？都怪你，说什么结婚是两个人的事，不把我俩的关系公开！夏雨不满。苍蝇不叮无缝的蛋！江非反唇相讥。你说我不正经，是吧？夏雨火了。俩人大吵了好一阵。吵过，江非要夏雨保证，以后不再去参加那些无聊的笔会，免得惹是生非。夏雨不从，说只要站得正，不怕影子歪！还要江非心胸开阔些。江非不悦。

因为矛盾不能调和，裂痕愈来愈深，不久，夏雨和江非离了婚。

离婚后，江非忽然有些后悔，江非蓦地想，假如当初只让夏雨做自己的情人，只让夏雨为自己的理想和事业去……情况又怎样呢？

[原载《芒种》2018年第8期（上半月），转载于《微型小说选刊》2018年第18期]

啊，太阳

班主任邵永刚预言：半年后参加高考，只要发挥正常，雨馨考上北大极有可能。退一步而言，如果考不上北大，考个"985"重点一本，绝对是瓮中捉鳖。雨馨品学兼优，同学们时常投以深深羡慕的眼光。雨馨也憋足劲儿，心里充满星星般的憧憬。

可老天就爱捉弄人。雨馨忽然头痛、恶心、呕吐、气促、心跳加快，还出现多汗、低烧和牙龈出血症状，感觉虚弱乏力，总提不起精神。老师和同学们看雨馨也是一脸苍白、病恹恹的。

万般无奈之下，雨馨只好向学校请假，让父母送自己去医院检查。

结果犹如当头一棒：雨馨竟患上了白血病！白血病就是血癌呀，谁不谈癌色变？好在雨馨的病正处早期，只要抓紧治疗，不会危及生命。如果奇迹发生，还能治愈呢。

通过父母、医生、学校的宽慰、开导与鼓励，雨馨积极乐观，全力配合院方的化学药物治疗与中医辅助治疗，一段时间过后，病情大为好转。又坚持一段时间的治疗与调养，雨馨竟基本痊愈，可以出院了。

谢天谢地！雨馨喜出望外。恨不得插上翅膀飞回学校，立马潜心投入紧张的复习迎考。因为一个月后，同学们就要迎接期盼已久的高考，为美好的理想奋力一搏了。

雨馨更是心急如焚，痛下决心要争分夺秒，把失去的光阴夺回来，把住院治病耽误的课程火速弥补，尽早赶上甚至超过同学们的复习进度。

心中有一个金色的梦想啊！雨馨咬紧牙关，做好返校迎考的充分准备。

可夜晚一照镜子，她的心就掉进了冰窟窿，她犹豫了、痛心了：过去那瀑布似的秀发已无影无踪，如今光秃秃的像个啥呀！青春期的女孩谁不爱美？可如今——如今只能光着头上学读书，多羞，难看死啦！雨馨在镜前颤抖。她禁不住流泪了，眼泪像珠子，一颗一颗地砸向地面。

母亲也伤心难过，悄悄将雨馨的期盼与苦恼一并告诉了邵老师。

邵老师大惊。

母亲前脚一走，他后脚就直奔教室。

"同学们，有个秀发飘飘的姑娘，因为突如其来的大病，经过长时间不间断的化疗，现在成了光头。如果——她想返回你们之中，你们能不嫌弃她，并给她以关爱和鼓励吗？"邵老师深情地扫视全班，忧心忡忡地问。

同学们一怔。

"是雨馨吧？听说她受了很多的苦，是个坚强的好女孩。我们不会歧视她的！"

"前途是光明的，道路是曲折的。哲学课上，老师您教导过我们，每个人都会遭遇不幸，而友善与关爱就像太阳，能把我们人生的旅途照亮。"

"哦，对了，雨馨治病耽误的课程，我们当千方百计帮她补上！"

"请邵老师放心，同窗共读，情同手足，我们不会让您和雨馨失望，我们知道该怎么做！"

……

同学们你一言我一语的，邵老师欣慰地笑了。

可走出教室，邵老师还是放心不下。这些涉世未深的毛孩子，他们会不会逞口舌之快？会不会表里不一？但如果——连自己的学生也信不过，他又能想出什么妙法？既然没有其他选择，他也只能斗胆一试。

于是，邵老师鼓足勇气，毅然拨通了雨馨母亲的电话。

第二天，当邵老师满面春风其实内心忐忑地带领雨馨母女走进教室时，他们一下愣住了：全班三十多个学生，不论男女，竟全部剃成了光头！他们友善地微笑着，教室里，掌声似春风吹拂……

"肯定是班干部杨坚他们弄的，这些鬼东西！"邵老师愉快地想。

此时，他看班上三十多个闪亮的光头，每个都像一枚鲜嫩的太阳。

而雨馨母女，也早已热泪盈眶。

（原载《红豆》2017年第4期，转载于《小说选刊》2017年第6期，选入《2014年中国微型小说排行榜》《语文主题学习·八年级·下册》，获2017"善德武陵杯"全国微小说精品奖二等奖）

债

二十世纪九十年代，我的家乡还很穷。

读小学三年级时，爸妈能每天给我五分零花钱，已属不易。这五分钱怎么花？当然可以搭车，可以吃零食，可以买文具，也可以购小人书……

我很舍不得花这五分钱。不是特急，我从不搭车，总是快速步行或者一路小跑去上学；也尽量不吃或少吃零食，除非肚子已饿得咕咕叫，实在受不了了；文具？总坚持能不买则不买，凑合着用，用到确实不能用了再说。

我为什么这样抠？一是因为太爱看小人书，想多攒钱多购小人书看；二是攒够钱后，想干点儿大事。至于到底干什么？当时也没想好；另外还有一点，不知自己是不是守财奴，老感觉只有攒钱才有满足感。那时攒钱，比吸鸦片还要成瘾。

记得半年之后，终于积攒了三元钱。我高兴得不得了，宛如自己发了笔小财，也如小伙儿做梦娶媳妇，想想就甜。

我把这三元钱夹在书中，藏在书包里，天天背着，恨不得片刻也不离身。有空便翻出来偷看，仿佛它就是自己的护身符。

有天放学了，我照例背着书包，蹦蹦跳跳地回家。可走出学校不久，离家尚有很远，忽然遭遇一个二流子，狼一样凶残的模样。

"小孩儿，有钱吗？"他恶狠狠地瞪着我吼。

我紧张得只差尿裤子了，但还是尽量镇定地摇头。

"真没有？"他张牙舞爪道，"如果让我搜出来，小心揍扁你！"

我慌了，眨眨眼，赶紧从书包里掏出一元钱，乖乖地递过去。

"还有吗？"虽然收了钱，他依然凶神恶煞一般，"如果让我动手，如果让我搜出来，我要把你踩成肉泥！"

好汉不吃眼前亏，我只得又从书包里掏出一元钱，服服帖帖地交给他。

但他还是那样青面獠牙，丝毫没有放过我的意思。"不老实，没掏完吧？你一定想挨我的拳头？想流点血？"他号叫。

"叔，你就行行好，发发善心，留点给我买小人书吧？我好不容易攒下这点钱！"我只差跪地哀求。

"不行！"他像嗅到了血腥味的狼，"一分一厘也别藏着，除非小子你不要小命！"

实在没法，我只好忍痛割爱，竹筒倒豆子，把书包里的钱一股脑儿送给他。

看到我已泪花闪烁，他却仍是蛇蝎心肠，把钱往口袋里一揣，头也不回，扬长而去。

走在回家的路上，我痛苦极了，后悔极了，沮丧极了，也恼怒极了。

继续闷闷不乐地向前走。走了不远，忽然遇到一个比我个子小不少，背着书包正在回家的小男孩。看样儿，应该是小学一年级的学生吧。

这时，我灵机一动，揩干眼泪，也咬牙切齿，恶狠狠地横在他面前。

"小孩儿，有钱吗？"我对他咆哮。

看我如狼似虎的凶相，小男孩儿吓了一跳。"哥，你，你……"他哀求。

"别啰唆，如果让我动手，我非打死你不可！"我嗷嗷大叫，把拳头捏得嘎嘣响，"快，把你身上的钱都给我！"

小男孩一下被我吓破了胆，三下五除二就把身上的差不多四元钱全掏给了我。

小男孩哭哭啼啼地回家了，我却报复成功似的快活起来。心想，别人能抢我，我就不能抢别人？这下倒好，还净赚了一元钱，哼！

日月如梭，韶光飞逝，转眼很多年过去。

长大成人后，只要忆起儿时的恶作剧，心里就特别忐忑，特别愧疚，仿佛自己曾犯下不可饶恕的罪行。

咋办呢？有一年回老家，我下意识地找到童年时发生恶作剧的那条小路，在当时作恶的那个时间，把四百元钱小心翼翼地放在了路边。我觉得我必须百倍地偿还，方能减轻自己的罪责。我特别渴望当年那个被抢的小男孩，此时也会回到家乡，拾回他应该得到偿还的这笔钱，拾回他儿时被深深刺伤的童心。退一步而言，即使这四百元钱，被其他人拾到也好。

但我很快发现，而且最终感到：即使这样做了，自己的内心也永远不得安宁。或许在人间，有些东西是根本无法偿还，也永远偿还不了的。所以，我们唯有时时处处心地纯洁，时时处处行善积德，至少不做昧良心、黑脸面的坏事和蠢事。

[原载《芒种》2017年第6期，转载于《小小说选刊》2017年第12期、《儿童文学·选萃版》2018年2月号、日本《莲雾》第十二号（2019年11月30日出刊，为日文版），选入《2017中国年度小小说》《小小说美文馆》丛书之《光阴·走在眼里的风景》、2018—2019年初中语文甘肃中考真题模拟试卷（19）含答案、考点及解析]

一个男人和他的两个女人

儿子要把母亲接到家里来过年。如果母亲乐意，妻子又能接受，儿子想让母亲长期住下。

儿子没有料到，只住上一周，母亲和妻子就两天一小吵，三天一大吵。母亲要打道回府，妻子也要打发母亲出门。

之所以发生争吵，是因为母亲想主持儿子的家政。儿子的家事，不论大小，她都要管。而妻子认为，客随主便，母亲不应干涉他们的家务。退一步而言，母亲也不能当家长。而此时，儿子是老鼠钻到风箱里，两头受气。

有天，母亲和妻子大吵过后，妻子气愤之下喝下一瓶白酒，倒在客厅里又闹又嚷："你妈要再住这里，我就死给你看！有她没我，有我没她！"嚷完便脸色苍白，不省人事。

幸亏送医院抢救及时，要不，还真不知道会不会酿出人命。

事情发展至此，儿子只好向妻子妥协，答应妻子把母亲送回老家。可真要送走母亲，儿子又于心不忍。儿子知道，母亲吃的苦多，母亲这辈子太不容易。

母亲年轻的时候被大家族妯娌间欺负，天天吃不饱穿不暖，常常遭骂挨打。实在没法儿过了，才带着未满月的儿子逃走。改嫁后，母亲又生下六个孩子，他是其中之一，在兄妹七人里排行老三。等儿女们长大成人，大儿子被前面那家人领走，四个女儿远嫁他乡，他做了上门女婿，父母便把财产留给二儿，跟着二儿过日子。可好景不长，因婆媳不和，父母又从二儿家搬出，老两口仍住自己的土坯房。父亲过世后，母亲每天上山挖野菜充饥，一不小心还摔伤了脚。母亲孤苦伶仃的，可……

儿子不怪妻子，妻子也不是蛮不讲理。按当地农村的习俗，既然父母的财产由哥哥继承，哥嫂就应该赡养父母。但计较这些又有什么用？生我养我者父母，现在父亲不在了，我能自己过着小日子，却对老母亲不闻不问？可既不冷落老母亲，又不惹恼妻子，能找到这样的好法子吗？

一番苦思苦索，考虑到妻子有孕在身，儿子终于有了大胆的设想：在自己打工的小城，先为母亲租一间房子，然后……

"老婆，我把母亲送回老家了。"返家后，儿子气喘吁吁地对妻子说，"以后，我们可以好好地过自己的小日子啦！"

他们家又开始恢复往日的宁静。妻子不知道，老公根本没把母亲送回老家。她给母亲租好房子后，每天除了上班，还要抽空为母亲做饭做事，把母亲照料得妥妥帖帖。好在他上班的地方离母亲的租住房不远，去母亲那儿还算方便。

因为母亲租住下来，儿子负担加重。以前只需维持一个家的，现在不行，有两个了。

为了增加收入，确保两家正常开支，儿子咬紧牙关，又应聘了两份工作：每天日夜兼程，儿子几乎没有一刻闲着。由于经常熬夜，长期加班，儿子的眼圈黑了，身体瘦得皮包骨似的。尽管很累，但儿子心里很甜。

当然，儿子也深深地愧疚：自己以前从不欺骗妻子，现在为了母亲，竟把假戏演得像真的一样。这个倒不是大问题，麻烦在于，儿子工作之余，有事没事要往母亲那儿跑，以前的生活节奏便乱了。

常常，妻子发现他迟迟未归，或者，在家吃饭的时间少了许多，总要打电话询问。儿子绞尽脑汁，几年下来，对妻子撒谎的次数上千，能想到的借口全想遍了。说谎成了家常便饭，他都觉得十分滑稽。也怪，这样的表演居然没让妻子看出破绽。

不觉三年过去。儿子照旧不知疲倦地打工，照旧把母亲藏在出租屋里小心赡养；妻子呢，照旧被他千方百计地哄骗，照旧相信母亲仍在老家待着。

可终究没有不透风的墙。有天，母亲闷得难受，外出透透气，走出出租屋不远，竟在街上和儿媳不期而遇。妻子正好上街去买日用品。

"妈，你不是回老家了吗？怎么……"妻子惊问。

母亲也愣了。

"哪儿的话？为了不影响你们的生活，我一直租住在这里呀！儿子孝心好，这些年他供我吃穿用，照料我细致入微。对你们，我心存感激哩！难道……你不知道？"母亲脱口而出。

"我怎么知道？"妻子反问。

"这……"母亲有点儿尴尬。

"算了吧，"妻子察言观色，"事已至此，就带我去看看你的出租屋？"

母亲点头。

"难怪老公总是有事，经常不回家吃饭的。原来……"妻子这才恍然大悟。买好日用品，她不动声色地打道回府。

等老公回到家中，妻子劈头就说："老公，索性把母亲接来住吧？"

老公惊喜："怎么，老婆你想通了？那我明天就……"

"你看你，还要骗我？今天在街上，我都遇到母亲啦！母亲带我去了她的出租屋！"妻子盯着老公的眼睛说。

起初，他有点儿心慌，但很快镇静下来。

"老婆，这事是我错了，我不该骗你，还骗了你这么久。说吧，你想咋样？我已经做好最坏的打算了。"他咬咬牙说。

"最坏的打算？"妻子一惊，"你倒说来听听！"

"老婆，咱俩离婚吧？"他试探。

"离婚？"妻子问，"为什么？"

"我对不起你！"他嗫嚅道。

"不行！"妻子斩钉截铁。

"那你说怎么办？"他又问。

"还能怎么办？"妻子上下打量老公，"算了，我斗不过你，就把妈接到咱家来住吧！"

"真的吗？"他有点儿不相信自己的耳朵。

"真的！"妻子点头。

他仍然皱眉："老婆，你怎么想通了？"

"不想通行吗？"妻子戳了一下他的鼻梁骨，"说实话，在街上偶遇母亲时，我是又气又恼。你这样骗我，我恨不得跟你离婚。可后来冷静下来，觉得这些年你也很不容易。你含辛茹苦，任劳任怨，还不是为了孝敬母亲，还不是为了这个家。可孝敬母亲错了吗？没有啊！现在，我也是母亲，也在慢慢变老。俗话说，树老怕枯，人老怕孤。我也有变老的一天，也希望儿女孝敬啊！再说，一个男人，如果对生他养他的妈都不好，你还能指望他对老婆真好吗？"

这时，他颤抖着，猛地张开双臂，紧紧地抱住妻子。

（原载《啄木鸟》2017年第9期，转载于《微型小说选刊》2017年第21期）

骨灰盒为什么响动

夕阳西下，炊烟袅袅。肖开愚牵了水牛，肩扛犁铧，匆匆走上回家的小路。

"辛茹，饭做好了吗？"踏进家门，肖开愚高声问妻。"快了，你放好犁铧，收拾收拾饭桌吧！"辛茹在厨房里应答。

肖开愚就勾下头，径直向杂物间走去。刚把肩上的犁铧卸下，轻轻放在墙旮旯里，他便听到了异样的响动。

"扑棱棱、扑棱棱！"响声阴沉。肖开愚循声张望，发现杂物间那张灰头土脸的长方形旧桌上，父亲的骨灰盒正在晃动。

"怪呀！骨灰盒怎么？难道——父亲显灵了？"肖开愚两腿一软，不由自主地跪下去。

"开愚，饭菜都做好了，你还愣着干啥？"辛茹在厨房里问。

"父亲显灵啦！"肖开愚几乎在哭。

辛茹三步并作两步，向杂物间走去。可刚进杂物间，辛茹就毛骨悚然。冷不丁地，她也目睹了骨灰盒里发出异样的响动。

"还愣着干吗？快给父亲下跪磕头呀！"肖开愚扬手拽了辛茹的衣角一把，让辛茹也跪在父亲的骨灰盒前。

"父亲，我对不住您呀！我三岁时，母亲早逝。母亲走后，您一直不娶。含辛茹苦把我拉扯大，还东拼西凑让我成了家。可从此，我不顾您年老体衰，仍叫您牛马一般地劳作。您病了，我还不给您医，让您总拖着、扛着……父亲，我不是人啊！"肖开愚不停地磕着头。

"父亲，我也愧对您呀！您像拉扯您的儿子开愚一样，把您的孙儿肖熊拉扯大。肖熊大了，我却一直让您穿得像破破烂烂的乞丐。也一直让您龟缩在墙边，吞咽每餐的剩饭剩菜。您稍有不慎，我就训斥您；您病恹恹的不能再操劳了，我便怂恿开愚把您赶出家门……父亲，我猪狗不如呵！"辛茹同样鸡啄米似的在骨灰盒前叩头。

骨灰盒里安静下来。

"父亲终于被感动了！"肖开愚一骨碌从地上爬起，拉了辛茹准备去堂屋和厨房。

"扑棱棱、扑棱棱！"可怕的声响再次传来，骨灰盒又在地震一样地晃动。

肖开愚额上冷汗直冒。一把拉过辛茹，俩人扑通一声又跪下去。

"父亲，您千万别吓我了！您再吓，我就魂飞魄散了。您听我说，您在风雨中不幸惨死于异乡，外地把您火化，装进骨灰盒。又千方百计找到我们，通知我们去接。接了，我们却不按乡下的习俗下葬您。我们吝啬、不孝，我们遭天打雷劈！您大人不计小人过，您就饶了我们吧！我向您保证，这几天一定把您移出杂物间，按乡下的习俗下葬您。父亲，您听到了吗？"肖开愚惊恐地哭求。

"父亲，您怎么还不罢休呢？您担心开愚说话不算数吗？那么，儿媳向您保证，开愚的话也是我的承诺。如若食言，您尽可挖了我们的心肝喂狗！再说，父亲，您的孙儿肖熊还小，看在要抚养他的分上，不论我们做了多么对不起您的事，您都宽恕我们吧？"辛茹也一把鼻涕一把眼泪地哀号。

（一）

不知何时，肖熊已悄无声息地来到家门口。

"爸、妈，我回来了！"一进家门，肖熊就兴高采烈地直嚷嚷。忽然发现爸妈正齐刷刷地跪在爷爷的骨灰盒前，两人都已头破血流。便惊问："爸、妈，你们这是怎么了？"

"小子，快给你爷爷下跪！磕头！"肖开愚急忙招手。"为啥？"肖熊一头雾水。"你爷爷显灵啦！"辛茹压低嗓门规劝。"显什么灵呀？"肖熊眉头紧锁。

"扑棱棱、扑棱棱！"骨灰盒又开始可怕地响动。肖开愚心惊肉跳，赶紧指指骨灰盒。

"咳！我说什么呢！"肖熊扑哧一笑，"那是我在里面装了只小雀儿！"

"小雀儿？你可别胡言乱语啊！"辛茹警告肖熊。"妈，我真的是在里面放了只小雀儿！"肖熊信誓旦旦。"小雀儿在里面就不会憋死？"肖开愚瞟了肖熊一眼。"我在骨灰盒上钉了几个出气孔呗！"肖熊撇撇嘴。他走向骨灰盒，打开它，还真的捉出只小雀儿来。

"你怎么这么淘气？！"肖开愚蓦地从地上跃起，揪住肖熊的衣领，狠狠地扇了他一记响亮的耳光。

辛茹也跳起来破口大骂："小杂种！"

（二）

肖熊听到爸妈都向爷爷赌咒发誓，心里禁不住一阵窃喜。"爷爷生前，你们对他不孝；爷爷死后，你们还怕鬼。我可以告慰爷爷的在天之灵了！"想到这里，肖熊就若无其事地高喊，"爸、妈，我回来了！""小子，快给你爷爷下跪！磕头！"肖开愚急忙招手。"为啥？""你爷爷显灵啦！"辛茹压低嗓门规劝。"是呀！"肖开愚心惊肉跳，赶紧指指骨灰盒。骨灰盒还真的在"扑棱棱、扑棱棱"地晃动呢！肖熊"大惊失色"，立马"扑通"一声跪下去。磕了一会儿响头，肖熊明眸一转："爸、妈，你们的诚心会让爷爷感动的。爷爷生前喜欢我，就让我单独给爷爷再磕几个头，你们去准备吃晚饭的事吧！"

肖开愚和辛茹交流一下目光，才缓缓地起身。等他们把饭菜都摆上餐桌来喊肖熊时，骨灰盒真的静如止水了。

"好啦，爷爷宽恕我们啦！"肖熊轻轻拍拍身上的灰尘，下意识地安慰肖开愚和辛茹。

就在肖开愚和辛茹去厨房和堂屋的当儿，肖熊已飞快地打开骨灰盒，捉出小雀儿，把它从杂物间的窗口放飞了。

[原载《山东文学》2017年5月刊（上），转载于《微型小说选刊》2017年第16期]

夫妻俩

夫妻俩闹矛盾已有多日。

"你想好了，咱们一定要离婚？"丈夫最后一次试探。

"当然，一定要离！"妻子态度坚决。

"那好！"丈夫也不勉强，开车载上妻子，就去民政部门，办理协议离婚。

大清早的，阴雨连绵。途经农大附近的快速通道，他们意外发现一辆摩托车翻在路中，驾车的男子头部鲜血直流，倒在摩托车旁不停地呻吟。

见状，丈夫毫不迟疑，赶紧把车停放路边，准备下车救人。

妻子慌了："如今救人太容易惹火烧身。救人后反被诬告，遭骂挨打还赔钱的事少吗？"

丈夫喊："雨天路滑，小伙又倒在车

道上，事发地正是道路拐弯处，如果我们弃之不顾，很可能导致第二次车祸。人命关天，救人要紧！"

说罢，立马跳下车，直奔受伤的男子。丈夫先是掏出手机向交警报警，接着拨打120救护车求救，然后小心查看男子的伤情，捡起路边的手机寻找其家人的联系方式。

做完这些，丈夫索性站在路中当起临时交警，真像那么回事地打着手势，冒雨指挥过往车辆绕道而行。

妻子见了，下车来到受伤的男子身边，和男子说话，说，救护车马上就来了。

很快，交警赶到，医护人员赶到了，伤者家属也赶到了。

完事，丈夫喊妻子上车。

"去哪儿啊？"这时妻子问。

"民政部门呗！"丈夫脱口而答。

"干吗？"

"办理离婚手续。"

"你呀，"妻子摇头，"快掉头，咱们回家！"

丈夫一愣："回家？不离啦？"

妻子点头："对，咱们回家，不离了！"

丈夫大喜，赶紧把车掉头。

"幸亏伤者的家属开明，没找咱们的麻烦！我一直害怕呢！万一他们一口咬定是我们撞了伤者，且不说我们很可能被冤枉，做了好事还要赔钱，单说要与他们对簿公堂，没完没了地打官司，有多闹心。"

丈夫笑了，说，"我早就安装行车记录仪了，你坐车也不注意车上多了啥，就知道挑我毛病。"

妻子听了，拍了丈夫一巴掌，说，送我去单位，早晨出来得急，忘了请假了。下班来接我，请你吃饭！

[原载《天池小小说》2017年第1期、日本《莲雾》第10号（2017年10月10日）]

举报

　　派出所接到举报电话，反映南嘉小区有户人家在吸毒制毒……这还得了！所长让我带上两个民警立马前去侦查。

　　可侦破的结果，那儿住着的一对小夫妻都是公务员，工作表现很好，压根儿没有吸毒制毒。

　　我们要向举报人廖鱼普通报情况。找到他家，才发现他白发苍苍，独居一室，是一位空巢老人。

　　"难道真是这样？"听了我们的通报，老人眉头紧锁。

　　"确是！"我看着老人，点头。

　　"你们认真地核查过？"

　　"当然！"

　　老人沉默了。我们轻嘘一口气，匆匆回到派出所。

没想未出几天，老人又打来电话，举报那户人家吸毒制毒，而且说得更加有板有眼。

所里不想理睬这招，因为举报已严重失实。

可所里一不理睬，老人就没完没了，半月内打了几十次电话。

"要么，我们的侦察有误？要么，事情出现了新变化？要么，老人的精神已失常？"所长思忖。

所长又把我叫过去："不怕一万，只怕万一。这事还得辛苦你们，要对那户人家再做更全面、更深入、更细致的调查。如果举报的情况属实，就立即将犯罪嫌疑人缉拿归案；如果老人没有精神失常，则对老人进行教育甚至警示。"

"好的！"接到任务，我们又沉下去，对那户人家展开调查。像上次那样，这回能想到的地方都想到了，能采取的措施都采取了，能使出的招数都使出了，可调查的结果，那对小夫妻依然没有任何问题。

显然，小夫妻是冤枉的！可廖鱼普老人为什么一定要造他们的谣呢？

带着这个疑问，我们又去登门造访廖鱼普老人。这次，我们不是只向他通报调查结果就完事，而是下意识地把他请到了派出所。

根据我们的观察和了解，廖鱼普老人没有精神失常，家景也不错。他有一对儿女，儿子是科学家，女儿为国企骨干，口碑都很好。可老人……我想揭开这个谜。

"老人家，举报坏人是支持我们的工作，我们当然欢迎。可诬害好人是违法的，我们也要追责哦！"与老人寒暄过后，我话锋一转。

"诬害好人？"老人慌了。

"对！如果您不能就自己反复的不实举报作出令人信服的解释。"我严厉地说。

"那你们要怎样？"老人开始颤抖。

"拘留您！如果问题严重……"我故意欲言又止。

"好吧，警察同志，"老人急了，这才小心解释道，"原谅我不懂法，我真的不是存心陷害他们，我只是想把他们撵走，让他们别住这里！"

"他们想住哪儿住哪儿，这是他们的人身自由，又碍您什么事？"我觉得老人不可理喻。

老人就感叹："可他们影响了我，让我痛苦啊！"

我惊问："此话怎讲？"

"你们不知——"老人镇定一下情绪后说，"白天还好，小夫妻俩上班去了，他们家里很安静。可一到晚上，他俩接回了孩子，两口子逗孩子发出的笑声传来，我心里……我心里就针扎似的难受！"

"针扎似的难受？"我越发不解，"别人一家子开开心心，您怎么就针扎似的难受？"

"因为……"老人的眼里闪着泪花，"只要耳闻目睹他们的快乐，我就会情不自禁地联想起从前，我的儿子、女儿也像他们俩的孩子那么小时，我们夫妻俩同样有事没事地逗他们玩儿，他们那天真无邪的笑啊，一样让我们深深陶醉、充满幸福！可现在……"

"现在怎么啦？"

老人的眼角滚落一颗泪珠："我老伴儿早走了，儿女都成家立业了。他们总是那么忙那么累，我真不忍心登门叨扰他们，也不能喊他们回来看我，甚至连打个电话都怕影响他们！可我又忍不住要想他们，我孤独难受啊！"

"您是个好父亲，您过得太不容易！可是……那对小夫妻家的情景您怎么就耳闻目睹了？"我追问。

"警察同志，"老人一副无可奈何的模样，"他们就住在我家的对面，离我家近在咫尺啊！"

"原来如此！"我喟叹，"我怎么就没注意呢？"

送老人回到家中，走上老人家的阳台，看着对面的红房子，我心里也涌起一股暖流。

返回派出所，思虑再三，我还是给老人的儿女分别去了电话。

从此，老人就再也没有举报那对小夫妻了。

（原载《啄木鸟》2016年第7期，转载于《微型小说月报》2016年第7期、《小说选刊》2016年第12期，获"首届中国·潇湘法治微小说全国征文大奖赛"一等奖）

其实很简单

光天化日下，一个歹徒正在抢劫，旁若无人；被抢的女人拼命抱紧自己的坤包，死活不放。

"抓强盗、抓强盗呵！"女人几乎在歇斯底里地叫喊。

大街上人来人往。有的视而不见，有的驻足远观，有的且看且退。谁也不敢制止歹徒行劫。不仅不敢制止，连呵斥一声的举动也没有；不仅不敢呵斥，就是悄悄用手机报个警也无人肯试。

沉默。好一阵可怕的沉默。

沉默过后，有个戴着眼镜、文弱书生模样的小伙忽然一声怒吼，像狼一般冲向歹徒。

歹徒大惊，立即掏出一把尖刀，目眦尽裂地瞪着小伙："狗咬耗子是吧？再不识趣老子捅了你！"

小伙愣怔一下，仍然像狼一般猛扑上去。

很快，小伙摇摇晃晃，蹲了下去。但片刻，又咬紧牙关站立起来。虽然被锋利的尖刀刺中下腹，但小伙强忍剧痛，没有倒下。他一手紧紧抓住刀柄，不让尖刀深入；一手像钳子，死死钳住歹徒的手腕不放。

女人趁机挣脱，嗷嗷大叫，挥拳砸向歹徒。

歹徒的脸红一阵白一阵，一时不知所措。

众人被小伙的英雄壮举深深感染，群情激愤，一窝蜂地射向歹徒，七手八脚，将歹徒摁倒在地。

有人赶紧掏出手机报警。

警车风驰电掣般地赶到。

警察怒不可遏，给歹徒戴上了冰冷的手铐。

人们小心扶住小伙，请求用警车送小伙去医院。

"儿子，我的儿子！"听到小伙吃力的呻吟，人们才发现小伙的身旁还站着个小男孩。小男孩五六岁的样子，被刚才惊心动魄的一幕吓呆了。

警车一路鸣笛，将小伙送到医院。

幸亏没有刺中要害。几天后，小伙的伤情得到缓解。

有关部门要给小伙评见义勇为的大英雄，小伙所在的单位竟炸开了锅。

"他可是我们单位最胆小怕事的人呵！"

"平常谨小慎微得不敢踩死一只蚂蚁！"

"说歹徒不费吹灰之力抢劫了他我们还信！他会赤手空拳与扬着凶器的歹徒搏斗，太邪！"

……

这样的议论传出，记者深感蹊跷。

"当时，那么多人鱼不动、水不跳的，你一个弱不禁风之人，何来胆量挺身而去？特别令人震惊的是，面对歹徒凶狠的尖刀，你为什么还敢奋勇向前？"记者找到病榻上的小伙，下意识地探问。

小伙犹豫道："你是想听真话，还是……？"

"当然想听真话！"

"那好，只是我的话你千万不要对外报道。"小伙的脸上飞过一朵红云。

记者认真地点头。

"当时，我的儿子憋不住拽了一下我的手，'爸，抓歹徒、抓歹徒呀！'我的儿子才六岁，还是稚气未脱的小毛孩，我堂堂一个大男人，总不能在他面前装孬种，让他都瞧不起吧？"

记者一愣："就这一点？"

"对，就这一点！"

[原载《小说界》2013年第1期，转载于《小说选刊》2013年第2期、2013年4月6日《南方农村报》《小小说选刊》2013年第6期、《小小说月刊》2013年第6期、《经典阅读·中学版》2013年第7期、2013年6月11日《城市金融报》、2013年10月27日《新民晚报》、2013年10月28日《鲁中晨报》《小小说大世界》2013年第12期、《文苑》2014年第2期、《天池小小说》2014年第5期、《视野》2014年第8期、《杂文选刊》2014年9月（下半月版）、《微型小说月报》2020年第1期，选入《2013中国年度小小说》《2013中国小小说年选》《新编中国小小说选集》（英译本，加拿大卓识学者出版社出版，选入时改名《勇士的秘密》），获"黔台杯·第二届世界华文微型小说大赛"二等奖]

一包烟蒂

海烟这人烟瘾大，只要没睡下，两个小时内不抽烟，准会失魂落魄一般。

可在家里，海烟却从不抽烟。烟瘾发了咋办？赶紧溜到外边去，狠狠地抽，过足了瘾再回家。

为什么如此？因为海烟深爱骆英，好不容易追到她，和她携手走进婚姻的殿堂。而骆英很反感海烟抽烟，特别是在她面前抽，让她吸二手烟。由于烟瘾实在戒不掉，海烟别无他法。

有段时间，骆英出差在外。海烟无聊，便在家中帮骆英整理衣物。本想骆英回家时，给她意外的惊喜，让她看到家里变了个样，不仅不凌乱，还井然有序。

哪料整着整着，衣柜隐蔽的一角，忽然冒出包东西。小心打开，竟全是烟蒂！

而且很显然，它们不是新生儿，年龄都不小了。

海烟气得脸煞白，心中大为不快。一个平素闻不得烟味的女人，应该十分讨厌烟蒂，干吗还要私藏？难道她——另有隐情？

朝等夜盼，骆英回来了。三两句寒暄之后，海烟很快拿出那包烟蒂。骆英愣，但立马又镇定自己。

"好家伙，你乱翻我的东西？"骆英气哄哄的，一副兴师问罪的模样。

"不是乱翻，夫人！想帮你整理好衣物，让你回来眼前一亮。哪料……"海烟尽量心平气和，"能向我解释一下，这是咋回事吗？"

"这……"骆英表现得不以为然，"有什么好解释的？既然你看着不顺眼，我把它扔远点就是！"

"谁都有自己的隐私。都什么时代了，海烟同志，你太不该乱翻我的东西！"骆英撂下一句话，揣上那包烟蒂，匆匆出门。

"好吧，是我错了。既然你可以扔掉它，我就当压根儿没见过。咱们，一切都是原来的样儿。"海烟软软地说。尽管他的心里，依然痛且苦着。

骆英不管。来到街边，犹豫再三，最后一咬牙，还是给艾川打了电话，约他去柳河公园见面。

艾川曾是骆英的同事，当然，他也早已结婚成家。

那时，骆英对艾川很来电。委婉地试探过艾川，感觉艾川对自己并不在意，也就未向他表露心迹。

一晃许多年过去。想不到艾川还是那么帅，那么有魅力。与艾川相见，骆英依然心动。

"骆英，找我这么突然，有什么事吗？"默默走过一段小路，艾川忍不住问。

骆英的脸唰地红了，小心拿出那包烟蒂："艾川你看，这是什么？"

"烟蒂？"艾川惊问，"骆英你从哪儿弄来这么多烟蒂？"

"从你那里！"骆英瞥一眼艾川。

"我这里？"艾川一头雾水。

"是啊！我们在一起上班那阵，你不是偶尔抽抽烟？"

"那又怎样？"

"你抽完烟会留下烟蒂，然后……"

"咋啦？"

骆英愣愣神，继而嗫嚅道："趁你走后或你不在意，我会悄悄拾起，将它们一股脑儿珍藏。"

艾川觉得好笑："这些没用的烟蒂，你珍藏它们干吗？"

"因为——"骆英的心突突突地跳起来，"它们可都是你吸过的，与你相关，总散发出你的气息！"

"这，这，这——"艾川感动得不行，"你怎么现在……"

"我本想珍藏一辈子，哪料忽然被老公发现。弃之不忍，只好——"骆英颤抖着，把那包烟蒂递给艾川，"还给你吧！"

"这，这，这……"

海烟不动声色，在难以被人发现的僻静处，耳闻目睹夜幕下发生的一切，心里真像打翻了五味瓶。

咬一咬牙，拿出壮士断腕的勇气，他终于狠心戒掉过去怎么也戒不掉的烟瘾，从此一身轻松，和骆英也相敬如宾，过起温馨和煦的小日子。

（原载《天池小小说》2014年第5期，转载于《小说选刊》2014年第6期，选入《2014年中国微型小说精选》）

里程碑

化学老师鲁藜是古渡中学高一年级43班的班主任。

43班新生入学不久，还未教学生们做化学试验，鲁老师就先拿他们做试验品，做了一个古怪的试验。

鲁老师把该班五十四名学生平均分为三组，每组十八人。第一组安排数学老师匡满带队，学生何叶任组长；第二组指定语文老师席君秋带队，学生林立升任组长；第三组则由他自己带队，学生吕布布任组长。按照预先确定的计划，三组学生同时从古渡中学出发，徒步去三个不同的村庄。

第一组出发时，匡老师只叮嘱学生们跟他走，至于去哪儿、有多远都别问。当然，问了也无可奉告。他说到了就到了。

第二组动身前，席老师先告诉学生们，

他们要去的地方是通什村，距离古渡中学十千米。

第三组要走的路程也是十千米，他们的目的地是哈尔盖村。一上路，鲁老师就向学生们讲明了情况。只是：第三组所走的道路，每隔一千米，路旁都竖有一块醒目的里程碑；第二组则不然，路上一块里程碑也没有。

返回学校，进入教室，在座位上一一坐好，学生们都用怪怪的眼光打量鲁老师。鲁老师却满脸微笑地站在讲台前，双手伏着讲台，神秘兮兮地询问各组的试验情况。

跟着匡老师，才走约两千米，我们这组就有人叫苦叫累；走到近五千米，不少同学已疲惫不堪；再往前走，多数同学都牢骚满腹、神情沮丧；个别人怒气冲冲，有的干脆蹲在路边等候。当匡老师终于说目的地南曲村到了时，跟在他身后的学生只有六人了！这时，匡老师连连摇头，他告诉我们：从南曲村到学校的距离是十千米呢！第一组组长何叶气喘吁吁地说。

那——为什么会这样？鲁老师关切地问。

因为目的地不明，又不知道有多远的路程，大家感觉都很茫然；一茫然，消极悲观的情绪随之上涌；消极悲观的情绪一上涌，要到达目的地自然就甚难。何叶深思熟虑后回答。

说得在理呀！鲁老师直点头。

那么第二组的情况呢？他把目光投向林立升。

我们这组吗？林立升眨了眨眼，情况可比第一组要好！走了大致五千米，才有人叫苦叫累；走到七千米多时，不少同学才表现疲倦；再往前走，我们还能咬紧牙关，艰难迈步。等席老师指点目的地，高喊：快到了，快到了！同学们才昂首挺胸、精神抖擞。好在我们这组没人当逃兵，全部到达了目的地！

为什么没人当逃兵？鲁老师有意追问。

因为目的地很明确，行程也十分清楚。总的说来，大家心里有个底。林立升脱口而出。

既然如此，同学们为什么还会感觉劳累、疲惫？鲁老师再问。

因为只是走啊走，走了多远？还有多久？路上没有标识，心中没有底数。仍会不时有茫然之感！林立升摸摸后脑勺。

鲁老师首肯。

到第三组了。鲁老师用手指轻轻地敲了敲讲台。

很简单，我们这组沿途有说有笑、精神焕发。大家几乎是身轻如燕、健步似飞赶到了目的地。吕布布满脸的阳光灿烂。

鲁老师眼睛一亮：为什么会这样好？

因为我们的目的地和总行程早已了然于胸。路上还不断地出现里程碑。每走一段路，看到一块里程碑，大家便知道离目的地又近了一千米。心里就又多了一份成就感，精神当然也为之一振！吕布布说得眉飞色舞。

鲁老师也听得频频颔首。

这时，终于有学生憋不住，站起来高声而不解地问：鲁老师，你为什么要做这么个试验？

问得好！鲁老师扬扬手示意那个同学落座。又意味深长地看看全班学生：同学们，你们不是反复、多次地问我，这高中三年究竟怎么过吗？现在，我已把答案告诉了你们。仔细想想吧！

同学们茅塞顿开、恍然大悟，一个个高兴地笑了。

从此，43班的学生比该校同年级其他班的学生都有锐气。

三年后的高考，他们也比该校同年级的其他班考得更好。

很多年过去了。忆起那次特殊的试验，同学们仍然历历在目、心潮澎湃。他们知道，鲁老师总在路上。路上，总有耀眼的里程碑！

[原载《安徽文学》2010年第12期，转载于《小小说选刊》2011年第4期、《故事家（微型经典故事）》2011年第7期（转载时题目已改为《古怪的实验》），选入《2011年中国微型小说精选》《最具中学生人气的校园小小说》《受益孩子一生的励志故事·阳光总在风雨后》《最具启发性的智慧美文·领着自己回家》]

犯点傻

马新朝和马萧萧父子在小城开了家服装店。

起初,生意说不上好,但亦能勉强维持。父子俩守着这家服装店,不慌不忙,倒也潇洒自在。

一天,有位满头银发的老人精神矍铄地走进服装店。

"老板,这件西装是前天我过生日,儿子特意买了送给我的。今天试穿才发现,袖口有点破了,你能帮我换一件吗?"老人从手提袋里掏出一件西装,试图递给正在经营生意的马萧萧。

刚要递出,老人忽然想起什么,又把手缩了回来。他再次查看那个袖口,发现只是脱了点线,简单补几针就好,犯不着麻烦店里,便红着脸说:"其实也无大碍,算了，还是不换了。”

马萧萧松了口气。

老人转过身子，正要出店。马新朝却若有所思地直奔过来。

“老人家，您来这里也不容易。让我看看您的西装？”马新朝温和地招呼老人。

“线头脱了，说明还是有问题。这样吧，”看过那件西装，马新朝毅然吩咐马萧萧说，“你立马领老人家去换，一定要选好的，尽量让老人家满意。”说完，便把老人的西装轻轻放进衣柜。

老人换好西装，笑呵呵地走了。

马萧萧却噘着嘴，愁眉不展。

“爸，别人都准备走了，你干吗还追上去，非得给他换呢？”

马新朝微微一笑：“老人家既然来了，为什么不让他满意而归？虽然那西装只有很小很小的问题，又不是我们的问题！”

“不是我们的问题？”马萧萧大惊。

“是啊！”马新朝有意从衣柜里取出那件西装，“你看，我们没卖过这种品牌吧？”他翻出西装的标签，让马萧萧看个明白。

这不看不打紧，一看，马萧萧更是丈二和尚，摸不着头脑！

“爸，我明白了，那老头压根儿不是我们的顾客，他的西装根本就不是我们出售的。既然如此，你干吗还佯装不知，一定要我给他调换？这不是犯傻吗？”

“不错！”马新朝依然微微一笑，“生意人犯点傻，也许能凝聚人气和财气哩！不信你等着瞧，老人家甚至老人家一家子都可能成为咱服装店的常客呢！”

“父亲邪了！”马萧萧心想，头禁不住摇得像风中的树叶。

可出乎意料，第二天，那老人就迫不及待地来了。

“老板，真不好意思，只怪我看走了眼。我的西装儿子是在新汇服装店买的，你这是新江服装店。而且，你换给我的西装，牌子比我那件好多了。所以……"老人一进门就忙不迭地道歉。

马萧萧十分惊喜，准备取出那件西装和老人调换。正要去开衣柜，马新朝又满面春风地走过来。

"慢！"马新朝朝马萧萧一摆手，然后转向那老人，"老人家，换了就换了，何必反反复复？只要您满意，我们就高兴。不要再把这事放在心上，回去吧，就当我们交个朋友。怎样？"

老人一愣："这……"

"不好吗？"马新朝十二分的诚恳。

老人感激不尽地走了。

马萧萧又是一头雾水。

"爸，人家发现不是我们的问题，都主动上门道歉了，你干吗还劝人家不换？我们不是眼睁睁地吃大亏了？你为什么一而再地犯傻呀？"马萧萧几乎发怒了。

马新朝依然心平气和："我说过，犯点傻能凝聚人气和财气。也许，老人家和老人家一家子还真能成为我们的常客哩！不信，你等着瞧。"

马萧萧觉得滑稽，便用一种异样的眼光久久地打量着父亲。

说来也怪，一周后，那老人又兴冲冲地来了，而且带着自己的三个儿女。

这回，不只那老人，连老人的三个儿女也二话不说，每人买了一套西装，都是名牌的，还不和店里讨价还价。

马萧萧服了。

自此，新江服装店的生意越做越大、越来越红火。

马新朝过世后，马萧萧做起服装店的老板。他也学着当年父亲的口吻，对儿子马先发说："生意人犯点傻，也许能凝聚人气和财气哩！不信，你等着瞧！"

[原载《芒种》2013年第9期（上半月），转载于《小小说选刊》2013年第19期、《微型小说选刊》2013年第20期]

永远是朋友

确切地讲，她写的诗还不算诗：既没有诗的音乐美，又没有诗的哲理和精粹，甚至完全由一句句拦腰掐断的白话文拼结而成。我闹不明白：她何以对诗痴迷到那种地步，一有空就捧读雪莱、普希金、泰戈尔、艾青等的诗，就没完没了地写，写了一本又一本，全都拿来请我指教。当然，我也是个诗外汉：一者，产量并不高；二者，质量也堪忧。只是见怪不怪，我的诗居然也能在堂而皇之的文学刊物上发表。于是，她把我当老师了。恭敬不如从命，我索性像指教学生一样指教了她半年。这半年，她进步不大，只在区区地市级小报上发表了三两首小诗，还是我给她动了近百分之七十的"手术"，但她十分满意。交往时间一长，我们成了朋友。

虽说爱诗写诗，却没有诗一样的隽永和美丽，这是她终身遗憾的，后面的故事跟着就发生了：有个周末的夜晚，因为厌倦了逛马路、读小说、玩扑克等，我们寝室的几名男生寻欢作乐地对全班二十几名女生评头论足起来。经过激烈的辩论，我们按美丑顺序给她们打分排队，又给她们逐一取了绰号。她呢，几乎毫无异议地被排在最末，还被戏称为"丑小鸭"。理由？J君说，她的外表太难看；S君说，她说话做作、歌声尖酸刺耳；L君说，她每进教室，肥厚的屁股都像钟摆一样左右摇摆，还有……其实，那晚我并未参与对她的评判，因为毕竟有些碍于交情，于心不忍。

然而，第二天刚下晚自习，她就气咻咻地在校园内的那条小煤屑路上拦截了我。"我真的那样丑吗？""不知道！""装蒜，你以为你够得上美吗？撒泡尿自己照照！"……天大的冤枉！我们终于闹崩了，从此不再谈诗，甚至远远地绕道而行。

冤家路窄。毕业前夕，我们偏偏又被安排在同一家医院实习。实习医院路途遥远，中午，我们只好就地搭餐。我没想到，三年过去，她会将以往的羞辱全忘，俨然换了个人，大大咧咧地向我走近。她主动向我谈起实习单位指导老师的印象，谈起工作中的体会和今后的打算。而且每次用餐，她都宁愿多买些饭菜，然后分给我一半，说我身体差，多吃点，长胖才像男子汉。俗话说，冤家宜解不宜结。想开了——闲暇时，我们又头凑在一起谈诗写诗。下班回校，公共汽车拥挤，她个儿矮小，上不去，我便抱着她的腰肢不顾一切地直往人堆里钻……很快，我们好得像兄妹了。

实习完，要毕业了，灯火阑珊之夜，她下意识地把我叫到咸加湖畔。凉风阵阵吹来，她心里也顿生莫名的忧伤，盯着我，她说："时间不多了……"我说："是啊！""可你知道我喜欢谁？"说这话时她的头急速勾下，脸红得像燃烧的晚霞。"这——"我沉默了。"我想你还在怨我的"，停顿片刻，她接着说："那晚全怪我轻信人言，让你受冤屈了，我没想到你们宿舍的顽皮虫会存心捣蛋，而知道事情真相又在实习前夕……"我大悟之下立即大度起来："这事只是一个调料，一段小插曲，无损大局的！""那么——"她抬头望着我，目光灼灼逼人。"让我们永远是朋友吧。"我意识到我对她只有纯洁的友谊，我丝毫没有朦朦胧胧爱她的感觉。她的眼角很快滚落一颗晶莹的泪珠："可是——""我知道我们有共同的语言、共同的爱好，接触的时间也长，但感情这东西……"

就这样闷闷不乐地分了手，我以为她会痛恨我一辈子。然而，走上工作岗位后的第一个春节前夕，她从遥远的乌鲁木齐给我寄来了精心制作的明信片："祝福你，永远的朋友！"端详这娟秀而潇洒的工艺美术字体，不知怎的，我的眼眶湿润了。

一瞬间，她的形象竟丰满而美丽起来。

（原载《岁月》1995年第3期，收入《中国当代散文精选》第8辑）

爱的谎言

算命那当儿，夫妻俩谎称兄妹。

"妹"先算。报过生辰八字，瞎子说："大姐，你的婚姻最多可持续两年，很快，将有一大款追你，你们相见恨晚，暗度陈仓……"

然后"哥"算。报过生辰八字，瞎子说："大哥，你的生意迟早要栽，虽然现时红火，但发财与你无缘。这辈子，也不会再有真心爱你的女人，还是踏踏实实干事业好！……"

算完，"哥"捏了一把汗。从此生意不做，又去攻他的电脑。对妻子也好了，体贴、关心、爱护，什么都做，还再三恳求妻不要朝秦暮楚。妻说念你恩爱有加，就与命运对着干，成全你吧！两人鱼水相依，手足同情。夫的《简易快速高效电脑程序语言》

一书亦很快发表，而且引起了不小的轰动。

但好景不长，妻终于遇上了车祸。临死前，想妻本该跟某大款红红火火过日子的，却因与命运为敌，落得结局凄惨。夫泪飞如雨，十分内疚地对妻子说："早知我会害了你，我该成全你的。""哪儿的话，"妻两眼放光，"那是我与瞎子事先'串通'，瞎子照我的意思说的。那时，你因手头有了钱就当家庭是旅馆，我真担心你寻花问柳，怕失去你啊！"

夫便哭得更伤心了。

[原载 1994 年 11 月 13 日《中国检察报》，转载于《微型小说选刊》1995 年第 3 期、《当代闪小说》2013 年第 1 期、新加坡《锡山》杂志第 39 期，选入《中国闪小说年度佳作 2014》《闪小说·感恩篇·冰淇淋的眼泪》（中国当代闪小说超值经典珍藏书系）、《黄河湄南河上的星光》（中泰闪小说精选集）、《璀璨星空——闪小说的 365 夜》《当代中国闪小说精华选粹（传奇卷）》]

"红狐狸"与"北方狼"

或许是丈夫没有了往日的机智、幽默和浪漫，或许是丈夫失去了先前的温柔、体贴和钟情，或许是丈夫终日忙碌、自己时常闲着，丈夫的钱袋子日益鼓胀、自己又相信"男人有钱就变坏"，小青心里越来越空虚、越来越疑虑、越来越烦躁、越来越慌张。

这天，丈夫又打来电话，说有生意要谈，得很晚才能回家。独自吃着晚饭，小青感觉喉头似乎哽咽着一枚酸枣和一支黄连。

华灯初上，凉风习习。小青决定上街遛遛、消消闷气。走着走着，小青很快被街边的"浪漫世界"网吧所吸引，按捺不住心跳，兴冲冲地踱了进去。经人指点，小青学会了上网吧聊天室聊天，还给自己取了个"红狐狸"的网名。不一会儿，小青便和一个网名叫"北方狼"的网友聊上了。这家伙很大胆、很幽默、很钟情的。他说一直以来，特别是夜幕降临时分，他总能看见河对岸有只火一样燃烧的红狐狸，宛如精灵一般忽隐忽现。他憧憬了很久，极想冲过去逮住她，在与她彻夜不息地狂爱之后，一口将她咬死，血淋淋地吞进肚里。只可惜河面太宽，又长久没有结冰，他过不去，过不去也要天天在河岸守候嗥叫。红狐狸内心很感动，好像走过冰天雪地的寒冬，突然被强烈的春日阳光直射。红狐狸说，她也看见了河对岸那只两眼闪着绿光、张着血盆大口、抖着獠牙利齿的北方狼，她渴望被他勇猛地追赶，和他疯狂地做爱，甚至被他野蛮地撕碎，那可是一种洪水般的刚烈、一种山火般的情意呵！北方狼全身颤抖，俨然终于冲出无边无垠的沙漠，眼前忽然亮出了花香扑鼻的绿洲。那晚，红狐狸与北方狼聊了很久，聊得很醉。

一来二往，网上春秋。红狐狸与北方狼的爱情在心灵深处潜生暗长、日渐丰茂。

这天刚一上网，北方狼便给红狐狸发来了一首情诗。诗云：

我爱你今天的这副模样——

河畔一朵幽香的花

在朦朦胧胧的雾霭中开放

明天的日子，也该是

脉脉的虎渡河边

清凉清凉的月光下

蓊蓊郁郁的树木

怀着蜜一般的核仁

以前与北方狼聊天，红狐狸觉得他既辣又刚且凶，如今收到北方狼的情诗，红狐狸感到他既真又善且柔。红狐狸情不自禁了。她虽然不会写诗，但前不久还是读到了一首好诗，于是赶快给北方狼发了过去。诗曰：

如何让你遇见我

在我最美丽的时刻

为这，我已在佛前

求了五百年

求他让我们结一段尘缘

佛于是把我化作一棵树

长在你必经的路旁

阳光下慎重地开满了花

朵朵都是我前世的盼望

借诗传情，两人心中爱的火苗越烧越旺，都感到魂不守舍，思念在飞了。于是双方约定：9月9日晚9时，两人在滨湖公园的前门见面，见面时，红狐狸怀抱一只玩具狐，北方狼手擒一只玩具狼。两人心花怒放，匆匆前往。结果：

（一）

北方狼是一个美丽动人的姑娘，全身散发出诱人的青春气息。北方狼原以为红狐狸是个英俊不凡的小伙，朝气蓬勃如冉冉升起的太阳。因为生活乏味、缺少新奇，也想无事寻欢、幽默调皮呢，哪知——俩人起初面面相觑，继而捧腹大笑，笑声如银铃，被秋风吹落了一地。

（二）

北方狼是个既耳聋又腿跛的大龄男人，认识他的女孩没有愿与他携手同行的，他不甘心，偏要从网上感受爱情的滋味。两人见面时，北方狼扬扬自得，红狐狸忧郁不堪。

（三）

北方狼是个十四岁的小男孩，北方狼狡黠地笑着。红狐狸胃口大伤，头一摇，叹道："这么小就不正经，追花逐柳，没出息！"北方狼不以为然，他眼珠滴溜一转，说："阿姨，你花心就像我妈。我妈迷上网上情人后，把我和爸给抛了，我恨她！"又说："从此，我就想捉弄、报复像我妈一样花心的女人，为我爸出气。你是我捉弄的第三个！"说着呜呜呜地痛哭起来。红狐狸目瞪口呆，看着北方狼，眼角也滚落了一颗豆大的泪珠。

（四）

红狐狸与北方狼都不敢相信自己的眼睛，当他们定睛再看，红狐狸发现北方狼乃自己丈夫小刚，北方狼发现红狐狸乃自己妻子小青！当此之时，两人就像发了疯的狮子，咆哮着冲向对方，很快臭骂和扭打成一团。不多久，红狐狸就鼻青脸肿，北方狼的脸上也血痕深深。

（原载《通俗小说报》2009年第9期，转载于《小小说大世界》2010年第4期）

童心

　　走出公园不远，遇见一个乞丐，一把鼻涕一把眼泪，正在街边向人行乞。那乞丐面黄肌瘦、老态龙钟、腿瘸手残、衣衫褴褛，嘴里叼着个破瓷碗，碗里已有些许人民币。

　　我十分恶心，正欲绕道而行。女儿却拖住我，大声问："爸，那老爷爷在干啥呀？""讨钱！"我告诉女儿。"那我们也给他一点钱吧？"女儿恳求道。"不行！"我摇头回答。"干吗？"女儿圆睁着眼。我赶紧凑近女儿，冲那乞丐没好脸地说："有人好逸恶劳，想靠行乞致富，所以伪装残疾、伪装穷困、伪装可怜，以此博取善良者的同情和施舍。这种骗人的把戏，报上披露过，我也见得多。"女儿不以为然："行乞的都好逸恶劳、伪装可怜吗？""那倒不一定！"我小心回答。"既然如此，你敢肯定他好逸恶劳、伪装可怜吗？"女儿紧逼一步。"那也不一定！""既然如此，我们何不给他一点钱，可怜可怜他？""万一他是伪装的，我们岂不上当受骗，助长好逸恶劳的恶习？""万一他不是伪装的，我们岂不冤枉了他，错过了一次行善的机会？"说到这里，女儿又抱怨道，"你们大人，总是喜欢把人往坏的方面想。""行了行了，你的意思是无论如何要给他一点钱？""对，即使被骗了，我们也不会留下遗憾。"

我被女儿说服了，心想：女儿在公园玩一天，要花费一百多元呢，给那乞丐一丁点施舍又算什么？再说，女儿的爱心可嘉，值！于是掏出五元钱，叫女儿赶紧递给那乞丐。

奇怪的是，就在女儿高举五元钱即将奔过去时，那乞丐竟蓦地站起来，拔腿便跑，丝毫没有残疾的迹象。女儿在后边追赶："老爷爷、老爷爷，给你钱！"那乞丐仿佛没听见，头也不回。女儿愈喊，他愈慌张，跑得愈快。

望着乞丐渐渐远去的背影，女儿一脸的无奈和茫然。我忽然明白了：乞丐的良心已被女儿的童心唤醒。这世上，最能征服和撼人心魄的，有时竟是冰清玉洁、天真无邪的童心啊！

[原载《短小说》2003年第6期，转载于《海外文摘》2018年第2期（转载时题目改为《女儿与乞丐》）、《微型小说月报》2018年第4期（转载时题目改为《女儿与乞丐》），选入《中国闪小说年度佳作2014》《当代中国闪小说精华选粹（传奇卷）》]

两名士兵

那是 Z 国和 Y 国之间的一场战争。

黑黢黢的深夜，两名士兵慢慢苏醒。

醒过来的两名士兵挣扎着，各自从死人堆里爬了出来。

他们都伤得不轻。

感觉到彼此的气息之后，两人跌跌撞撞地碰在一起，紧紧拥抱，亲脸，失声痛哭，泪落如雨……

天亮了，两名士兵几乎同时发现对方是敌兵，又几乎同时愣怔了一下。霎时，他们眼冒烈焰，像狼一样凶狠地扑向对方，扭打成一团。

两个人都死死地掐住了对方的脖子，两个人都拼命地挣扎、挣扎、挣扎。最后，双双气绝身亡，死在战壕里，死在了一块儿。

死后，两个人的眼角和面颊上都有泪，

凝胶似的。

　　战场复归宁静，一切如初。

　　（原载 2019 年 3 月 20 日《梅州日报》，转载于《小小说选刊》2020 年第 3 期，选入海外孔子学院《阅读》教材 2020 年春季版）

新孝顺时代

　　独生子小齐是个摄影名家，也是个大孝子。小齐常为母亲摄影，对母亲也一直体贴入微、百依百顺。

　　可现在，小齐却不再给母亲摄影。不摄影也罢，还故意辞退了家里的保姆。其实，保姆特别尽心尽力，做事也非常令人满意的。小齐不管，辞了保姆就把孀居的母亲接来，让母亲替代保姆照料孙子，照看宠物狗——贵宾犬灵通。小齐还让母亲给他们一家人做饭、洗衣，每天打扫家里卫生。做饭、洗衣、打扫卫生原为妻子的"功课"，妻子本来做得好好的，小齐却说服妻子，要她停下来休整。

　　孙子还小，正是咿呀学语的年龄。儿媳上班后，孙子就成了母亲精心看护的宝贝，一般都要捧在手心，寸步不离。照看灵通的事儿也多，每天要给它准备水和食物，每周要给它洗澡，每晚要带它遛街，遛街后要为它洗脸洗脚洗屁股。当然，帮灵通洗澡、带它遛街是只有儿媳在家时才能做的；做饭、洗衣、打扫卫生也只有儿媳能看护孙子时方可为之。

总之，每天从清晨六点起床后到半夜十一点睡觉前，这段时间，母亲都得像一台高速运转的机器，手脚不停地忙，忙得腰酸背痛、气喘吁吁。

父亲走得早，母亲年轻时受过太多累，吃过不少苦，本想老了轻松轻松、享享清福的。如果不是为了儿子，如果不是儿子召唤，什么人想安排她做事她都不会动弹。她偶尔也会在心里生生气，儿子儿媳年纪轻轻的就悠然自得地当看客，把她这个老太太当奴隶支使竟心安理得。但儿子硬要这样，她也无奈，只好听之任之、任劳任怨。

这样忙碌和劳累的日子好像苦熬了一个多世纪。

有天，儿子小齐终于开心地举起相机，示意母亲摆好造型，咔嚓咔嚓地为她照了一组生活照，还神秘兮兮地不让她看，存心把她的胃口吊得很高。

小齐悄悄地把母亲的照片发给一家有影响力的婚姻家庭类杂志社。很快，母亲的照片就登上了那家杂志的封面。杂志社还来信，请母亲做其形象大使，要儿子定期拍摄母亲的照片，发过去，供他们选登。

"妈，您的美人照都上了这家大刊的封面了，您快来瞧瞧，瞧瞧，感觉怎么样？"收到样刊后，小齐兴高采烈地把杂志举到母亲面前。

母亲一看，脸上立马有片红霞飞过："儿子，你在捣什么鬼，把你妈这个丑老太婆照得这样美？"

"妈，不是我捣了什么鬼，而是您——"儿子得意扬扬地夸赞，"真的又变美了！"

"你呀你！"母亲点了一下小齐的鼻尖，笑笑。

第二天，小齐便把保姆请回家中，不让母亲做家务了。

"都说姑娘的心天上的云，一天十八变。儿子，你个大男人，怎么也没个定数，主意翻来覆去的？"母亲不解地问。

"是这样的。"儿子满面春风道，"妈，您爱美是不？前段时间，您忽然发胖了，胖得像只笨鹅，我知道您心里不爽，我也着急。那段时间，您不让我拍您，我当然心有灵犀。为了让您尽快减肥，尽快苗条俊俏，我想啊想，吃药和保健品不行，都有毒副作用伤身体，还是用'苦肉计'吧，让您多做事、多操劳，以此消耗体内脂肪，还可锻炼身体、增强体质……"

"哦，原来是这样，还是我儿关心我！"母亲竖起了大拇指。

小齐笑着说："您可别偏心，这也是您媳妇的主意，是我俩共同商定的，您不夸夸她？"

"媳妇好，媳妇好啊！"母亲乐得不行。

这时，儿媳憋不住接过话茬儿："妈，咱们的目标已经实现，从此，您不用再劳累了，就在我们家享清福吧！所有杂七杂八的事儿全交给保姆，保姆做不了的，还有我和您儿子哩！"

"那怎么行？"母亲嘟哝道，"我这一清闲下来，体内脂肪消耗不掉，身体还不一样发胖？你们难道不希望妈的形象就这样美下去？"母亲眹了眹眼。

"这……"小齐和媳妇都愣住了。

"你们的孝顺妈心领了。"母亲调侃道，"这保姆我也当顺了，还是让我继续当下去吧。一举两得，既可为你们节省开支，又可使我一直保持苗条身材，何乐而不为？"

[原载《新老年》2018年第3期（发表时的题目为《苦肉计》）、《啄木鸟》2018年第8期，转载于《微型小说选刊·金故事》2018年第11期、《小小说选刊》2018年第19期、《小说选刊》2019年第3期，选入《2018中国年度小小说》，获2018"武陵"杯·世界华语微型小说年度奖一等奖、第17届《小小说选刊》优秀作品奖]

双赢

不是冤家不聚头，这话好像是冲着金克木和灰娃夫妻俩说的。他们在一起，还真是大吵三六九，小吵天天有。而每每吵得凶时，妻子灰娃又总要摔一样东西：要么一只碗，要么一个茶杯，要么一把椅子……每次，只要灰娃一发威摔起东西，金克木就胆战心疼，像只缩头乌龟了。

这回，还没吃完晚饭，金克木和灰娃又开始为芝麻大的事儿喋喋不休地争吵。吵得火药味很浓时，灰娃又故态复萌，抓起桌上一只碗，狠狠地朝地上摔去。只听"咣当"一声，碗立马摔得粉碎。

可与以往判若两人：金克木不仅没有甘拜下风，反倒昂首挺胸、毫无惧色。

"你狠！饭桌上还有那么多碗，你摔，你都摔呀！"金克木端坐于桌旁，双臂交叉、抱胸，一副无所谓的模样。

"你以为我不敢吗？"灰娃一愣，凶巴巴地瞪瞪金克木，扬起的双臂像扫帚一样，狠狠地向桌面扫去。"哗啦啦！"桌上的碗筷顷刻像雨点般落地。

"你狠！你索性连这张饭桌也砸，砸呀！"金克木站起来，一边往墙边退让，一边激将灰娃。

"你以为我不敢？"灰娃又咄咄逼人地瞪一眼金克木，抓起一根大木棍就向饭桌猛击。

"好家伙！还有椅子呢？"金克木搓搓手。

"砸！"灰娃咬咬牙。

于是，椅子砸了。

"还有铁锅呢？"

"砸！"

铁锅又砸了。

"还有水缸呢？"

"砸！"

……

不一会儿工夫，他们家里能摔能砸的东西，就几乎全摔全砸了。地上如天女散花、一片狼藉。

直到这时，金克木才像泄完了气的皮球，灰娃才像站到了胜利的凯旋门前。

吵架归吵架，吵完架日子还得过呀！第二天，等俩人都心平气和了，他们又不得不结伴进城，去买锅碗瓢盆桌椅板凳……回家的路上，俩人细细一算，买这些东西竟花了两千多元。对一个并不富裕的农村家庭来说，这可不是笔小钱呵！

灰娃的心里像刀割似的疼痛，十分懊悔自己太意气用事。当然，灰娃绝不会把情绪写在脸上。她努力地克制着自己，不让金克木拿捏到自己的软肋。

　　金克木呢，心里也隐隐作痛，表面却装得十分慷慨："老婆，只要你觉得消气解恨，以后我们吵得恶时，你还把这些东西一股脑儿地砸掉，就当是砸堆土坷垃，就当是砸别人的破烂货！"

　　灰娃吃惊地瞅瞅金克木："砸了咋办？"

　　"陪你进城，买呗！"

　　"真的？"

　　"真的！"

　　金克木越说越轻松，灰娃却不由自主地低下了头。

　　灰娃软绵绵地说："下次再不砸了！天王老子要我砸，我也不砸了！"

　　"真的？"

　　"真的！"

　　金克木将信将疑。

　　没过多久，金克木和灰娃再度发生争吵。吵得不可开交时，灰娃又急火攻心，狠狠地抓起桌上一只碗。

　　金克木先是慌了，但转眼又镇静下来。

　　"砸呀！"金克木下意识地冲着灰娃大吼。

　　灰娃恼怒地瞪一眼金克木，把碗高高地扬起。可在空中停留了很久，碗还是紧紧地抓在灰娃的手里。

　　"凭什么要听你的使唤！"灰娃如梦方醒，出其不意地反问。可不等金克木开口，灰娃立马又说："老娘今天邪了，偏不砸哩！"

　　"真的？"

　　"真的！"

　　"这，这……"金克木似乎黔驴技穷了。

　　其实，金克木心中窃喜；灰娃的心里，也暗自得意。

　　（原载2011年3月21日《羊城晚报》，转载于《小小说选刊》2011年第11期、《微型小说月报》2011年第7期、《微型小说选刊》2011年第22期，选入《2011中国年度小小说》）

你为什么不早说

清风徐来，鸟声啁啾。眼前的景色不错，伊蕾的心情也好。现在，她独自在松涛公园的一隅散步，尽情享受这自由自在的美妙时光。

忽然，伊蕾感到自己背上正有尖锐的东西在顶。轻轻回过头来，才发现自己遭遇了贼。贼手里的钢刀明晃晃、冷飕飕的。

贼凶神恶煞似的瞪着伊蕾："识趣一点，就不要让我动手。我若动手，你定要流血。听着，乖乖地把金项链取下来交给我……""我的天，羊怎么斗得过狼？"伊蕾脑海中闪过一个念头。慌乱中她颤抖着取下颈上的那串项链。

贼麻利地收好钢刀，一把夺过这金灿灿的宝贝，大摇大摆地扬长而去。望着贼鬼魅似的背影渐行渐远，伊蕾惊魂未定，好一阵心情才平静下来。然而出人意料，那贼不但不担心她报警，不但不趁早溜之大吉，反倒恼羞成怒、咬牙切齿地折转回来，把金灿灿的项链狠狠地朝地上一扔，气急败坏地冲伊蕾咆哮："臭娘儿们，老子悄悄跟踪你好半天，费了九牛二虎之力，得到的竟是一串假冒货！既然知道它是假的，你怎么不早说？你安的什么心？"说着眼睛瞪得如牛大，仿佛要吃了她。

伊蕾并没打算躲开，她纹丝未动地钉在原地，昂起头问贼："你怎么肯定这金灿灿的项链还会有假？"

"臭娘儿们，你还想要我？我去过公园门口的那家珠宝店，他们鉴定的结果会假？再要骗我，找死啊你！"贼把牙齿咬得咯咯响。

伊蕾仍然面无惧色、昂首挺胸："这位兄弟，我们夫妻俩都是下岗工人，哪有钱去买真金项链？但是丈夫真的爱我，弄串假的给我戴上，以假当真，让我体验体验、自我陶醉一下都不行吗？人活在世上，谁都有追求美好和感受高贵的权利吧？"

"这……"贼一下愣住了，"你，你怎么不早说呢？"

"我早说？"伊蕾心想，"我早说你会信吗？你还不……"

贼低下头，将项链从地上捡起来，塞进伊蕾手中。伊蕾接过项链，轻轻地说："这位兄弟，我看你身强力壮的，去找份正经事做吧，干什么都能养活自己，都比干这个要强得多呀……"贼眼里有了一丝愧意，却没敢正眼看她，低着头用含糊的声音说了句"对……对……对不起了……"，然后，撒腿就往公园门口跑去。

这时晚霞绚丽，公园的林荫道上也洒落了一层黄灿灿的碎金。

（原载2011年1月7日《湖南工人报》，转载于《微型小说月报》2012年第1期，选入《2011年中国手机小说精选》）

记得那时

辛笛是星河小学三年级的学生。

一天放学，背着书包蹦蹦跳跳地回家，忽然眼睛一亮——他发现了路上躺着的七元钱。

"是谁不慎掉下的呢？"辛笛的胸口突突突地跳得厉害。要知道，那可是五分钱就能买到一个鸡蛋的年代！

他机警地环顾四周，无人，赶紧弯腰去捡。揣进口袋乐陶陶地回到家中，好几次话已溜到嘴边，却被辛笛狠狠地吞回肚里，硬是没让爹妈知道自己捡钱的事儿。

七元钱绝不是小钱呵！晚上，辛笛翻来覆去地睡不着——他太兴奋了。

"拾金不昧！""学习雷锋好榜样！"不知怎的，辛笛的脑海中又突然冒出这样的念头，"捡到钱不交是可耻的！至少也说明自己的思想觉悟低呗！所以，明天一上学，就得把钱交给班主任曾老师。"

"可是，七元钱全交吗？"辛笛又的确舍不得。"怎么办呢？"辛笛转眼一想，决定只向曾老师上交3元，余下的4元则自己揣着。"这样，既赚了大头，还可得到老师和学校的表扬，何乐而不为呢？"

于是，第二天一上学，辛笛就悄悄找到班主任曾老师，把在路上捡到的三元钱大大方方地交给他。

果不其然，上课的铃声刚刚响过，曾老师就笑容可掬地迈进教室，竖起大拇指赞不绝口地表扬了他，同学们也向他投来极度赞许的目光。

不仅如此，课间操时，校长孔孚还当着全校师生的面，浓墨重彩地推介辛笛，号召全校师生向辛笛学习。

学校的宣传栏里也贴出了文章：《学习辛笛，做雷锋式的好学生！》，文章的四周，还贴满了同学们热情洋溢的心得和誓言！

如此一渲染，辛笛就忐忑不安了。捏捏自己口袋里私藏的四元钱，他的脸又烫又红。"哪里是雷锋式的好学生？哪里值得全校师生学习呀！"他感到羞愧。

可再把四元钱交给曾老师吗？老师、同学还有校长又会怎样看我？——哦，原来辛笛也是自私自利的孩子！

那么，就说自己又捡到了四元钱？——鬼才信呢！就你辛笛能捡钱？同学们都捡不到？思虑再三，辛笛决定，索性不上交那四元钱。

但接下来辛笛又寝食难安了。自己不配老师、校长和同学们的赞扬事小，更可怕的是，这样私心作祟做坏事，怕要遭报应的！善有善报，恶有恶报。爹妈经常这样念叨呀。

怎么办呢？经过一番苦思冥想，办法终于有了。

第二天，赶在同学们之前，辛笛悄悄把四元钱"掉"在了放学回家的路上。辛笛觉得这一招既无私又高明，不仅四元钱"交"出去了，还让别的同学捡到钱交给老师后，得到老师和学校的表扬，自己该是做了件"好事"吧！

可是一天过去，学校里没有同学得到表扬；两天过去，依然没有；一周过去，也没有……

辛笛开始后悔了，他好几次跑到自己"掉"钱的地方，很仔细地想找回那"丢失"的四元钱，但是没有找到。也许，这钱是被哪个同学捡到后私藏了；又或者，是被一阵风刮走了吧。

想到这里，辛笛狠狠地拍了拍自己的前额："唉！"

（原载 2011 年 10 月 11 日《新课程报·语文导刊》、香港《新文学》2011 年第 10 期，转载于《小小说选刊》2011 年第 19 期）

男人的心

　　杨邪最怕陪老婆苏笑嫣逛商场，苏笑嫣却最喜欢要杨邪陪同。每次逛商场，杨邪就像坐监牢，度日如年。而苏笑嫣呢，却总是乐此不疲：这里看看，那里瞧瞧，半天选不中一件商品还春风满面；当然，如果有幸选中了某件，那可就要心花怒放。常常这样，杨邪饥肠辘辘、全身乏力了，苏笑嫣还兴致勃勃、精神抖擞。

　　即便如此，只要苏笑嫣有要求，杨邪还是不得不陪。这第一嘛，与苏笑嫣谈恋爱之前，苏笑嫣就有言在先。他们达成过君子协议，婚后也不能单方面毁约。第二，本来就很漂亮的苏笑嫣，婚后因为爱的滋润越发魅力四射，让不少男性眼睛发亮。如果惹她不舒服而变心，对杨邪是很危险的。说得更明白些，万一苏笑嫣跟别的男人走了，那是杨邪无法承受的灾难。所以，要逛商场，杨邪只能硬着头皮，陪！

星期天的阳光很灿烂。一看天气甚好，苏笑嫣又向杨邪发出邀请。苏笑嫣还带上了活蹦乱跳的女儿杨粼。杨邪则远远跟在她们身后，算是陪着。

进了商场也一样，苏笑嫣牵着杨粼的小手，这里瞅瞅，那里察察；这里问询，那里打探。兴趣盎然，津津有味。杨邪却戴着一副墨镜，双手插在裤袋里，远远跟随她们，不时盯盯苏笑嫣肩上的坤包。那神情就像侦探或贼发现了目标，准备行动前既小心翼翼又镇静自若。

不知跟了多久，杨邪无意间发现，有个身材和他差不多，戴着副墨镜，双手插在裤袋里，文雅如他的年轻小伙，也在不声不响地打量苏笑嫣，审视和揣摩她肩上的坤包。

似有心理感应，那小伙也注意杨邪了，认定杨邪同样对苏笑嫣产生了兴趣，而且杨邪比他更早更快地瞄准了目标。

悄悄交换眼神之后，那小伙一溜烟来到杨邪身旁。轻轻碰了下杨邪的肘关节，便附在杨邪的耳边窃窃私语说："哥们儿，马上行动吧，弄到银子平分。你在这里打掩护，我去那边下手？"

"不，"杨邪摇头一笑，"兄弟，我比你手脚更麻利，还是你在这里站岗放哨，我摸到那女的身边去试试身手！"

"这……？"那小伙不悦，犹豫。

"爸爸，爸爸！"这时，杨粼忽然掉转头来，冲着杨邪激动地大喊，"快过来，快过来呀，妈妈已选好衣服，就等你付钱呢！"

"哦——那好！"杨邪如梦方醒，不由自主地抬头。

"怎么？弄了好半天，你们竟是一家人！"那小伙大惊，先是乌龟似的缩头，然后拔腿就往外跑。

"哎，别急，我们还没谈好哇！"杨邪望着那小伙远去的背影，兴致勃勃地调侃。

苏笑嫣不知杨邪这边在演什么戏，提着一件时髦的衣服，好奇地问：

"杨邪、杨邪，你刚才和谁打招呼？你们在谈什么呀？"

杨邪就眉飞色舞地奔向苏笑嫣："不期而遇一个好朋友，我们谈笔生意哩！"

"谈生意？"苏笑嫣追问，"谈什么生意呀？"

"这个嘛？成了再告诉你吧！"杨邪神秘兮兮的。

"也好，付款吧！"苏笑嫣拍了拍杨邪的肩膀。

买好衣服回到家中，杨邪迫不及待地把自己关在房里，装模作样看书的同时，手心里悄悄地捏了把汗。

从此，只要苏笑嫣一提逛商场，喊不喊他杨邪陪同，杨邪都要毅然前往，俨然肩负了某种神圣的使命。

苏笑嫣既高兴又好奇，就问："杨邪、杨邪，以前请你陪我逛商场，你都像做作业一样被动和潦草；如今即使不要你陪，你怎么也像寻宝似的主动和热心呢？"

"因为——"杨邪有点羞涩似的，"我比以前更爱你呗！"

"滑头！"苏笑嫣虽然嘴上这么说他，可心里却比喝了蜜还甜。

（原载《百花园·小小说原创版》2011年第8期，转载于《微型小说选刊》2011年第23期，选入《2011年中国小小说精选》，获评2011年度全国小小说优秀原创作品奖）

只想大哭一场

已连续三次失恋！这回，又不得不和自己深爱着的男友分手，李小妮心里特别难受，真想号啕大哭一场。

但她却不能在家里哭。因为前两次恋爱，爸妈虽未点头支持，也是睁只眼闭只眼，让她自己做主的。可这回，爸妈一开始就强烈反对，而她始终是我行我素。满以为自己的眼睛雪亮，结果呢？

她也不想去单位哭。失恋是个人之事，痛亦是个人之痛，没必要让整个单位都知晓，不能因其影响大家的工作。

在其他地方哭也不好。

可是她真的忍不住要放声大哭一场，以泪洗面，把内心的苦水倾吐干净。

到底去哪儿哭呢？

殡仪馆？对，殡仪馆是能哭的地方，

在那里哭可以无所顾忌。

于是火速来到殡仪馆，找到馆内最大、吊唁者熙来攘往的一个厅。她想，这地方人杂，彼此陌生者多，她的出现不会令人大惊小怪，便眼泪汪汪地直奔进去，扑通一声跪在灵柩前，一把眼泪，一把鼻涕，呼天抢地，大哭起来。

"你就这样狠心地走了，你什么也不管不顾了，可我还怎么活啊！……"她的哭声撕心裂肺、惊天动地，顷刻引来众多的目光。

看着灵柩前这个漂亮的女孩，有人禁不住窃窃私语："她和死者到底是什么关系？"

死者的遗孀感觉不对劲，但却表现得很镇定。她努力不动声色，稳步走近正在恸哭的女孩。

"妹子，逝者已矣，生者节哀！"她躬下身子，把女孩劝到厅内一个相对僻静的角落，察言观色，尽量对女孩婉言相劝。

女孩仍沉浸在巨大的悲痛中，嘴唇不停地哆嗦，一脸木然的神情。

不等女孩开口，她又迫不及待地说："现在，你什么也不用讲了，我知道你是我家死鬼的什么人！我们家的房子车子等不动产你千万别伸手，我给一笔钱补偿你的青春损失。这样吧，咱俩今后都要体体面面做人的，这事儿你一定不要声张，我现在就支付你三十万元，你拿着它远走高飞。从此，就当你和我们家死鬼什么也不曾发生，我们互不亏欠，互不影响。好吗？"她的声音很低，也很温和。

"这……"女孩一愣，若有所思地摇摇头。

她急了："虽然我那死鬼是个大老板，有钱！可你要知道，他的钱几乎全投进企业了，我们手头的流动资金并不宽裕。这样吧，再加二十万，总共五十万。妹子，你就不要再为难我了。好吗？"

女孩依然摇头。

"那——"她尽力掩饰住不悦和无奈，"还加十万元，给你六十万，总可以了吧？妹子，我们家再也拿不出更多的现款，你就……"

女孩犹豫了一下，没有吭声。

她赶紧叫人拿来这笔钱，想打发女孩走人。

女孩却立马摇头，拒收。

她愣："难道你这么快就反悔了？妹子，你可不能狮子大开口哦！"

"你完全误会了！"女孩擦了擦眼泪，"阿姨，我分文不要！只想痛哭一场，我太伤心了！"

"真的吗？真的是这样？"她瞪大眼睛打量着女孩，简直不敢相信自己的耳朵。

"真的！"女孩用力地点头。

（一）

她这才长长地嘘了一口气。"妹子啊，你心善，会有好报的！"她紧紧握住女孩的手，满脸感激之情。

大哭过后，苦水倒出了很多，女孩的心情也好多了。女孩一转身，离开大厅，向殡仪馆外走去。

目送女孩匆匆离去的背影，她特别感慨："这个死鬼真厉害，找了这么美艳的情人，居然神鬼不知！而且，这个妞还如此钟情，如此纯粹，没有丁点儿铜臭味。难得，难得啊！"她不由得对女孩生出几分敬意。

女孩呢，也想过告诉她真相：自己与死者素不相识，来这里号啕大哭只为……然而，思虑再三，她最后依然没说。

"这样岂不更好？"事后女孩想。

（二）

　　"那你……？"她满脸的疑惑。

　　"是这样的，"女孩终于鼓起勇气向她解释，"……最近，我又失恋了，痛不欲生，想找个地方大哭一场，就……"

　　她听得目瞪口呆，之后，眼角沁出泪来。一把将女孩抱在怀里，母亲似的，喃喃地说："好妹子，我差点误解你、痛恨你了！"

　　　　　　（原载《山东文学》2018年第11期，选入《2018中国精短小说年选》）

婚事儿

对赵木斧来说，追到毛春晓就像做了个充满诗情画意的梦，他怎能不喜出望外？当然，此生能和赵木斧携手相伴，毛春晓心里也比喝了蜜还甜。

一个英俊，一个俏丽。周围没人不说赵木斧和毛春晓是龙凤呈祥、天造地合的一对。

你没见过赵木斧的父母看到毛春晓时乐得合不拢嘴的样儿，你也想象不到毛春晓的爹妈就只差把赵木斧当珍宝捧在掌心。

无巧不成书，赵木斧的老爸赵北夫和毛春晓的父亲毛屠岸还是私交很深的好朋友。

所以，当赵木斧和毛春晓领回结婚证，定下半年内举办婚礼的黄道吉日，偌大的喜讯从天而降，赵北夫和毛屠岸两家从此春意盎然，天天宛如过年。

按照当地习俗，赵北夫很快为儿子买好新房，新房建筑面积二百平方米。赵北夫虽是处级领导，经济状况不差，但为儿子买房却也让他手头一紧。

赵北夫测算了一下，如果要继续装修房子且装修得美观些，花费大概与买房相当。

怎么办？他眉头一皱，欲让毛屠岸资助一下。

毛屠岸夫妇是卷烟厂技术骨干，收入都不低。他们若出资装修房子，不会伤筋动骨，产生经济危机。赵北夫揣摩。

于是，阳光明媚的日子，赵北夫热情洋溢地给毛屠岸打电话，请他参观女儿女婿的新房。

毛屠岸十分爽快地答应了。毛屠岸答应一爽快，赵北夫的心里也就爽快。赵北夫断定，毛屠岸是聪明之人，只要点拨一下，他必心领神会；只要他心领神会，装修之事应该有戏。

"亲家你看，这房子还可以吧？"把毛屠岸领进新房，赵北夫笑容可掬地问。

"嗯，当然！"毛屠岸春风满面地点头。

"二百平方米的房子，应该能住了啵？"

"能，能住了。"

"这客厅怎样？""气派！"

"餐厅呢？""不错！"

"主卧室你看看？""很好！"

"副卧室呢？""舒服！"

"书房行吗？""行！"

"电脑房呢？""也漂亮！"……

俩人一边转悠，一边对答如流。

赵北夫察言观色，感觉气氛融洽、时机成熟，便问："亲家你猜猜，买下这房子花了多少钱？"

"大概——"毛屠岸略一思忖，"一百二十万元吧？"

"亲家神算，还真花了这么多！只是——"

"只是什么呀？"

"现在嘛，"赵北夫不动声色地打量一下毛屠岸，"还得抓紧时间装修房子。但——"

"没问题呀，你只管好好装修。你办事我还不放心？"毛屠岸飞快地安慰他。

"这个鸟人！"赵北夫心里抱怨，"怎么……"他脸上的肌肉抽搐一下，但很快又舒展了。他不能把失意挂在脸上，不能因此与毛屠岸磕碰。于是，笑了笑，又道："这就好，这就好！"

毕恭毕敬送走毛屠岸，赵北夫心里老大的不快。可失望之余，赵北夫仍想，房子你不装修也罢，按照本地习俗，你毛屠岸嫁女儿也该嫁台小车啵！

就这样等到赵木斧和毛春晓喜结良缘，赵北夫伸长脖子、踮起脚尖盼望，结果仍未如愿！

赵北夫难受极了。

他想不到，毛春晓出嫁前夕，毛屠岸悄悄塞给了她一张银行卡，卡上有存款一百万元！毛屠岸小心叮嘱毛春晓，这可是给她的私房钱，千万别告诉任何人，也不要轻易动用。

"你干吗不买台好车送女儿？众目睽睽之下有多风光！"老婆憋不住，曾悄悄问毛屠岸。

毛屠岸便下意识地反问道："嫁过去的车子女儿女婿会共用，共用的过程会不断地折旧。一段时间后小车报废了，咱女儿还有什么？"

"房子！"老婆脱口而答。

"不对！"毛屠岸狠狠地摇头，"房子虽是不动产，但它毕竟为赵北夫所购，户头肯定是赵木斧的，为赵木斧的婚前财产。现在离婚率不断升高，离婚现象司空见惯。按新《婚姻法》，婚前财产属于谁，离婚后就判给谁。所以，只要女儿和女婿离婚，房子和咱女儿就没关系！"

"难怪你不愿出资装修房子的！因为女儿和女婿一旦离婚，我们装修的投入就是白搭！"老婆一下茅塞顿开。

"这么看来，你悄悄给女儿一笔私房钱，还真是高明、有远见！"老婆感叹。

毛屠岸便笑："何以见得？"

"因为吧，"老婆也笑，"这是咱女儿婚前的存款，永远属于女儿！"

"是啊！这才叫学法、懂法、用法。"像在给自己的学生授课，毛屠岸有板有眼地说，"毕竟时代在变哩！"

时代在变！赵北夫何尝不知？为儿子买新房时，他不假思索就立了儿子的户头。他知道这是儿子的婚前财产，按照新婚姻法，即使将来儿子的婚姻生变，离婚后房子也会判给儿子。他原想让毛屠岸装修房子，增加儿子的婚前资产，没想到毛屠岸也猴精猴精的，鱼儿就是不上钩！赵北夫也向儿子灌输过新《婚姻法》，希望儿子学法、懂法、用法。

赵木斧和毛春晓都被自己父母的良苦用心感动，也都对他们的滑稽之举感到好笑。难道时代变了，就没有相敬如宾、白头偕老的婚姻了？如果结婚之初就要想到离婚，那还结婚干吗？……

三思之后，赵木斧和毛春晓签了份协议：俩人不分你我，婚前婚后所有的一切皆共同所有，包括房子、存款，所有动产和不动产。毛春晓还拿出父母给的私房钱，都请公证处予以公证。

俩人适时把协议展示给自己的父母，他们惊讶之余眉头却舒展了。

（原载《天池小小说》2014年第10期，转载于《微型小说选刊》2015年第2期）

玉兰花开

玉兰花开，满院子清香四溢。

从幼儿园接来女儿，他感觉除了温馨还是温馨。

深深地吸一腔沁人心脾的花香，就要牵手活蹦乱跳的女儿回家。

忽然，一朵被风雨折断的玉兰花引起女儿的关爱，赶紧撒开脚丫子跑过去，小心翼翼地捡起它。

"爸，我也要把这朵玉兰花插在佛前！"女儿一脸的天真清纯。

他的脸立马阴沉下来："那怎么行？"

"怎么不行呀？"女儿眨巴着水灵灵的眼睛。

"你看这花，虽然洁白，但毕竟枯萎了，一点香气也没有。"他启发女儿。

"不嘛，就要把它插在佛前！就要让它

再开一次！”女儿噘着嘴，噔噔噔地跑上楼，一闪身进入佛堂。

目睹女儿满是那么回事地把花插进佛前的花瓶，再蹑手蹑脚地向花瓶里添加清水，然后用粉嘟嘟的小手一瓣一瓣地分开花瓣……口中还念念有词的，他的心里仿佛鹅羽撩拨一般。

可感动之余，他依然禁不住直摇头。因为女儿一松手，那朵玉兰花的花瓣便蔫头耷脑地又凑在一块儿，有几片还没精打采地飘落地上。

“这花怎么开呀？”他觉得荒唐可笑。

“不行，为了不伤女儿的自尊，更为了不扫佛祖的颜面，明天赶早，我还得偷偷把这朵玉兰花扔出去！”他思忖着，一边在心里祈祷，“女儿年幼无知，只求佛祖宽恕！阿弥陀佛！”

可翌日匆匆送女儿去幼儿园，接着匆匆赶往单位上班，鬼使神差，他一疏忽竟忘了此事。

等到下班从幼儿园接回女儿，女儿一声不吭就直奔佛堂。

“爸,我那朵玉兰花开了,开了！”宛如石破天惊,女儿高兴得手舞足蹈。

听到女儿惊呼,将信将疑地跟进佛堂,眼前的情景还真让他双眸一亮：那朵玉兰花竟然开了，很精神很骄傲地，淡淡的花香如美妙的音乐轻轻荡漾。

女儿呢，先是屏声静气地向花瓶里添加清水，然后把鼻翼凑近花蕊嗅了又嗅，忙完便像个虔诚的教徒，心无旁骛地伫立佛前，双手合十……

他再也抑制不住，眼角的泪花如玉兰一般盛开，很生动、很亮。

[原载《山东文学》（下半月刊）2014年第3期]

装修

　　因要装修房子，请了一个瓦匠、一个漆匠和一个木匠。三人的年龄都在四十岁左右。

　　每天太阳初升，他们就穿着迷彩服和黄胶鞋来了。来后先依次上卫生间洗脸漱口、方便方便，再一起蹲在墙角吧嗒吧嗒地抽烟。烟雾缭绕中，他们悠悠然有如神仙一般。抽完烟，才各忙各的事去。

　　"幸福的花儿竞相开放，爱情的歌儿随风飘荡……"不一会儿，房间里响起悦耳的歌声，是瓦匠蹲在地上，一边小心镶嵌地面砖，一边情不自禁吟唱的。唱罢《我们的生活充满阳光》，瓦匠又充满激情地吟唱《在希望的田野上》，漆匠被深深感染了，也一边扬起刷子，在墙面利索地刷着墙漆王，一边用嘴当笛，兴致勃勃地吹奏《牧羊曲》。似乎还挺动听的。"停一停，停一停！"木匠不想被遗忘，也一边乒乒乓乓地钉着房顶的装饰条，一边迫不及待地叫嚷道，"我给你们讲个故事——"咽了一下口水，木匠赶紧说："汉剧团有个女演员，近六十岁了，晚上常去一家歌舞厅跳舞。有个二十来岁的毛头小伙，不知怎的成了她的舞伴。跳来跳去，眉目传情，小伙子竟爱上了女演员！""真的？"漆匠的刷子在漆桶里浸了一下。"真的！"木匠又抢起钉锤钉进了一枚钉子。"后来呵，"木匠说："他们还手牵手登门拜访小伙子的父母呢！可惜第一次，门槛还没迈进，小伙子的父母就高高地扬起扫帚和拖把……""啧啧，有趣！"瓦匠瞄着地面砖说。"是呵，"木匠得意起来，"只是棒打鸳鸯不散，小伙子和女演员硬是做了夫妻，感情还蛮好呢！""当真？"瓦匠和漆匠几乎异口同声。"骗你们是狗！"木匠赌咒发誓道。

房子里满是飞扬的灰尘、刺鼻的墙漆味和叮叮当当的敲打声，我偶尔进去一下都难受得要下地狱，他们整天置身其中却像进了天堂。我问他们干吗这样快乐？回答干脆简单："老板请咱做工，咱能赚钱呗！"我担心如此下去，房子装修质量不保。他们就把胸脯拍得山响："老板尽管放心，我们不是只做一家生意就'金盆洗手'的！快乐着精神就好，精神一好做事有劲，做工质量反而更高。""真是这样？""不骗老板，装修完了请验收，不满意我们不要钱！""好，一言为定！""一言为定！"

装修完毕，我心里悬着的一块石头终于落地。真没料到，他们要价不高、干活又快、质量也优。激动之余，我要请他们上红松酒店吃晚饭。"真的？"他们欣喜若狂，"老板好人好报。我们回家一趟立马就去。""还要回家？""是呵！"

一个小时后，他们西装笔挺、领带飘飘，皮鞋锃亮、脚下生风，精神抖擞地跨进酒店。"迷彩服和黄胶鞋都脱了？还洗头洗澡梳妆打扮了一番？"我眼前一亮，惊问。"那当然，老板给足了咱面子，咱也要充分尊重老板是不？"我笑，心头为之一震。

饭桌上，因为彼此信任，谈吐十分投机。喝罢一瓶红酒，我就弄清了他们的生存状态。

瓦匠：家住城郊的乡下，儿子读高中成绩不错。为让妻子安心做完全家庭主妇，他不让妻子干农活，累死累活硬是养着妻儿两个。

漆匠：屋漏偏遭连阴雨。自己被企业买断下岗后，尚有几分姿色的老婆又跟一大款跑了，还狠心把正在读初中的女儿扔给他不管。

木匠：家里有老父老母病恹恹的，外面有老婆患宫颈癌在住院救治。没有丁点儿外来援助，他已欠下一屁股债呢！

处于这样沉重的生存状态，他们居然过得悠然洒脱、快乐未央。为什么呢？就因为他们心态阳光！

我庆幸，这次不仅把房子装修得好好的，还好好地装修了自己的心灵。

（原载《中国铁路文艺》2009年第10期，转载于《微型小说选刊》2010年第1期）

嬗变

恋爱时，每次约会，男孩总是提前一刻钟到达目的地。女孩则姗姗来迟，晚到半小时甚至更久。

见过面，女孩总会抱歉地说，对不起，有事耽搁，让你久等了，下不为例！男孩则温和地笑笑，没关系，我乐意等你。

女孩的"下不为例"一直没兑现。男孩却善始善终、宽容大度。

最后一次，女孩十分准时地赴约了。女孩嫣然一笑，主动地伸出纤纤玉手，一把挽起男孩粗壮的胳膊。女孩高兴地想，男孩还真是个耐性好、有胸怀、可以长久依靠和终生相伴的伴侣。

女孩和男孩牵手走进了婚姻的殿堂。那时，女孩和男孩都是一脸的虔诚，一脸的阳光灿烂。

起初，女孩和男孩每天相濡以沫，小日子过得恩恩爱爱。

渐渐地，女孩变成了女人，男孩变成了男人。

有一段时间，男人都是下班就准时回家。可后来，慢慢有了变化。

先是不回家吃晚饭，说是外面要应酬，但一般晚上十点前都能回家。后来是晚上十二点之前还能回家。再后来是深更半夜才能回家。最后就通宵不归了。

女人心里涩涩的苦。女人说，家不是菜园门，下班可要准时回家哦。男人说，工作忙，事太多，我努力吧。

男人没有兑现诺言。女人不悦。女人说，要再这样，我受不了啦。男人说，那我再作努力吧。

男人还是外甥打灯笼——照旧（舅）。女人火了。女人说，要再这样，你就不回家也罢。男人说，这是你说的？

男人当真就不回家了。女人大怒。女人气冲冲找到男人，女人说，这家不像家的，日子没法过了，咱们离婚吧！男人佯装惊讶，离婚？你说的？接着一脸的无奈，好吧，既然你想离。

分手后，女人流下了两行清泪。男人却昂首挺胸、如释重负。

女人一走，男人立马挽起一个花枝招展的女孩，甜甜蜜蜜，招摇过市。

男人终于扬眉吐气，先前看女人高傲得像个公主，现在呀……

（原载《天津文学》2013年第8期）

父亲的心

姐姐匡惠比妹妹匡雪大两岁，她们却在同一个班里读小学。

匡雪爱读书、肯钻研，考试成绩总是不错；匡惠贪玩、学习马虎，考试后经常愁眉苦脸。

父亲匡万里当过兵，对姐妹俩要求很严。每次考完，成绩差者回家准挨揍。

母亲郑玉丽心疼女儿，起初好言劝阻，后又竭力阻拦，但都无济于事。父亲怒发冲冠时，在母亲面前也凶神恶煞似的。母亲无奈，只好避而远之。

每次考完，看到姐姐挨打的惨状，听着姐姐嘤嘤的哭泣，匡雪就全身发抖、内心惶恐。

匡雪也想考差点儿，不让姐姐难堪，但她毕竟怕打啊！父亲那么凶、那么狠，仿佛他揍的不是自己的亲生女儿，而是一头猪、一只老鼠或者他要食肉寝皮的仇敌。没法儿，为了不使自己鼻青脸肿，她还得拼命考好。

好不容易熬到五年级上学期。

那次考数学，匡雪得了九十一分，匡惠只得了七十五分。当老师宣布完考分，拿到成绩单时，匡雪心里很踏实。

姐姐又要挨打了！匡雪想，真是于心不忍啊。可是有什么办法？幸亏每回都有姐姐做挡箭牌，不然，水深火热的就是她了。

万万没有想到的是：回家后看过成绩单，父亲竟会青面獠牙地冲着她虎吼狼嗥，要对她拳脚相向！

匡雪惊慌、纳闷儿。

"爸，我考了九十一分，您还要打我？"她十分不满。

"那你看看你姐考了多少？"父亲掏出匡惠的成绩单，在她的眼前晃了晃。

匡雪下意识地瞥了一眼：天啊，匡惠的成绩怎么变了？成了九十五分！

"爸，姐姐她……"匡雪很愤怒。

"她怎么啦？"父亲追问。

匡雪又飞快地盯过去，发现匡惠虽在强打精神佯装镇静，但眼神早已掩饰不住心虚与内疚。

只一瞬，匡雪就陡生怜悯，犹豫了。

"姐姐真的不错。这次她考得比我好，她读书很用功。"匡雪忽然改口。

"既然如此，兔子和乌龟赛跑的故事，我还得让你记牢！"父亲咬紧牙关说。

接下来，匡雪挨了父亲的一顿打，但匡雪始终挺住，不哭。

倒是匡惠，跑得远远的，躲在一旁默默地落泪，眼泪就像断了线的珠子。

说来也怪，自此，匡惠俨然换了个人，读书发奋努力，成绩真与匡雪不相上下了。

父亲也一反常态地温厚，不再紧盯成绩单动辄大发雷霆。

光阴荏苒。几年后的高考，匡惠考上了湖南大学，匡雪则被南开大学录取。那段时间，父亲天天乐得合不拢嘴。

"可是，爸爸……"上大学前夕，匡惠忐忑不安地走近父亲，"有件事的真相我不得不告诉您啊！"

"你想重提那次数学考试？"父亲微微一笑，"还是别说了吧，我知道你悄悄地改了考分！"

匡惠大惊："妹妹告诉您啦？"

父亲赶紧摇头："没有哩！你以为你把7改为9改得天衣无缝，我真的看不出来？"

"您是说您当时就已发现？"匡惠脸红。

"是啊！"父亲回答，"退一步来说，即使当时你蒙骗了我，出现这么大的异常，事后我也会问问老师的！"

"唉！"匡惠感叹。

直到这时，匡惠才知道什么是情同手足，什么叫父爱如山。她被妹妹和父亲的良苦用心深深感动，眼泪禁不住夺眶而出。

（原载《散文百家》2015年第7期，转载于《小小说选刊》2015年第8期、《微型小说月报》2019年第9期）

鸡犬升天

嫦娥奔月。

到了天上，嫦娥还真有些飘飘然。看到的、听到的、享受到的，都清新静美，有别于人间，用一个字来描述，那就是"好"！

可未出数日，嫦娥感到孤寂了，孤寂之感与日俱增。高处不胜寒啦！

嫦娥不禁想起，匆忙之际，来不及带走仍在地球上的自己的一只鸡和一条狗。那是曾和自己相伴的可爱的鸡和狗！越想越念，越想越孤寂，嫦娥快要支撑不了。

汪汪，汪汪！是狗的叫声。自己没听错吧？汪汪，汪汪！嫦娥用针扎了一下自己的皮肤，疼啊，不是幻觉！还真不是！一眨眼，那条狗已摇头摆尾来到自己的脚下。

嫦娥欣喜若狂，俯身而问："亲亲，你是怎么来的？"

"这还不简单？"狗抬头望着嫦娥，"一人升天，仙及鸡犬。或曰，一人得道，鸡犬升天。"

"如此说来，我那只可爱的鸡也会腾云驾雾而至？"嫦娥既想又不敢信。

哪料翌日天刚亮，那只鸡就一路鸣唱倏然而至，围着嫦娥转了又转。

"好啊，真好！"嫦娥激动得热泪盈眶。

"怎么样？我说的没错吧？"这时，狗就有些得意。

是啊，它该得意！

（原载《短小说》2018年第2期）

警署新规

在那个钱可降魔、钱可通神的国度，人人挖空心思、不择手段地捞钱是很好理解的。譬如买官卖官、坑蒙拐骗、制假贩假甚至杀人越货，等等等等，都习以为常、司空见惯。

作为强势部门，卡尔维诺警署更不例外。这家警署捞钱的方式五花八门，但署长让·普拉茨最有兴趣、最看重的还是抓嫖。

在那座城市，各类休闲中心多如牛毛，休闲中心里卖淫嫖娟者众。卖淫者大多是钓饵，受警署暗中保护和怂恿；嫖娟者才是大鱼，只要能捕到，警署一威胁要拘留他半个月，还要通告其家属，嫖客慌了，必定要钱给钱，给了钱也不敢讨发票。这么做的好处，当然是所有从嫖客那里捞到的油水，警署都可以放心大胆地吞进肚里，不会留下一丝一毫的隐患。

捞钱易如反掌，财源滚滚而来，卡尔维诺警署每天都充满喜庆的氛围。但让·普拉茨署长仍不满意，他是狮子大开口，而且口越开越大。

还有没有新的、更快更好的捞钱方法？让·普拉茨署长开始深思这个问题。他眉头一皱，计上心来。好法子有了，那就是让部分卖淫小姐走上大街小巷，站在街头巷尾随意指认嫖客。光天化日之下，卖淫女把手指向谁，警察们就径直抓捕谁。抓到后带到警署审讯，百分之九十以上的男人都会嘴硬，死不认账。不认账不要紧，上刑，往死里打，打得他血流如注，打得他皮开肉绽。被打者受不了了，肯定屈打成招，交完罚金走人，走后还得若无其事，三缄其口。要不，本没嫖娼却成了嫖客，家里的女人知道了还要闹，天翻地覆收不了场。

自然，警署所有警察都爱戴、讴歌他们的好署长，原因很简单，有了署长的英明领导，他们无须劳心劳神，不费吹灰之力就能一夜暴富，而且这暴富之路还越走越宽、越走越长。

署长更是得意扬扬。暴富后干啥？养一大堆情妇寻欢作乐，买一大片别墅荣华富贵。戴金表，坐豪车，吃山珍海味，玩声色犬马……没有做不到，只有想不到，日子过得缤纷多彩、令人垂涎。

这天，卖淫女照例站在街头巷尾开始指认，警察们又迈步大街小巷实施抓捕，工作依然精彩，生意依然兴隆。

只是，根据卖淫女南北东的指点，警察们抓到了一个老嫖客。这个老嫖客非但不低头认罪，还一双鼻孔朝天。训警察冤枉好人，恶有恶报；令他们立马放人，赔礼道歉。不然，问题严重，后果自负！

可警察谁又是吓大的？他们偏不信邪！不管三七二十一，就把嫖客拖到了警署。

审讯开始，老嫖客居然声称他是让·普拉茨署长他爹！

"啧啧，署长他爹也会嫖？"有警察狠狠地扇了他一记响亮的耳光，"赶紧闭上你的臭嘴，不然，你的死期将至！"

"你狗日的也太聪明、太猖狂了，我们会这么好蒙？"另一个警察奸笑。

"上刑吧，不让这老东西受点皮肉之苦，他不会老实交代！"副署长佐佐·罗密欧大声呵令。

老嫖客暴跳如雷："都他妈瞎了眼吗？不信，就把你们署长喊来看看！"

"嘿嘿，这头老驴，喊就喊！"佐佐·罗密欧挥手。

很快，让·普拉茨署长不紧不慢、不以为意地走进审讯室。可刚一进门，他便慌了。还没等他回过神来，老嫖客就"啪啪"扇了他两记响亮的耳光。"白眼狼，连你老爹都不认啦？"老嫖客大骂。

让·普拉茨被两记响亮的耳光扇醒，扇醒后就火冒三丈，揪住佐佐·罗密欧的衣领，也"啪啪"扇了他两记响亮的耳光。"昏了头啦你？竟敢在太岁爷头上动土，找死啊！"让·普拉茨怒吼。

教训完佐佐·罗密欧，让·普拉茨赶紧扑通一声跪在老爹面前，好话一箩筐，求他大人大量，大人不计小人过。

阴差阳错。其实，这次让·普拉茨他爹还真的嫖了娼，嫖完从一家休闲中心刚出来的。只是，他压根儿不会承认，派出所也压根儿不敢再审。

让·普拉茨的老爹很快释放了，卡尔维诺警署还给了他满意的经济赔偿，且赔偿的性质据说为国家赔偿哩。

"署长，这街头巷尾指认抓嫖的办法以后还能用吗？"佐佐·罗密欧心有余悸。

"怎么不能用？"让·普拉茨反问，"一切向前看，这是全国的形势，难道我们就一朝被蛇咬，三年怕井绳？"

"可是，如果以后……"佐佐·罗密欧声音弱弱的。

"没有如果！"让·普拉茨斩钉截铁。

此后，卡尔维诺警署很快出台新规：……凡自称警署官员或警员直系亲属的嫖客，抓到了一律先让警署官员或警员当面确认。如果真是，立马放人，并按官员或警员的行政级别，以国家赔偿之方式赔偿其经济损失，行政级别越高，赔偿金额越大。反之，则一律往死里打，打得他遍体鳞伤，打得他哭爹喊娘，打得他自认嫖娼并加重处罚……

　　新规出台后，警署里像过大节一般喜庆，没有人不夸让·普拉茨署长伟大，没有人不发誓要为警署的富裕而拼搏。

（原载《天津文学》2016年第9期，转载于《微型小说月报》2016年第9期）

赶不上变化

最近一周，老L竟两次请我们吃饭。

第一次，老L带了个美女来。

"她是'80'后，比我小二十四岁。我们领了结婚证，也就是说，她已成了我老婆！"他十分自豪地向我们介绍。

我们下意识地瞥了他老婆一眼。"年轻，漂亮，一看就是个好女人！"我们中无论男女老少，都高度一致地这样评价。

第二次，老L还是带了这个美女来。

"我老婆有车有房有公司，可我什么也没有。为了我俩尽快结婚，我老婆要我净身出户，把房子和钱财一股脑儿给了我原配夫人。为了让我更体面，我只说一句，我老婆二话不讲就关了她的养生馆，这个养生馆一直红红火火啊。婚后，我俩相亲相爱、水乳交融……"他滔滔不绝地向我们夸赞。

说得他老婆满脸红晕，说得我们艳羡不已。

饭后，他坐上老婆开的车，一溜烟走了，我们则在穿紫河边散步。

"上个月，老L还亲口对我说，他经常和他的原配夫人去影院看电影，他们几十年来一直相濡以沫、恩恩爱爱，怎么……"我们中有人纳闷儿。

"六十多岁的老男人了，长得也不帅吧，他凭什么赢得年轻美女的芳心？"有人抛出一个问题。

"听说他做爱的本领特大，他曾向我炫耀，有次和一个年轻美眉一夜情，翻云覆雨、暴风骤雨一个多小时，那美眉一直哭爹喊娘没停过。此后，他就被那美眉黏上了，扯也扯不开。"有人试着解释。

我们觉得很好笑，但都说："也许是吧。反正他有过人之处，不然……"

我们还在佩服老L的能耐，不料未出半月，大家伙在沅江岸边漫步，不期而遇老L，他竟形影相吊，身旁不见美女老婆了。

"尊夫人呢？"我惊问。

"唉，"他叹口气道，"别说她了，你们谁有兴趣谁拿走，谁拿走我给他五万元品补[1]款！"

"开国际玩笑吧？"我们中有人不满。

他急了，竟说："真的啊！我什么时候说过假话？"

我们面面相觑。

（原载《短小说》2018年第2期）

---

[1] 品补：方言，贴补。

婚变

老伴冯燕离世后，贾吉尔一遇上熟人就说他和冯燕怎样怎样恩爱，他怎样怎样思念冯燕以致经常失眠。说时声音颤抖、泪如雨下，让听者也感动得泪光闪烁。

谁会想到，未出两个月，贾吉尔就和胡芳恋得火热，并约好准备去办结婚登记。

为了让胡芳坚信他特别重感情，贾吉尔又不厌其烦地在胡芳的耳边唠叨起他和亡妻冯燕如何如何地恩爱。

"老贾，你说的比唱的还动听，可是，你能证明这是真的吗？"这次，胡芳终于忍不住问。

"当然能啊！"贾吉尔脱口而答，"我只说一件事，冯燕虽然去了另一个世界，可她还是放不下我，每晚夜深人静之时，她都会站在我的床头，脉脉含情地注视我哩！"

"那——她都对你说了些啥？"胡芳下意识地问。

"她说她还深深地爱我，我永远都是她的男人！"贾吉尔涕泪俱下。

"既然这样，"胡芳冷了半截腰说，"亲爱的老贾，这婚，咱俩是不能结，也结不成了。"

（原载2018年9月27日《红山晚报》）

决定

父亲梁积财是市领导。业余时间喜欢舞文弄墨，特别爱写散文随笔。每年召开全市反腐败工作会议，他作报告都会引用"清水出芙蓉""篱笆扎得紧、野狗钻不进"等诗句。

儿子梁积钱为县领导。业余爱好是打牌赌博。每次一上牌桌，就有县直科局和乡、村领导输钱给他。当然，他也削尖脑袋输钱给省领导（此之谓"炮打隔山"）。他感觉打牌赌博不错，来钱名正言顺，又能搭起升官发财的桥梁。

"书中自有黄金屋""腹有诗书气自华"……父亲劝儿子业余也读读书写写文章，使自己成为儒官。

儿子却不屑一顾：一者，读书广了练笔多了，自己的性情受到陶冶，可能会崇德、向善、爱美。而现在，心不狠手不辣者有几个还能升官？二者，读书郎写书人都很清贫。何况，他梁积钱读书写作的本事要达到莫言那地步，岂不是癞蛤蟆想吃天鹅肉？三者，写作是件苦差事。挑灯夜战、劳心伤神、筚路蓝缕、孤独寂寞。不是脑子进了水，这时代谁还会读书为文？

所以，儿子誓死不沾书本之边，誓死不写文章！

父亲很生气："我不也读书写文章吗？我还是厅级领导哩！经济上我比谁寒碜？难道我脑子进了水？"

"可父亲，你那是先当市领导，而后读书写文章呀！你读书写文章只是附庸风雅吧？我不信写文章能给你挣来多少钱，即使挣来了一点点，也是做官的面子和影响换的。至于你还能不能升官，我看很不好说。"儿子辩答。

父亲说服不了儿子，只好睁只眼闭只睁，听之任之。

后来，父亲忽然因贪腐问题东窗事发而锒铛入狱，法院判了父亲十一年有期徒刑。

开始，儿子还真的出了身冷汗，当官不廉洁也有危险。但很快，儿子就心存侥幸了，认为被查处的只是运气差到了顶的倒霉蛋。

可儿子每次去监狱探视父亲，父亲还是不厌其烦，教儿子业余要读书写作，儿子依然听而不闻。

没想一年后，因出了本随笔集《狱中杂记》，父亲被减刑一年；再一年后，因出了本散文集《朝思暮想》，父亲又被减刑一年。

"你看你看，儿子啊，不仅出书可以减刑，据我了解，职务犯罪人员通过狱报或狱外报刊发表文章，每篇根据报刊等级加0.5至1分，积累到一定分值也可申请减刑呢！不怕一万只怕万一，万一有天你也……"父亲语重心长地教育他。

父亲在狱中接连减刑的消息和发表文章也可加分减刑的政策都对儿子的心灵产生了震动。儿子想，现在反腐肃贪之网似乎越拉越紧，有朝一日自己不幸入狱，判刑之后减不了刑，岂不是……这么一思忖，儿子终于决定：哪怕挤出百分之一的闲暇，也要咬牙读读书，写写文章！

（原载《时代文学》2015年9月上半月刊）

力量

饭桌上，股民甲一副痛不欲生的模样：2015年炒股，年初他轻而易举赚了五十万元，哪想半年后，他不仅一分未赚，还倒亏了七十万元！有段时间，噩梦醒来，他的眼泪总不由自主、吧嗒吧嗒地往下掉，可现在，眼泪都流干了，他是欲哭无泪啊！

饭桌上的气氛骤冷。

为了安慰股民甲，朋友乙想了想说："股市风云变幻，说不定2016年上半年，你那股又会出现牛市，你甚至能大赚七十万哩！"

股民甲苦笑，摇头。

朋友丙望了一眼股民甲，继续安慰他道："我听人说，只要你敢于放长线，从此任凭风浪起，再不盯股市了，若干年后，你绝对稳赚！"

"若干年后？"股民甲仍旧摇头，苦笑。

"那——"朋友丁察言观色，"既然你已进入股市，炒股就是赌博，赌博就有输赢，你就得做好心理准备，只能坦然面对股市涨跌。"

"兄弟，这话说说挺容易，可我实在做不到啊！"股民甲嗟叹。

沉默，短暂的沉默。

沉默过后，股民乙忽然抬起头来，冲着股民甲说："我的哥啊，你那算个啥呀，我炒股都大亏一百二十万了，谁听到我唉声叹气过？"

"没有！你不说我们还真不知你也炒股，还亏大了！"满桌的人几乎异口同声。

"是吧？我现在还不活得好好的！"股民乙俨然一位导师，"股市上有句行话，以时间换空间。只要你挺住，坚决不抽腿，总有一天你会起死回生，赚得钵满盆满！"

"真的？"股民甲一下坐直了腰板。

"真的！"股民乙掷地有声，"坚持就是胜利！"

"是啊，坚持就是胜利！"满桌的人都大喊。

股民甲的眼睛这才亮了。

所有人也都从座位上站起，高高地举起了酒杯。

饭后，朋友丁悄悄地问股民乙："你真的也炒股？"

股民乙点头："真的！"

"那你真的大亏了一百二十万？"

"没有哩，不仅未亏，还赚了六十万！"

"难怪，难怪！"朋友丁大悟。

两人相视一笑。

（原载《小说月刊》2016年第4期，转载于《微型小说月报》2016年第5期）

那人

（一）

那人在宾馆的房间里抽烟，烟头的火星掉落，把地毯烧了三个小洞。

服务员发现了，对那人轻言细语说："对不起，先生，您抽烟不慎，把地毯烧了三个洞。按照宾馆的现行规定，每烧一个洞，赔款一百元，您得赔款三百元！"

"你是说每烧一个洞赔款一百元？"那人下意识地问。

服务员点头："是的，先生！"

"那好！"那人立马点燃一支烟，蹲下身子，用烟头去烧三个小洞之间的地毯，直至把三个小洞连成一片，使之成为一个大洞。

然后，那人得意地起身，摸出一张百元大钞，扔给服务员。

"您怎么只赔一百元？"服务员诧异。

那人却诡笑："不是说每烧一个洞赔款一百元吗？你再好好看看，现在，地毯上究竟有几个洞？"

"这……？"服务员呆了。

（二）

走出宾馆，那人刚刚在街头吐落一口痰，立刻有城管员直奔过来："对不起，先生，按照城市文明管理规定，您得交罚款十元！"

"哦，"那人追问，"你是按什么标准罚款的呢？"

城管员脱口而答："在街头，每吐一口痰，罚款十元！"

"好哩，"那人随即在街头连吐两口痰。

"您看您！"城管员压抑着心头的怒火。

那人却满不在乎："不就是罚款吗？这点小钱我有。来，给你三十元！"

（原载2014年11月11日《常德晚报》，转载于2015年1月22日《文学报·手机小说报》）

那天夜里

退休后，苏辰龙迫不及待地回到乡下老家。

现在，像他这样的干部大多闲得无聊，往往整天泡在茶楼里坐在牌桌上。

可苏辰龙不。他别出心裁地做起老家房前屋后的文章，在房前的空地上种花种草栽树苗，在屋后的菜园里侍弄起辣椒、茄子、萝卜、白菜……要说侍弄还真不对，他其实只播种插苗，其他什么都撒手不管。那些辣椒、茄子、萝卜、白菜，想长成什么样就是什么样。菜园里杂草丛生他视而不见，害虫喧嚣他充耳不闻，一副事不关己、高高挂起的模样。

邻居孙担担则不同，他到底是土生土长的老农民。菜园里既没有害虫的踪影，也不见一根杂草露头。满园的蔬菜青枝绿叶、花艳果美，看一下都养心悦目。

正因如此，每次路过苏辰龙家的菜园，孙担担就禁不住摇头叹息。

他已不止一次地提醒苏辰龙："辰龙啊，你家菜地里要抓紧治虫呢，再不治，白菜、萝卜怕是没有人吃的份了！""你们家的辣椒、茄子怎么长得像侏儒似的，一定没施化肥吧？菜园里杂草长得比人还高，也不用除草剂清除它们？"

这种时候，苏辰龙总是淡然一笑："谢谢孙伯关心，我在做一个实验呢！我倒要看看，不施化肥、不喷农药、不洒除草剂，这些蔬菜到底会长成什么样儿？"

"哦，原来是这样啊！"孙担担皱皱眉，走了。

孙担担心想："这个苏辰龙啊，也不知脑子里少了哪根筋，或许在城里住得一久，就成了书痴、迂腐子？！"

苏辰龙呢，也望着孙担担离去的背影窃笑："以为我傻帽、我怪是吧？嗨、嗨、嗨，我就是要整得不一般哩！我这个农学院毕业的高才生，虽没当过农民，难道还不懂农业？虽没杀过猪宰过羊，难道还没看过猪羊怎么走路？"

苏辰龙依然高枕无忧，甚至连菜园子都懒得看一眼了。

这天路过苏辰龙家，孙担担再也憋不住，忽然对他说："辰龙啊，我看你可能不会治虫、不会施肥、不会除草，又不想拉下面子向人学吧？所以啊，前天半夜里，我悄悄溜进你家菜园子，火急火燎地给你的蔬菜喷了农药、施了化肥、洒了除草剂！"

原想苏辰龙听了会感激涕零的，未料他一下变成了苦瓜脸，孙担担意识到自己一定是费力不讨好了。立马嬉皮笑脸，向他解释说："咱乡里乡亲的，帮忙就是帮忙。你放心，这农药化肥除草剂虽然都是我家的，但我决不会收你一分钱！"

"不，不，不！"苏辰龙赶紧摆手，微笑道，"哪能让你既出力又出血呢？这钱，我一定要付，我还要谢你！"

"我说过，钱我不会要，我只想知道——"孙担担用心打量一眼苏辰龙，"你这样做究竟是为了什么？"

"很简单，"苏辰龙脱口而答，"种出无毒无公害蔬菜，自己吃，也送给住在城里的六亲四朋！"

"为什么呀？"孙担担进一步问。

"人生几十年，健康最重要！我不差钱，我那些亲朋也不穷。我现在只想行行善积积德，送人玫瑰，手留余香啊！"苏辰龙心照不宣。

"可是——"孙担担又眉头紧锁，"你种不出无毒无公害蔬菜呀！"

苏辰龙一愣："为什么？"

"我只讲一点，大家都在用农药治虫，你不治，周围村子甚至十里八乡的害虫还不都涌进你家的菜园里？你家的蔬菜还不让害虫们吃得精光？"

"这……"苏辰龙呆了。

等他终于回过神来，孙担担已消失得无影无踪。

摇摇头，苏辰龙下意识地走进菜园，但见害虫死了一地，杂草全都枯萎，辣椒、茄子、萝卜、白菜也都青葱油绿了！

（原载《广西文学》2016年第9期，转载于《微型小说月报》2016年第8期、《小小说选刊》2016年第20期）

课外辅导课

第一个问题还未解答一半，老师便话锋一转，分析第二个问题；第二个问题亦未解答完，老师又话锋一转，分析第三个问题……一堂课，老师接连分析了好几个问题，都让学生一知半解。

临下课前，终于有个学生憋不住站起来：老师，您的问题都没讲清！见已有学生开头，第二个学生又斗胆举手：老师，您的问题我都没听懂！接下去，学生们争先恐后地发表听课后的感受。

老师得意地扫一眼全班四十多个学生，神秘地笑了："大家真想把问题弄懂？"学生们异口同声："是，老师！""那好，"老师说，"从今天开始，每天放学后，都请大家留在教室里，听我的课外辅导课。以后，课堂上未讲清的问题，我都要通过课外辅导课给大家讲清。同学们，学习可千万不能马虎，千万不能一知半解。如果马虎和一知半解，会害了你们自己呀！"

"那，"一个学生赶紧机灵地问："老师，您要收钱吗？""当然，"老师斩钉截铁地说，"不多，每人每月三百元！"

（原载《短小说》2018年第2期）

男人和女人

外面有清脆的敲门声，男人起身走到大门边。

透过门上的猫眼，男人看到门外站着个女人。女人面容姣好，很漂亮！男人的心跳骤然加快。

"我不认识这个女人呀！"男人觉得蹊跷，"难道……她敲错了门？"

"多么迷人的女人啊！"男人越看越激动，"我可不能把她拒之门外，也许……"男人情不自禁地开门。

"你看看，我美吗？"迎着男人，女人调皮地问。

"当然，很美！"男人红着脸回答。

"那么，可以让我进门吗？"女人试探，很可人的模样。

男人如获至宝："当然，进来吧，越

快越好！"

"为什么？"女人眨眨眼问。

"你的运气真好，我老婆刚好外出了。"男人笑笑。

"哦，是这样。"女人一愣，随即也笑笑。

男人便迫不及待地牵起女人的手，把女人拽进家门。刚关上门，男人就紧紧地抱起女人。

女人惊愕："你想做什么？"

"良宵一夜值千金，"男人把脸贴向女人，"趁我老婆还没回来……"

"干吗？"女人盯着男人。

男人已呼吸急促："我们上床吧。"

"干吗？"女人追问。

"翻云覆雨，风流快活！"男人的眼睛发亮。

"哦，且慢，"女人用手指点点男人的鼻梁骨，"你老婆真的还在外地？"

男人立马点头："是啊，正在出差谈业务哩！"

"难怪今天你原形毕露、无所顾忌的！"女人的脸忽然阴沉下来，"好你个孙鹏飞！"

男人一惊，赶紧把女人放回地上，"你怎么知道我的姓名？"

"我不仅知道你的姓名，我还知道你是1972年6月18日出生的，你在国土局征拆办工作……"女人如数家珍。

男人的脸一阵黑一阵白，眉头紧锁，"你到底是谁？我怎么丁点儿不认识？"

"不认识？"女人冷笑一声，"杜梅你能不认识？"

"杜梅？哪个杜梅？"

"你老婆呀！"女人正色道。

"不可能，我老婆几斤几两，什么样儿，我能不清楚？"男人觉得滑稽。

"你呀，聪明过人，一时糊涂！"女人做了个鬼脸，"实不相瞒，这段时间，我，也就是你老婆，去韩国首尔做了全身整形和美容！"女人抛出一脸的媚笑。

男人却像迎头浇了盘冰水，呆若木鸡。

（原载2016年11月11日《常德民生报》，转载于《微型小说选刊》2017年第1期）

三个小偷

酬谢

小偷翻窗入室，潜入苏宁家中。

准备行窃之际，忽见茶几上展放着一张字条，上书：

亲爱的朋友：非常欢迎你的光临！为了不劳你动手翻查，我已把八百元酬金放在字条下，请你笑纳。咱家虽说我是老师，每月可拿两千元工资，但我老公却无正式工作，只能靠打工为生。家庭收入不高，只能略表心意。请你谅解。

如若你想得到丰厚的酬劳，你可光顾本小区3栋5楼2单元亿华家。亿华是县长，他家的钱多如牛毛！

亲爱的朋友，祝你好运！

看罢字条，小偷喜出望外。收起茶几上的钱，揣上字条就去亿华家。

下班回家，苏宁意外地发现，小偷又给自己留了张字条，上书：

亲爱的朋友：非常感谢你的指点！咱这次去亿县长家，轻易弄到了八十万现金。你提供的信息给了我发财的机会，我应该酬谢你。字条下压着的八万元现金，就当我给你的信息费，请一定笑纳。后会有期！

亲爱的朋友，祝你快乐！

监控

小偷不费吹灰之力就偷到了一套监控设备。

小偷小心翼翼地把它安装在自己家里，上看下看，左瞧右瞧，好不得意。

然而不到一天，小偷就被警察抓获归案。

警察厉声问他："你偷监控设备干吗？"

"第一，我恨这玩意儿！安装了它的地方，咱偷盗时总感觉被人盯住，提心吊胆；第二，随着偷回家的东西越来越多，我担心自己家里一不留神也会被偷盗。为防患于未然，我想到了在自己家里安装它。"小偷脱口而答。

警察扑哧一笑："这么说来，你还很有头脑啊！"

小偷亦嘿嘿一笑："是吗？只怪我运气不错，想偷啥遇上啥，不偷还不行；也怪我运气不好，这么快就被你们轻易抓到。"

"你觉得有趣？"警察的脸忽然一阴："如此这般，你可要被刑拘哦！"

"为什么？"小偷惊问。

"这套设备价值两万多元，不便宜哩！"警察正告小偷。

留言

太容易得手，小偷反倒不自在，略一思虑，便提笔写了张字条，留在女主人的梳妆台上。

亲爱的美女：

睡觉前一定要关好门窗，这可是防盗最基本的常识。你睡得很死，估计也太累了。在这世上，生存都不容易。干小偷更是万不得已，只为混口饭吃。所以，请你理解我的无奈，尊重我的人格。这次，对你很重要（我说很重要是指丢失后你会有诸多不便）的东西，如手机、笔记本电脑、工作证、驾照等，我都原封不动。考虑你有银行卡，这沓现金我就全拿了。人是有良心的，小偷也是人啊！

实在不忍心吵着你，你就继续睡吧，好好地睡，做个美梦。

感谢你让我有机可乘，而且省心省力。亲！

留下字条，小偷得意扬扬，飘然而去。

翌日见过字条，女主人则笑出了眼泪——得意忘形，小偷顺走的是一沓几可乱真的假钞！

（原载2018年2月25日《梅州日报》，转载于《小小说选刊》2018年第8期、《微型小说选刊》2018年第9期，选入《2018年中国微型小说排行榜》）

偷

小偷深夜潜入某家，翻箱倒柜惊醒男人。男人推开女人，腾地跳下床沿："大胆小偷，还不快逃？不逃，我逮住你报警！"女人也猛地从床上弹起："识趣点，小偷！"

小偷从容不迫、呵呵一笑："那你们，得给我五百元钱，然后乖乖地给我打开大门。"男人怒目而视："疯子，休想！"女人也盯着小偷："恬不知耻！"小偷仍无惧色，指点男人："你老婆外出才一天，你就弄野女人回家鬼混！我只偷点钱，你却偷女人！来，抓我，报警啊！"

女人慌了，男人软了。男人极不情愿地掏出五百元钱，小心翼翼地递给小偷。又轻手轻脚地打开大门，毕恭毕敬地送小偷出去："老兄，好走！"小偷却昂首挺胸、得意扬扬："再见，小弟！"

　　不多久，小偷又深夜潜入此家，翻箱倒柜惊醒男人。男人拧亮房灯，忽见又是原来那个小偷，便满脸铁青："老兄，这才过了几天，你怎么又来偷啊？"小偷亦针锋相对："小弟，你老婆才外出一日，你怎么又偷野女人啦？"

　　女人往被窝里钻，男人在瑟瑟发抖。"你要咋样？"男人试探。小偷狞笑："给我一千元，然后，老老实实地送我出门。""你怎么得寸进尺？""你干吗不知悔改？"

　　"好了好了！"男人咬牙切齿但又无可奈何。他十分心疼地掏出一千元递给小偷，又忐忑不安地打开大门，欠着身子送走"瘟神"。

　　从此，男人不再和野女人鬼混。尽管男人不知："小偷"是他老婆偷偷请来的，老婆已料定他要"偷鸡摸狗"……

　　（原载《天津文学》2019年第5期，转载于《微型小说选刊·金故事》2019年第8期）

这些英国人，这些老外

英国小伙库克在中国北方某城市转悠一圈之后，像哥伦布发现了新大陆一样，两眼放光地回国了。

很快，英国的科贝特又迫不及待地来到这座城市，和他同行的英国人有男有女，都是中青年。他们在这里走了一趟，也喜形于色地踏上归途。

不久，扎堆的英国男女老少便都风风火火地赶往中国，看过这座城市，同样激动万分地回国。

接着，德国的伯尔、法国的拉萨尔、意大利的布扎蒂、奥地利的贝恩哈特、瑞典的斯特林堡等欧洲人也接踵而至。返回欧洲各自的国家时，人人眉飞色舞。

从此，就像炸开了锅，欧洲的男女老少都一群群蜂拥而来，离开时同样欢呼雀跃。

中国北方的这座城市到底有什么好看？难道比九寨沟、张家界要美？我感觉不。会有什么魔力，比西藏、桂林更诱人？我很怀疑。是藏着掖着一堆宝贝，文物比北京、上海还多，我摇头否定。

那么，这些英国人，这些老外，干吗闻风而动，不远万里奔赴中国？干吗一到这座城市表情就那么自豪、满足和幸福？

带着这个疑问，不动声色，悄悄地尾随他们，我惊讶地发现：这些人最大的兴趣全在市郊老火车站附近铁路上一列停开了很久、即将报废的蒸汽机车上。他们敬重蒸汽机车比中国人敬重老祖宗更甚，他们见了蒸汽机车的激动劲儿远胜咱中国久别重逢的恋人。

对此，我十分不解：不就是一列黑不溜秋的蒸汽机车吗？不就是一个已淘汰出局的破玩意儿吗？不就是一堆已没啥用途的废铜烂铁吗？这些英国人，这些老外，干吗都这样神经质，脑瓜里进水了呢？

我下意识地询问英国人凯·杰罗姆，为什么要三番五次，像看热恋中的情侣那样看咱中国这座城市的蒸汽机车？她觉得我不可思议，反问："你学过世界历史没？你知不知道蒸汽机车的发明者是咱英国人理查德·德来维西克？这世上第一列蒸汽机车'布拉策号'也由咱英国人史蒂芬孙研制并试运行成功？"

听了她的话我一愣，内心立马被强烈地震撼，这些英国人啊！

但我还是疑虑：就说蒸汽机车是英国人发明、英国人研制、英国人试运行成功的，他们兴高采烈地来中国寻宝看宝情有可原，可那些德国人、法国人、意大利人，那些欧洲人呢？他们也只争朝夕地前来朝圣又是中了哪门子邪？

我憋不住问法国人塞斯勃隆，他也认为我荒唐可笑：难道英国人就不是欧洲人？蒸汽机车就不是欧洲人发明、研制并试运行成功的？

塞斯勃隆的反问让我茅塞顿开，我不禁对他们肃然起敬。这些欧洲人，千里迢迢、风尘仆仆地来咱中国，原来就为看一列破旧的、落伍的、即将报废的蒸汽机车，这是一种什么行为？又是一种什么精神？

深深感动之余，我把这事挥就为文，发表于报端。

当地领导看了眉头一皱，计上心来。通过一番认真检修，他们索性让蒸汽机车重新披挂上阵，在那段弯弯曲曲、翻山越岭的铁路上奔跑起来，还每年大张旗鼓地张罗、举办国际蒸汽机车节，以此吸引大量的英国人，招引日趋增多的老外来这座城市观光，挖空心思促进当地餐饮业、旅游业、各类服务业的迅速兴盛，猛掏英国人的钱包，大赚老外们的外汇，驱动当地经济大发展、大繁荣。

"呜——"当一声悠扬高亢的汽笛划破长空，一股白云状的蒸汽排山倒海扑面而来，一列锃黑闪亮的蒸汽机车带着摄人心魄的轰鸣呼啸而过，寂静的旷野被唤醒了，沉睡的大地颤抖了，站在铁路不远处驻足观看的老外们沸腾了。他们比见了上帝还要肃穆，比中了头彩还要狂热。那些拍摄蒸汽机车的欧洲人，有的站在水中，有的立在岸边，有的趴在山上，都把相机举得高高，忘情地照啊照啊，仿佛照到了朝思暮想的神灵。

果不其然，蒸汽机车在拖来英国工业革命那段辉煌历史的同时，也为中国北方这座城市拖来了滚滚而至的财源。老外们笑了，中国这座城市的市民们也笑了。

可没过多久，蒸汽机车就停运了。因为这家伙烧煤实在厉害。排出的滚滚浓烟，发出的巨大轰鸣，都对铁路沿线地区产生了不小的污染和噪声。对此，当地以前可全然不顾、听之任之，但现在不行了，中国各地都在力推节能减排，都在狠抓生态文明建设。

如今，"绿水青山就是金山银山"的理念在中国日趋深入人心，"看得见青山，留得住乡愁"也成了中国北方这座城市科学发展的自觉追求。

那些英国人、德国人、法国人、比利时人，那些欧洲人，开始是有些失落，但很快又燃起了希望。

因为当地的中国人并未让蒸汽机车就此蒸发，而是把它作为历史文物收藏在博物馆里，让老外们同样可以接踵而至、驻足观看。实际上，对于蒸汽机车，动是格外壮观的，但静也非常雅典啊！

（原载2018年3月25日《长江文学》的《小说荟》专栏）

破绽

走出荣胜超市，田女士忽然发现街边躺着一个钱包。

"会不会有人故意扔在这里，等有人去捡，然后伺机敲诈？"田女士想，"兴许，那人就躲在某处，两眼贼贼地盯着这儿呢！"

田女士立马像躲避瘟疫似的转身离开。可逃了不远，又心生另一个念头："如果这钱包真是有人不慎遗失的，里面有身份证、银行卡、驾照等物件，没有了它们，失主出行或办事多不方便啊！"

"很可能，失主正焦急地寻找这个钱包哩！我是不是自己心里有点阴暗，就把别人也想坏了？"

"还是行善积德，捡起钱包，寻到失主，完璧归赵吧！"

这么思忖着，田女士又急忙转身。

田女士本不想打开钱包的，因为一旦打开，自己的动机也会遭人质疑；可不打开吧，找不到联系方式，又怎能寻到失主？根据经验，不少人都喜欢把身份证、驾照、名片等放在钱包里。而通过这些东西寻找失主岂不更快？

当田女士小心翼翼地打开钱包，里面果然就有这些东西。好在包里钱不多，只有二百五十元。

这会儿，失主应该心急如焚了！

按照身份证和名片上提供的信息，田女士掏出手机就给失主蔡玉莲打电话。

"蔡玉莲吗？你是不是遗失了钱包？"田女士试探道。

"是啊，我正在四处寻找哩！你是谁呀？"蔡玉莲问。

"我是小田啊，大姐，请问你的钱包里都有啥呢？"

"一张身份证、四个银行卡、几张名片……四千四百元现金！"

"四千四百元？蔡大姐，你没有记错吧？"田女士大惊失色。

蔡玉莲却一口咬定："对，是四千四百元！"

"不好啦，"田女士机警起来，"真不该用自己的手机给她打电话，她肯定存下我的号码了！"

"怎么办？"田女士蹙眉，"夜长梦多！看来，我得尽快把钱包归还她。归还时，最好叫上几个朋友同去，以免……"

田女士又尽量心平气和地说："蔡大姐，我现在就把钱包归还你，咱们在哪儿见面？"

"现在见面没时间。这样吧，你把详细住址告诉我，忙完事，我上你家登门拜谢？"田女士沉默了。

田女士感觉不对头。"多一事不如少一事，我这是自找麻烦啊！"她既烦恼又很后悔。

因为不想让家人跟着操心，田女士便焦急地给朋友打电话。

朋友甲听了十分气愤："如今这社会还真是好事做不得！不如，你把这钱包再扔回原处，甭管了！"

田女士当即摇头："这哪行？失主肯定存下我的手机号码了，说不定我和她的谈话都被她录了音，她正在……"

"反正吧，让她登门见你肯定不行，让她登门无异于引狼入室！"朋友乙提醒田女士。

"我看这样，"朋友丙思虑再三，"索性把钱包交给公安，相信他们能够侦破。"

"对啊！"田女士终于眉头舒展，"干脆就交离荣胜超市最近的扶桑派出所，请派出所代为转交！"

事不宜迟！田女士赶紧直奔扶桑派出所，把事情的前因后果直接告诉值班民警。

翌日，派出所即先约田女士，安排她在所里一间办公室内静候。然后，再通知蔡玉莲来派出所认领失物。

在核实过身份之后，派出所决定把钱包转交给蔡玉莲。

"好好看看吧，这可是你遗失的钱包？"民警上下打量着蔡玉莲。

蔡玉莲点头称是。

"那你再清点清点里面的物什，查查对不对数？"民警有意提醒她。

蔡玉莲打开钱包一翻，脸色霎时阴了："不对呀，我这钱包里分明装有四千四百元现金，现在怎么只剩二百五十元？"

"你确定是四千四百元？"民警追问。"我确定！"蔡玉莲赌咒一般。

民警瞥她一眼，笑道："看来你的记忆出了问题，蔡玉莲同志！"

"这话怎讲？"蔡玉莲反问。

"很简单，"民警紧盯她的眼睛，"就你这钱包，它能装得下四千四百元现金？"

"这个……"蔡玉莲一愣。

民警又一笑："不瞒你说，我们已认真实验过，根本不可能的！"

"这……"蔡玉莲的脸唰地红了。她十分后悔自己竟疏忽了这一点。"如果，当初说钱包里装的是两千元现金，或者再少一点，一千八百元吧，不就……"蔡玉莲痛苦地想。但很快，她就让自己镇定下来，而且心生一计。

"可能是我记错了吧，但田女士做了好事，我总得当面感谢她呀。这样行不，我是做服装生意的，回去后，我送一套服装给田女士。请你们无论如何也通知田女士来一趟派出所，让我先认识认识她。"蔡玉莲一副很诚恳的模样。

"可田女士说了，她做好事纯粹出于善心，绝不图你的回报！"民警随机应变，婉言相拒。

看蔡玉莲仍不甘心，民警进一步解释说："田女士是出差来我们这儿的，办完事后已返回哈尔滨。我总不能让她千里迢迢再来这里吧？或许她正事务缠身哩！"

"可是，"蔡玉莲憋不住了，"我存了她的手机号码，她的号码的确是我们本地的呀！"

"这个嘛，"民警看了看蔡玉莲，"田女士说过，她来我们这里出差时间不短，为了节省话费，就临时办了我们这里的手机卡。不妥吗？"

"这……"蔡玉莲语塞了。

"别不好意思嘛，我们会把你的谢意转告田女士，你就放心回去吧！"民警笑笑，这笑里似乎有刺。

蔡玉莲无奈地摇头，这才失望地走了。

透过开了一条缝儿的窗子，在紧邻这间办公室的另一间办公室，田女士忐忑不安地听完了民警和蔡玉莲的对话。

直到这时，她紧绷的心弦才终于松弛下来。"有事找公安，不错的！"她感叹道。

其实，田女士哪里回了哈尔滨？她就是地地道道的本地人呀！

（原载《辽河》2016年第2期，转载于《微型小说月报》2016年第5期、《微型小说选刊》2016年第12期，获第二届"光辉奖"法治微小说征文大赛优秀奖）

抢劫艳遇

夜色中，甲、乙两个歹徒堵住了一个女人。

甲在女人眼前扬起寒光闪闪的尖刀，乙则向女人摊开一只手。

"快，把包给我！"乙紧盯女人的坤包。

女人瞟一眼甲，又瞥一眼乙后，轻轻把坤包扔过去。

"我可以走了吧？"女人很淡定。

"走？没那么便宜！"甲说。

女人竟然笑笑："那你还要怎样？"

"陪哥俩儿玩儿玩儿！"甲垂涎着一张脸。

女人顿时春风满面，眼里闪出异样的光芒："好哇！很久没玩过男人了，正憋得慌呢！不过……"女人看看四周，"这街头巷尾，车来人往的，能尽兴吗？"

甲愣住了："那你想怎样？"

"不如去宾馆开房，要玩，就无所顾忌！"女人一副迫不及待的模样。

甲一脸惊喜，一下子放松了戒备，色眯眯地打量起女人："早就该这样，何必我们多费口舌呢！"

女人看乙有些狐疑，不以为意道："怕什么，放心吧，我包里钱多！人活着就得及时行乐，可别等到身体出了问题才追悔莫及……"

甲乙面面相觑，想打断女人的絮絮叨叨，又不知说什么好。

"跟你们说，我曾经一次玩倒过五个彪形大汉。你们俩，优柔寡断真不像男人！"女人不无得意地说着，似乎早忘了面对的是两个劫匪。

女人看两个歹徒怔住了，俨然猫儿叫春："快来呀，我都憋不住了！"

这时，乙忽然冲着甲大喊："快……把包扔给她，跑！"

甲虽不明就里，但也没耽搁，扔了包就跟着乙跑。转眼，消失在茫茫夜幕下。

"你这是怎么了？"等缓过气来，甲禁不住问。

"臭娘儿们如此反常，肯定是吸毒卖淫的！如果她有艾滋病，或者包里全是毒品，那就完了！咱们是求财的……"乙惊魂未定地说。

甲想了想，沉默了。

另一条街道上，一个女人也在没命地奔逃。全身因为汗水湿漉漉的……

（原载《小说月刊》2015年第7期，转载于《爱你》2015年第12期）

关键时刻

遭遇车祸后，局长不得不住院治疗。虽然伤得不轻，可只在医院救治二十多天，局长就坚决要求出院。任凭医生怎么挽留，家属怎么苦劝，局长就是横下一条心，死活也要出院！

不仅仅是出院，局长还马不停蹄、风风火火地回单位上了班。

看到局长一瘸一拐，额头上渗出巨大的汗珠，咬紧牙关坚持上班，有人眉头紧锁："局长伤未痊愈就急着上班，他究竟图个啥呀？"

"一定是脑子里进水了！"有人背后嘲笑。

"局长真了不起，把工作和事业看得恁重！"有人竖起大拇指称赞。

上级领导建议局长继续住院治疗，只管安心养病，病好后再上班，局长也婉言谢绝。好像离开了工作岗位，他一天也活不下去。

正是需要树立楷模、需要典型引路的时候，局长自然成了当地忘我工作的一面旗帜，党员干部学习看齐的一面镜子。

"常言道，伤筋动骨一百天。你怎么只住二十多天就要出院，还坚持天天上班。把身体作赌注，拿工作当命根，值吗？"下班回到家里，老婆又憋不住抱怨。

局长乜一眼她，只当耳旁风。老婆无奈。

局长的宝贝女儿急了，也温言软语相劝："爸，磨刀不误砍柴工，您就爱惜一下龙体，还是听医生的话，继续住院，完全康复后再上班吧，没有什么比健康更重要！"

看宝贝女儿忧心如焚，局长心疼，这才和盘托出事情的真相。

"难道我不清楚伤筋动骨一百天的道理？难道我真不知道生命和健康多么宝贵？可是，你们想想，不久领导班子就要换届，如果上班晚了，我的局长宝座一不小心被人夺走，咋办？夜长梦多，这句话你们就真的没听说过？"

"关键时刻，还得有超常举措！"局长作报告似的强调。

老婆眼前一亮，宝贝女儿脸上也愁云顿消。

（原载《金山》2018年7月刊）

特殊警务

老太太忽然跌倒在街边。

行人如过江之鲫，但却无人伸出援手。

只有小伙不假思索，立马奔向老人，迅速将老人扶起。

靠在小伙的肩头，老人掏出手机就给儿子打电话。

不一会儿，老人的儿子风风火火地赶来。

"老人家请多保重！既然您的儿子已到，我还有事，我得走了。"小伙十二分的温和。

老人却一把拽住小伙的手臂，"别急嘛，有话好说，再等等。"老人和儿子交换了下眼神。

儿子便问老人："妈，您是怎么摔倒的？"

老人下意识地转向小伙："怎么摔倒

的？还不是他给撞的！"

小伙大惊："我撞了你吗？"老人一口咬定："是啊！"

"如今多一事不如少一事，不是你撞的，你会狗咬耗子，多管闲事？"老人的儿子阴阳怪气。

"人啊！"小伙凄然而笑，"举手之劳，行善积德！不是我撞的，我就不能扶起老人？"

"少啰唆！"老人的儿子憋不住了，"我妈说你撞的就是你撞的！没人能证明你没撞。现在，我妈也不知伤得怎样，你自己说说吧，愿赔多少钱走人？退财免灾，知道退财免灾啵？"

老人又冷不丁地倒在地上，哎哟哎哟地呻吟，这里疼那里不舒服地叫喊，一副很难受的模样。

"现在，该你扶了！"小伙冲着老人的儿子说。

"不扶！"老人的儿子把头扭向一边。

"不扶就不扶！"小伙昂首挺胸道，"要讹我赔钱？实话告诉你们，一分也休想！"

"不赔是吗？那我要揍你了！"老人的儿子凶相毕露，挥拳砸向小伙。

小伙沉着机灵，顺手抓住他的手腕，将他死死地钳住。

小伙的力气实在太大，老人的儿子不敢动弹。

这时，两个巡警从天而降。他们三人一同被带往公安局调查取证。

……

"你怎么证明，你妈就是他撞倒的？"公安先问老人的儿子。

老人的儿子振振有词："我妈说他撞的，就是他撞的！不然，过往的行人都不扶，他干吗要去扶啊？再说，现在有谁能出面证明我妈就不是他撞倒的？"

"如果——"公安提醒老人的儿子，"小伙自己能证明呢？"

老人的儿子讥讽道："他可是肇事者呀！你们让肇事者做证人，自己证明自己的清白，天底下有这样可笑的法律吗？"

"一点儿也不可笑！"公安边说边打开电脑，"现在是高科技时代，调查取证的方法多种多样且日趋科学。你们来看，我们这里可有老人跌倒前后的全程实况录像……"

老人和老人的儿子目瞪口呆："这是怎么回事？你们这里怎么会有现场实况录像？"

"很简单，"公安指了指小伙，"就是他直接用电脑传输过来的！"

"电脑？"老人的儿子一头雾水，"我们没见他用电脑呀！"

"想学聪明点，是吧？"公安笑了笑，"他本身就是精密机器人，就是台超高级电脑。他呀，既能用眼快速拍摄现场实况，又能直接通过大脑把实况录像发送给我们。正如发送电子邮件，他的大脑就是电脑哩。"

"他是机器人？"老人和老人的儿子惊问。

"是啊！"公安紧盯他们反问，"难道你们真的看不出？"

他们点头："是啊，太邪了，还真的看不出！"

"这就好！"公安正告老人和她的儿子，"他不仅是机器人，更是我们的治安民警！"

"这，这，这……"老人和老人的儿子惶恐不已，额头上都冒出豆大的汗珠。

……

此后不久，行善积德者反被讹诈勒索的怪事便在当地销声匿迹。

（原载《啄木鸟》2016年第4期，转载于《微型小说月报》2016年第4期，选入《2016年中国小小说精选》《2016中国年度作品·小小说》）

我的大学

新的学期开始了，我照例来到自己曾经十分热爱和向往的这所大学，我要读大三了！

可是，走进校园，我忽然认不得这里星罗棋布的小路，忽然找不到巍峨高耸的教学楼，忽然想不起温馨浪漫的宿舍区在什么方位，我住几栋几号房，自己的钥匙不知何时掉在哪儿了！

转来转去肚子饿了，我想去学校食堂买两个面包充饥。可食堂呢？怎么看不到了？

还是花香鸟语、林木葱茏啊！明晃晃、亮堂堂的阳光碎银似的倾斜而下……

还是人头攒动、热闹非凡啊！可偌大的校园里，为什么寻不到一张熟悉的面孔、一个似曾相识的身影？我怎么也记不起教我的老师和教授的姓名，与我同窗共读的同学也是，一个个都去了哪儿啊？

我不知不觉急出一身冷汗，想去学校的浴室用水冲洗冲洗。可浴室呢？浴室在哪儿啊？

找个人问问吧？对，找个人问问。可是动了动嘴，我却不会说话了！

站在路边苦苦地想啊想，依稀记得班主任好像说过，这期开学后先要组织我们去远方，重走什么丝绸之路，还有——郑和下西洋什么什么的。可是，班主任呢？我亲爱的同学呢？

这时，我俨然成了街头巷尾的流浪汉。流浪汉漫无目标，游得却自由自在。我呢？我是谁啊？

月亮升起来了，校园里清辉如水。

我内急，又找不到厕所。没法，只得就近抱着一棵大树，在树边狠狠地尿了一泡尿。不知道这泡尿是否会冲散树底下成群结队的蚂蚁，不知道这泡尿能否促进大树的正常生长，使它多长一片绿叶、多开一朵红花，也不知是否有人注意到我，这会儿正在嘲笑我辱骂我。反正，我顾不得这些了。

折腾来折腾去，心烦意乱、心力交瘁，我不想读书，不想上大学了！

回家？对，回家去！忽然涌起这样的念头。

可是，一抬头，一迈步，我又想不起家在何方，回家的路怎么走，该坐什么时候的哪趟子列车了。我怎么连自己父母和兄弟姐妹的姓名与形象都忘得一干二净了呢？

我的眼泪再也禁不住，默默地流啊流，终于汇成了一条清亮的小河。现在，我只能祈望自己，慢慢地变成一条灵巧的小船，在这条汩汩淙淙、弯弯曲曲的小河上扬帆起航……

（原载 2015 年 6 月 24 日《梅州日报》，转载于《微型小说月报》2016 年第 5 期）

喜筵

酒店外鞭炮阵阵、鼓乐声声，酒店内宾朋满座、觥筹交错，酒店门楣上挂着醒目的横幅：热烈庆祝曹蒙贺先生终于摆脱情妇的纠缠！

摆脱情妇的纠缠也要设筵相庆？

记者觉得有趣，匆匆赶来采访。

记者先问曹的一个朋友：你怎么看待这样的宴请？

朋友笑答：只要你想，如今有什么宴请不可？乔迁新居、升学当兵、发表论文、狗狗配对、母猪生崽，等等。老曹摆脱情妇当然也可！

哦，你这样看。记者一愣。

记者又问曹本人：摆脱情妇的纠缠也要请客？

曹脱口而出：第一，这些年，情妇每

天不停地给我发手机信息，严重影响我的工作和生活；经常缠着我要这买那，让我在经济上不堪重负；生病要守护，游玩要陪伴，把我忙得七窍生烟。我累了、烦了、厌了。第二，三年谈判，我绞尽脑汁，朋友们也千方百计斡旋，终于说服她与我分道扬镳，这事办得太辛苦、太磨人、太不容易。第三，从此，我扔掉包袱，轻松自如，可以开始新的生活，经营新的梦想了。这么大快人心的喜事，你说，我能不设筵相庆、通告亲朋？

原来你这样想啊！记者感叹。

记者再问曹女：老爸终于摆脱情妇的纠缠了，你欣喜吗？

回答直截了当：当然！曾经一段时间，那个女人占用了我老爸三分之二的时间，骗走了我老爸三分之一的钱财，掠夺了我老爸三分之三的感情。如果发展下去，他们结婚成家；如果老妈也另觅新欢、弃我于不顾，别说今后的日子难熬，眼前怕是要辍学打工了！

有道理呀！记者点头。

记者最后问曹妻：为啥你也乐不可支呢？

如今有钱人不找情妇才怪！有钱人找了情妇还能摆脱，又与老婆重续旧情，这样的男人你见过或者说见得多吗？浪子回头金不换啊，你说我能不喜出望外？我男人能公开摆酒庆贺，这既表明了他与情妇一刀两断的决心，也是对我莫大的安慰和对情妇极大的羞辱。不好吗？曹妻连问。

这时，记者就来了赴宴的兴致。一上桌，她也把酒杯举得很高很高。

原来，记者的老公也有情妇，他俩已纠缠些时日了……

（原载《小小说大世界》2015年第8期，转载于《微型小说月报》2015年第10期）

来到C国城市的外星人

　　宇宙这么大，我要去看看！几个外星人相约去地球。他们首先想到的是C国的城市。

　　1号外星人从天而降，降到了b市郊区。

　　1号刚一落地，还未适应b市的雾霾，就被当地农民逮了个正着。

　　"一定是外国间谍，来我国从事破坏活动，或者——就是要潜伏下来刺探我国情报的！"

　　他们毫不犹豫，立即将1号扭送到当地执法机关。

　　他们警惕性高，国家安全意识强，抓现行可疑人员速度快，得到了政府部门的赞扬和鼓励。

　　2号外星人从天而降，降到了s市市区。

　　"这是什么动物？我们还没见过，很有

观赏价值，可当摇钱树啊！"

有关部门不假思索，就给抓获者一笔酬劳，并将2号火速送往s市最大的一家动物园。

闻讯，四面八方的参观者蜂拥而至。动物园通过高价出售门票，提供有偿服务，很快赚得盆满钵满。

3号外星人从天而降，降到了g市郊区。

"哪儿来的珍稀动物？一定也是生猛海鲜！赶快杀了烹，烹了煲，先吃肉，再喝汤，好好享享口福！"围猎的人们像过年一样开心。

可怜的3号还未弄清发生了什么，就被当地大厨一刀放血，做成色香味俱佳的菜肴，热气腾腾地端上了餐桌。

4号外星人从天而降，降到了d市市区。

有市民发现后一愣："好像也是人哩，是人就会玩牌呀！正好我们'打跑符'三差一，可让他来补补缺！"

宛如哥伦布发现了新大陆，发现者喜不自禁。一边好说歹说，一边拉拉扯扯，不管4号听没听懂，愿不愿意，就将他拖进茶楼，推上了牌桌。

C国的每座城市都有亮点，降落在其他城市的外星人命运怎样呢……

（原载《小说月刊》2018年第8期，转载于《微型小说选刊·金故事》2018年第12期）

一条深深污染的河流

眼前是一条很长很长的河流。在夕阳的余晖里，河水泛起黑色的光芒。

犹豫了很久很久，悲观绝望的男子这才纵身投河。

岸边围观的人们，此时的热情也如天边熊熊燃烧的晚霞。

可很快，男子却挣扎着冲出水面。

"看啦，这个尸包！"岸边有人惊呼。

"你还冲出水面干吗？"有人不解。

"怎么不自尽了？"有人十分惋惜。

"狠狠心啊，呛几口水就过去了！"有人教他。

……

男子还是拼命地游向岸边，而且把头颅高高地昂起。

"我实在受不了啦！"男子十二分的凄然。

众人笑问："为什么呀？"

"这河水太脏太臭！"男子一脸的苦相。

"唉！"有人就不满地责问，"这条河流可不是刚刚才污染的啊！你投河怎么不好好地选点？你若想存心奚落我们，也制造个新闻热点吧？"

"这样懦弱胆怯，还是个大男人哩！"一个美女响亮地嘲笑他。

男子终于勃然大怒："如果——投河的是你们的父亲，你们的丈夫，或者你们的儿子，请问你们会这样吗？"

"啧啧，"有人做起鬼脸，"贪生怕死之虫还能如此狡辩呢！"

（原载《香港文学》2015 年 12 月号、2016 年 8 月 13 日印尼《国际日报》）

性别问题

C市诗人和诗作者很多，但能在名刊SK诗刊上发表诗作的几乎是清一色的女性。她们喜欢把诗作发给这家诗刊的男编辑ZST，C市曾多次邀请这位编辑参加他们组织举办的诗歌笔会。

贾宁为男诗人，他在国内的不少报刊甚至诗歌名刊上发表过诗作。贾宁也想在SK诗刊上露露脸，因为在这家诗刊上露脸，能更好地奠定他在中国诗坛的地位。他知道C市的男性在该刊发表诗作的概率几乎为零。怎么办呢？贾宁苦思苦索数日，终于有了主意。他设法找到C市某丽人的一张靓照，把它夹在自己的诗稿中，挂号寄给了ZST（那时还未出现发送电子邮件这种方式）。做一次实验试试吧，看看效果怎样？他这样思忖。

半个月后，贾宁收到了 ZST 的回信，直夸 C 市山美水美人更美，说她的诗写得不错，准备送审。ZST 的字写得很工整，还把经他精心修改过的贾宁的诗作也誊抄一份，同时郑重其事地寄给了贾宁。

贾宁窃喜，赶紧回信，说如果喜欢 C 市，随时欢迎他光临指教，"她"会好好相陪，还说了些柔情似水的、热热的、甜甜的晕话。

不多久，贾宁在办公室接到一个电话："请问贾宁在吗？"

贾宁愣了一下，因为他已三番五次接听到诈骗电话，便问："您找他什么事？"

"她的诗作《大猫小狗》已过终审，"那边激动地说，"我想告诉她这个喜讯。"

"请问您是……？"

"我是 SK 诗刊编辑 ZST。"

"哦，太感谢您了，我是贾宁！"

"你是贾宁？"那边一怔，马上又说，"祝贺你！你就等着大作发表吧。"

挂上电话，贾宁忽然有些后悔，智者千虑，必有一失，自己一高兴怎么就忘乎所以，一忘乎所以怎么就露了馅呢？干吗不叫个女同事，让她顶替一下自己？哎呀，糟了，贾宁的额头很快沁出豆大的汗珠。

也许……ZST 不是别人说的那样，不是胆大妄为的色鬼，如果这样，我的诗作还是能正常刊发的。等等看吧，也许自己的运气不差！转眼一想，贾宁宁愿抱着这种侥幸心理。

可一个月过去，自己的诗作不见刊发；三个月过去，外甥打灯笼——照旧（照舅）；一年过去，自己未能在 SK 诗刊上露脸；两年过去，还没有喜讯传来；快三年了，自己的诗作依然石沉大海！贾宁再也憋不住了。

他千方百计打听到 SK 诗刊常务副主编 LXY 的手机号码，试着拨通了电话："请问您是 LXY 副主编吗？"

"对，我就是，请问你是……？"

"我是贾宁，C 市的一个诗人。"

"那——你找我有什么事儿？"

"两年多前，我给你们诗刊投过一首诗作《大猫小狗》，编辑说过了终审的，怎么至今未见发表？"

"咦，有这种事？你告诉我审稿编辑是谁？"

"ZST老师！"

"哦，那你等等，我这就去查。"

一会儿，贾宁接到了LXY副主编的电话："你的诗作找到了，还在ZST编辑的抽屉里，我看了下稿笺，确实过了终审的。这么长时间的耽搁，是我们编辑的失误，我郑重地向你道歉。这样吧，我来安排，我们以最快的速度发表你的诗作！"

"非常感谢！"贾宁长长地舒了口气，他只差要当面叩谢LXY副主编。

很快，贾宁的诗作《大猫小狗》发表了。贾宁成了C市的奇迹！

喜出望外！贾宁不禁扬扬得意，还是自己高明哩，下意识找了个女主编打听情况，幸亏是找了个女主编，要不，自己的诗作《大猫小狗》很可能就见不到天日，永远地埋没了！

看来，这性别问题，可绝不是小事啊！

（原载2019年4月12日《新江北报》，选入《2019中国精短小说年选》）

红色收藏

我爱收藏，艺术品、字画，无论是什么类型的藏品，只要是红色系，我就喜欢。为此，我几乎把所有业余时间都搭在了这个爱好上，也乐此不疲地跑了差不多小半个中国。现在，我家两室一厅一百二十平方米的房子里，堆满了我的收藏，已经到了难以下脚的地步。我的远大理想，就是要建一座宽敞的红色收藏馆！

我的红色物品从何而来？一是走街串巷到店子里去鉴赏、购买；二是深入乡野民间四处打探、收集。

这天，朋友又向我通风报信，说城里的白玛老太太家有一个瓷碗。我大喜，赶紧喊了两个行家，风风火火前去认购。

敲门，进屋，大家的目光很职业化地在白老太太家搜寻。白老太太鹤发童颜、精神矍铄，地地道道的大户人家太太。微笑中透露出警惕，春风里暗含着秋霜。

白老太太一边上下打量我们，一边小心询问我们登门有何贵干。我背着双手、昂首挺胸，开门见山地说，就是专程前来认购红色物品的。

"红色物品？"白老太太有点狐疑。

"听说您家有一只瓷碗，有人物图像和书法……"

"哦，原来这样！"白老太太松了一口气，赶紧招呼我们在客厅里坐坐，自己则匆匆进了里屋。

很快，白老太太找出那个"古色古香"的瓷碗，双手托举着虔诚地递给我。我拿起瓷碗，摸摸、敲敲、看看，问白老太太："多少钱卖？"

白老太太一愣："这年月，难得你们还如此钟爱此物，拿走吧，不要钱！"

我忙说："万万不可！不给钱我能拿走你家东西？这不成了打劫？"

"打劫？"

白老太太大惊："小兄弟真是言重。就一个旧瓷碗，你看得起我高兴都来不及，送给你难道犯法？"说到这里，白老太太若有所思，"你们来可有其他事情？"

我一怔："没有，没有！"又眉头一皱，"您儿子叫什么名字？在哪儿工作？"

"我儿子？"白老太太犹豫了。

见状，我立马申明，我就是随便问问，如若为难，不回答也不要紧。白老太太就有些拘谨地笑笑。

我好说歹说，白老太太坚决不肯收钱。没法，我们只好带上瓷碗，道谢后离去。

临走，望着我陌生的背影，白老太太忽又想起什么："哎，这小兄弟，能留下你的联系电话和住址吗？"

我转身，诧异地望着白老太太。

"是这样的，"白老太太笑笑，"我的熟人如果谁有这等物什，我好打电话告诉你，或者索性叫他给你送去。"我心头一热，很是感动。不假思索便掏出笔，沙沙沙地给白老太太写字条。

又收了个红色宝贝！路上，我全身轻飘飘的，乐得不行。但一想到这宝贝是未花钱得来的，我心里仍然忐忑。

怪呀！非亲非故的，白老太太干吗一定不要钱呢？晚饭后，我坐在沙发上，边看电视边思忖。这时，手机突然响起。

"谁呀？"我问。

"是小李。市水利局王局长的司机小李。"

"王局长是谁？"

"白老太太的儿子，您白天不是刚去过她家嘛！"

"哦，……什么事？"我一愣神，以为他是找我要钱的，毕竟是桩买卖，那瓷碗怎能不明不白，白送？心里这样想着，嘴上却说，"我又不认识你们……"

"这个嘛，王局长认定他与您有缘，让我送份礼品给您，说是想和您交个朋友！"

"交朋友？"我大惊失色，有这么唐突地交朋友？

小李急了："阿华老大，求您行行好吧。您要不收，王局长就不准我返回！我就在您家楼下。"

我虽一头雾水，但心给说软了。

一进门，小李毕恭毕敬，把大堆礼品轻轻放在门边，然后转身欲走。

"来了就是客，坐吧，喝杯热茶暖暖身！"我指指旁边的沙发，留他。

"不啦。"小李腼腆地笑笑，"王局长还在车上等我呢。"然后如释重负，噔噔噔，一阵风似的下了楼。

颤抖着清点礼品，六瓶茅台酒、八条软中华，我和老婆目瞪口呆，越想越觉得迷雾重重。老婆郑重提醒我："不义之财，赶快退吧！"我摊开双手，一副无可奈何的模样："你看人家送礼的犟劲儿，我们退得了吗？"

老婆眉头深锁："阿华，你就是个生意人，业余喜欢红色收藏，人家如此送礼图你个啥呀？"

一连数日，我也在苦思其中的奥妙，也在考虑怎么退礼、往哪儿退、退给谁好。

这天参加朋友聚会，忽见有人高举一张晚报，上面有一条新闻，写的是市委书记半月前被上级纪委秘密"双规"，现已移交司法机关立案查处！

咳！这个市委书记曾长时间不要单位车接车送，坚持自己骑自行车上下班。每每开反腐败工作大会，总是谆谆教育领导干部，一定要学荷花，出淤泥而不染。拍桌打椅怒吼，决不让腐败分子有藏身之地。还意味深长地把县（区）委书记们带进省监狱，现场开展过警示教育……

我回家把这事和老婆说了，老婆一拍大腿说："莫非王局长和他的老妈高度敏感，怀疑你是纪检部门的'内线'，打着'红色收藏'的幌子，在悄悄查他的老底？因此……"

我张大了嘴巴，眼球差点儿鼓出来。

（原载《小说月刊》2018年第12期）

善心

太爷爷是清末秀才，家境殷实。

那时一到春荒时节，乡邻中总有揭不开锅的人家。

太爷爷知道后，必定去请那户人家派个人来，给他清扫私塾，而且每天只清扫一间房子，完了就给三斤大米作为酬劳。直到那户人家开镰收割，度过粮荒了，这事儿才算告一段落。

其实，清扫一间房子，压根儿不需要给人家三斤大米。而且，太爷爷家私塾的卫生状况很好，也没有必要天天清扫。

起初，爷爷纳闷儿，就问太爷爷："爹，您多此一举干吗？还不如将度春荒的粮食一次性捐给他们，也算是我们的善举！"

太爷爷微微一笑，说："孩子，人都有自尊心啊，接受别人救济，感恩的同时，会不会觉得低人一等？而且，欠着人情，有良知的人肯定内心不安，总想着偿还甚至加倍报答，哪还能轻松呀？我这样做，算是他情我愿，双方平等，双方都可过得更自在啊。"

"做善事不图回报，还不让人家记着，那为啥？"爷爷还在皱眉。

太爷爷又浅浅一笑说："生逢乱世，家道富裕，那是上天的恩赐。我们已经很幸运了，还奢求什么呢？"

[原载 2016 年 11 月 4 日《湖南日报》《当代文学》第 19 期（英译：宋德利），转载于《影响孩子一生的经典阅读（小学版）》2016 年第 11 期、《小小说选刊》2017 年第 24 期、《民间故事选刊》2018 年第 5 期（上半月刊）、《小小说月刊》2018 年 5 月下半月刊、《中国故事·传统版》2018 年第 9 期，选入《星光闪耀——2016 中国闪小说佳作选》（菲律宾博览国际传播公司出版）]

扶贫问题

本性

李海城又翻山越岭，来到他的精准扶贫对象朱黑枣家。朱黑枣是那种一人吃饱，全家不饿的人。

简短寒暄过后，李海城掏出两千元钱，准备捐给朱黑枣。

"请问，这钱是公款还是私款？或者说，是单位上出的还是你个人出的？"朱黑枣平静如水地问。

李海城一笑："放心，是单位上出的，公款哦！"

"既然是单位上出的，是公款，那我不会感谢你！"朱黑枣表情冷淡。

李海城愣了："为什么？"

朱黑枣脱口而答："因为有了这笔钱，我肯定要去餐馆里酒肉一顿，之后，睡个女人玩玩，若还有余钱的话，就进赌场赌上一把。钱仍未花光，便再去吃喝、玩女人、赌博，直至分文不剩。这样，我反倒很累，很伤身体。"

"你干吗这样？"李海城大惑不解。

"没钱时，安心过穷日子，我不会有奢望；而一旦有钱，迷恋起花花世界，我便不能自已。我这人就这毛病，治不了呢！"朱黑枣坦言。

这时，李海城眼珠一转："我在跟你开玩笑哩，其实这钱是我个人捐给你的，私款啊！"

朱黑枣却摇头而笑："你可以这么哄我，但我不会相信的。要真是这样，我得感谢你。但有了这笔钱，我还是会花心的，还是会海吃海喝，玩女人，进赌场，直至很快把钱用光。江山易改，本性难移。没法，我这人就这德行！"

李海城木了，他只觉得眼前发黑。

需要

县长风风火火地来到山旮旯里一家贫困户。

问，需要我们帮你解决什么问题？

贫困户望着县长，半晌不吭声。

县长急了，问，需要给你钱吗？

贫困户摇头。

需要给你几头牛羊？

贫困户又摇了摇头。

需要教你一门手艺或者技术？

贫困户继续摇头。

需要送你外出打工?

还是摇头。

······

那你到底需要什么?

我······我需要一个老婆······

这个问题嘛······县长难为情地说，只能靠你自力更生啊······

（原载《芒种》2019年第8期，转载于《小小说选刊》2020年第3期）

走关系

叔叔忽然打来电话，说婶婶的侄子刘学林在当羊县城开的一家农资零售店突遭宗龙派出所查封，问题可能不小！请谢青无论如何全力帮忙，使之大事化小、小事化了、不了了之。

谢青一头雾水，问叔叔："宗龙派出所又不在当羊县内，怎么会去当羊县城查封刘学林的店子？"叔叔便告诉他，是宗龙区有家生产假化肥的私营企业，最近在新闻记者揭发后被宗龙派出所查封，私企老板一拘留就供出了他在远信市各区县的销售网点。刘学林因销售过该私企生产的假化肥，所以宗龙派出所顺藤摸瓜查到了他。

"原来是这样！"谢青叹道，"叔，您要我做什么？"

"我让刘学林直接跟你说吧！他说得更清楚些。"叔叔就把电话递给刘学林。

"是这样的，"刘学林接过电话，"谢哥，请你帮忙找找关系，千方百计把被派出所查收的我们的销售账本要回来，立马撕毁账本的最后几页……"

"干吗呀？"谢青追问。

"只有最后几页记录了我们销售假化肥的具体账目。"刘学林解释。

"你看你看，现在假冒伪劣已成过街老鼠，你还销售这害人的玩意儿干吗？"

"也不是害人玩意儿啊，只是使用后没有肥效而已！"

"农民花血汗钱买你的化肥，施在田间地头却没有肥效，不能促农作物增产助农民增收，难道还不是害人吗？"

"可我卖得比别人少多了！现在都卖假货，假货成本低、便宜，真货就没人买啊！"

"唉，你看你！"

感觉谢青心里不爽，刘学林赶紧把电话递回。

"谢青啊，他是你婶婶的亲侄儿。没办法，你还是得豁出去，帮好这个忙。要不，我陪学林他们来远信一趟？"叔叔接过电话说。

谢青努力压抑住心中的不快，尽量语气平和地说："不用不用，叔，这打老远而来很劳累的。您放心，我会尽力！"

"那你一定千方百计，用心帮好这个忙哦！"叔叔叮嘱。

谢青嘴上在说"一定一定"，心里却想敷衍了事。本为峦山区的教育局局长，肩负着教书育人的崇高使命，却要把手伸向宗龙区，给卖假化肥者开脱罪责，烦人，也不是那回事啊！

谢青没有想到，叔叔对他也不放心，还是陪着刘学林他们，气喘吁吁，摸黑赶来了。谢青心头一紧。

客客气气把他们迎进家门，给他们递过烟倒过茶后，谢青下意识地说：

"如今僵尸肉、地沟油、工业明胶做的猪耳朵……假食品、假药品、假日用品……假冒伪劣泛滥，几乎人人受害。百姓恨之入骨，政府正在严打。这卖假化肥坑农，又撞在了风口浪尖上，谁愿为你们冒险，给自己泼污水呢？"

"道理也是这样，"叔叔接过谢青的话，"所以我才没跟你妈透露，悄悄陪他们赶来的。到底不是外人啊，哪能忍心看着他们遭罪而无动于衷？这个忙啊，你能帮得帮；不能帮，削尖脑袋也要帮！"

"这……"谢青面露难色。

叔叔想了想，又说："你妈现在还好，你只管放心。我们今后会更细心地照看她。"

一说起母亲，谢青的眼眶里就有了泪。妈妈已八十七岁，还在乡下老家，只身一人带着四十多岁、有精神疾患的弟弟过日子。下田、种菜，洗衣、做饭，什么都劳心，什么都得做。前些年，妈妈还不慎跌倒，骨折住院。爸爸去世早，妈妈过得真不容易。好在叔叔婶婶住得近，照看妈妈和弟弟尽心竭力。要不，即使自己长了三头六臂也……想到这里，谢青的心就软了，觉得怎么也得给足叔叔的情面。

于是，在叔叔期盼的目光里，当着刘学林的面，谢青弓腰屈背，打了无数个电话，讲了一箩筐好话，转了三十三道弯，费了九牛二虎之力，终于联系上了宗龙派出所教导员曹安云。

为稳妥起见，谢青还答应叔叔的要求，翌日一大早就带上刘学林他们，匆匆找到曹教导员的住处。

仔细听罢有关情况，曹教导员郑重地告诉他们，从派出所要回账本是绝不允许的，偷偷撕毁账页更是知法犯法、罪上加罪。但既然已接受朋友之托，他愿意在不违纪违法的前提下，尽量从轻处置刘学林。又这样或那样地说了一通，都是些安他们心的好话。

虽未满足叔叔的愿望，但人家也有人家的难处。叔叔他们商议来商议去，也只好同意回去，好好准备准备，主动协助派出所办案。

走时，叔叔还再三叮嘱谢青，私下里再找曹教导员疏通疏通，该用钱摆平就钱摆平，想出法子让他对刘学林网开一面。

谢青嘴上唯唯诺诺、满口答应。可等叔叔一走，却赶紧给曹教导员打电话，叫他不必多虑，只管从严执法！

曹教导员不解，问谢青刚才还态度诚恳，说破嘴皮请他帮忙，怎么一转背就改了主意！

谢青便开门见山，叔叔他们不懂政策，法律意识淡薄，以为走走人情关系便能摆平一切。因说服无果，又不想让他们再到处求人，影响派出所办案，所以带他们来这儿安安他们的心……

"原来在摆迷魂阵？"曹教导员不信，"你说的可当真？"

"当然！"谢青斩钉截铁。"如果都千方百计制假售假，千方百计逃避惩处，那假冒伪劣何时能彻底铲除？如果再任假冒伪劣泛滥下去，我们每个人不都是受害者吗？我作为教育局局长，怎能只马列别人不马列自己？"谢青解释。

曹教导员感动了："好吧，谢谢谢局理解支持我们的行动！"

挂断电话，谢青的心里却很过意不去，毕竟人心都是肉长的。"叔叔，实在对不起您！法律面前人人平等，我不能知法犯法，徇私枉法啊！"谢青咬紧牙关，只等叔叔怨他、骂他、训他。

哪料才回家，叔叔就迫不及待，悄悄给他打来电话："谢青啊，你叫派出所不要为难，该咋办就咋办！农民们过得不容易啊，我和你婶多次劝他们别卖假货坑农，他们就是利令智昏、根本不听。现在可好，法网恢恢，疏而不漏，就让学林去受罪吧！我是守法之人，岂能善恶不分？"

谢青觉得蹊跷："那您还苦口婆心给我说上大堆好话，不辞辛苦陪他们来找我？"

"我也没法，他们躲在我家，时刻缠着你婶和我，碍于情面，我总得动动嘴跑跑腿呗？"叔叔解释，"其实我也无奈，所做的一切，都是猪鼻子插根葱——装象。我们的戏是演给他们看的，为的是尽量稳住他们，好使他们麻痹大意，不想坏招甚至畏罪逃逸。我们也巴望公安机关铲除假冒伪劣，惩恶扬善，保护百姓啊！"

"婶婶是这样想吗？"

"当然，她和我一样，懂法哩！"

谢青终于感动了，叔叔婶婶可都是农民啊！

（原载2015年8月28日《中国纪检监察报》，转载于《微型小说选刊》2016年第2期、《小小说选刊》2016年第8期、《小小说月刊》2016年10月上半月刊、《微型小说月报》2020年第1期，选入《2015年中国微型小说排行榜》《2015中国年度微型小说》）

新新乞丐

公交车上忽然上来个衣衫褴褛的乞丐。歪着眼，斜着嘴，瘸着手，口吐白沫，走路一拐一拐的。

"可怜可怜我吧，我想回桃源老家，我只需三十元路费。"他筛糠似的颤抖着，哭丧着脸说。

车内一下静极，不少人把目光投向他，但就是无人掏腰包。

"可怜可怜我吧，我想回桃源老家，我只需三十元路费。"他又一把鼻涕，一把眼泪地哀求。

有位耄耋老人憋不住了。"骗子，还要不要脸啊？瞧你在车上故伎重演过多少次？难道你不停地来常德，又不停地回桃源，每次就差个三十元路费？"他诘问。

"连说谎都不会！"一个老太太气呼呼

地接过话茬，"大家可千万别给他钱，一个子儿都不能给。我看他行骗很多次了，要钱不要脸！"

这时，乞丐就冷不丁扑通一声跪在那位耄耋老人面前："我给你磕头作揖了，你就发发善心，行行好吧！"说着，还真在他膝下磕起头来，每次都磕得山响。

那位耄耋老人烦了，睥睨他一眼，索性把目光摆到窗外。

"别磕了，磕破头也没用。谁不认识你啊？还是赶紧下车吧！"那个老太太阴沉着脸说。

乞丐的脸抽搐了一下，又挣扎着从地上爬起来，一拐一拐地挪到老太太面前，也扑通一声跪下："我给你磕头作揖了，求求你闭上嘴，慈悲为怀！"说着，又在老太太膝下，把头磕得山响。

老太太仍乜视着他，一脸鄙夷的表情。

"那我给你连磕七十个响头！你若能发善念，就给我几个子儿；你若铁石心肠，阎王爷看不下去，也会叫你活不过八月十五！"乞丐一边苦求，一边诅咒。

"滚，滚，滚！"老太太扬起拳头，咬牙切齿地怒吼。

看来是动了恻隐之心，有位中年妇女小心翼翼地掏出五元钱。"拿去吧！"她把钱递给乞丐后，也将头扭向窗外。

"谢谢美女！谢谢美女！菩萨有眼，美女发财！"

乞丐颤抖着接过钱，又转向那位耄耋老人，扑通一声跪下，边磕头边哀求："可怜可怜我吧，我想回桃源老家，我只需三十元路费。"

"钱就是你爹，你爹是个狗日的！"那位耄耋老人大骂，眼珠子都快瞪出来了。

"老不死的，你活不过八月十五！"乞丐也暴跳如雷地吼叫。

"行了行了，你可以下车了！"车上许多人看不下去，都说。

"我给你们磕头作揖……"乞丐哭丧着脸。

"好了好了，都不欢迎你，还是下车吧！"司机也劝乞丐。刚好公交车开到了一个停靠站。

乞丐可怜巴巴地扫视一遍车内，见车上乘客都很冷漠，只好满脸不悦，一瘸一拐地下车。

等上来几个乘客后，公交车又继续前行。

"这位女同志，你的心太好了，可他真是个骗子！"那个老太太提醒掏过钱的女乘客。她说："起初，看他很可怜，我也施舍他几个。心想，几块钱没什么，还可帮帮人家。可每次见他都这副德行，我就倒胃，想呕！"

"我是看他怪可怜的，头都要磕破了，就给他几个子儿，想让他快点下车。"中年妇女笑着解释。

"你觉得他可怜？可他好吃懒做，是个中年汉子，化妆成老人的！"一位老大爷下意识地说，"有天，我不经意间发现，他'下班'后，就在体育馆旁边卸妆，换衣服。卸了妆，换了衣服，再西装革履，开着豪车，一溜烟地回家。妈呀，我看得太清楚了，他那身子骨啊，打得死老虎哩！"

"啊？还有这种事？"很多人诧异。

"真有呢！"一个中年妇女接着说，"那天我目睹他躺倒在大街上，硬是拦住我们乘坐的公交车，逼司机给他掏钱。当时，他也是现在这副可怜相。满车的人都急，大家各有各的事啵。就有几个乘客主动下车劝他。讲一大堆好话不管用，忽然有人高喊：'谁阻碍公共交通啊？警察来抓人了，大家按住他！'听说警察来了，他一骨碌从地上爬起，撒开两腿就跑，逃得比兔子还快！"

"唉，唉，唉，现在的人啊，为了钱，什么不要脸的主意都想得出！"车上有人感叹。

"真是不可理喻！"有位老头儿又道出新闻，"听说乞讨都成一种快速致富的职业了，现在人还不少哩！他们有微信公众号，也建QQ群，经常在微信公众号和QQ群里交流乞讨捷径，一些人靠乞讨盖起小洋楼，买了豪华车！"

"的确这样呢！"一位中年妇女补充说，"好像经过专业培训一样，他们鬼精鬼精的，专找人多的地方乞讨。情报也很准。哪里搞什么活动，哪儿开什么大会，他们都一清二楚，总是提前几分钟赶到，赶到后就忙不迭地乞讨。等活动或会议要开始了，才四散而去，奔向下一个目的地！"

　　唉，唉，唉，这些新新乞丐！

[原载《湘江文艺》（双月刊）2018年第6期]

他们一家

按规定，这片房屋在拆迁之列，有关部门很快要来勘察现场。

"老公，你赶快去买四个手压井。"妻子急切地吩咐。

丈夫一愣："干吗？咱家不是装了一个，现在还用得着吗？"

"猪脑壳！"妻子乜了他一眼，"买来后，你把它们装在咱家的四周，拆迁时，等现场查验了，每个可品补七百元。而咱们买一个呢，花费不到四百元。也就是说，如今，咱家每装上一个，就能轻易赚回三百多元，四个赚多少呢？一千二百多元哩！"

"咳，老婆真聪明！"丈夫的眼睛一亮，"那我这就去买，回来后立马装好。"

"当然，"妻子点头，"快去快回吧！"

"可是，"临出门时，丈夫皱眉了，"咱

一家三口，要用五个手压井取水，他们会信？"

"怎么不信？"妻子眨了眨眼，"如果不信，就说有四个已用坏，打不出水呀。"

"万一他们要验收呢？"丈夫仍有疑虑。

"放心吧，那边找了关系，他们只会走走过场。"妻子安慰道。

"天衣无缝！"丈夫对妻子刮目相看，"这就好，这就好！"

不一会儿，丈夫匆匆买回手压井，开始在房前屋后选地方安装。

看丈夫一脸认真的神情，妻子忽然想起什么。

"老公，手压井可千万别埋深了，无须打出水来，只是'猪鼻子插根葱——装象'哦！一旦品补到位，拆迁之前，我们又可轻易把它们拔出来，擦洗干净后，打点折，再卖给销售店……"妻子提醒道。

"又赚上一把？"丈夫佩服得五体投地，"老婆，真有你的！"

很快，他们家的四周就一下子冒出了四个手压井。

"老公，机会难得，咱干脆一不做二不休，要赚就赚他个盆满钵满！"望着新安装的手压井，妻子若有所思。

丈夫知道妻子还有赚钱的点子，便问："老婆，又想出了什么锦囊妙计？"

"老公你看，咱屋后还有一亩多地抛荒，不如咱也在这里种上树苗，到时，又可品补六千多元。而咱花费的成本有多少？顶多两千元呗。这样一来，不是一举手又赚了四千多元！"

"好主意啊！"丈夫赞叹。又屁颠屁颠地去买树苗。

这次，像安装手压井一样，丈夫依然把树苗种得很浅，为的是得到品补后，迁拆之前，只轻轻用力，就能把树苗扯出来。然后打点折，又回卖这些个树苗，再赚上一把。

"拆迁好嘛！"做完这些，两口子得意扬扬，乐得心里盛开了金灿灿的菊花。

他们朝也等，暮也盼，没多久，勘察组终于来了。

夫妻俩满面春风地带他们在自家的房前屋后、里里外外查看。

"怪呀，咱家屋后的树苗呢？咋就不翼而飞啦？"妻子大惊失色。

"还有，咱家四周的手压井呢？怎么也无影无踪？"丈夫面如死灰。

祸从天降！其结果，他们是偷鸡不成，反丢了一把米。不仅品补没弄到，还倒贴了买树苗和手压井的三千六百多元！

丈夫坚强一些，尚能打落牙齿直往肚里吞。妻子却心疼、后悔得不行，时常以泪洗面，无声地抽泣。

"妈妈，这几天你怎么啦？"看到母亲极度忧伤的模样，放学回到家中，书包朝床上一扔，读小学三年级的儿子禁不住问。

"儿子，咱家新安的手压井、新插的树苗怎么神鬼不知，突然蒸发了呢？"母亲抹了一把泪。

"这个……？"儿子歪着头想了想，"前几天，村子里捡垃圾、拾荒货的外人突然多了，也不知他们从哪儿来的？"

"原来如此！这些遭天杀的，一定是他们，把咱家的手压井和树苗都偷了卖！"母亲暴跳如雷。

"大意失荆州！真不该高枕无忧，天天泡在牌桌上消磨时光，还有该死的你爸！"她气得跺脚。

正好儿子的父亲回家，一进门就听到了他们的对话。

"当时，要是把手压井埋得深点，把树苗栽得紧点，他们偷来费力，也许就……"父亲叹息道。

"是啊，可谁能想到……唉，这些遭天杀的！"母亲又抹了一把泪。

（原载2016年12月23日《常德民生报》，转载于《微型小说选刊》2017年第6期）

抢劫

走进这家小超市，他径直前往刀具区，挑选了一把很锋利的刀。

"买刀具要登记身份的。先生，请出示你的身份证。"当他来到收银台，店老板提醒他。

"身份登记？"他笑笑，一边小心试试刀刃，"如果——我要抢劫呢？"

"抢劫？"店老板笑道，"瞧你文质彬彬的，别开国际玩笑。"

"什么，你说我开玩笑？"他的脸忽然一黑，"老子今天还就要抢劫了，你要识相，就把收银机里的钱全给我。否则，别怪这把钢刀要在这里见血！"他瞪着店老板，手指敲得刀面叮当作响。

店老板心头一紧，仍然尴尬地笑笑："这，这，这位兄弟，千万别把玩笑开大哦。"

"谁和你开玩笑啦？"他索性向店老板扬起亮闪闪的刀，"快把钱都拿出来！"

看他确已两眼凶光、面目狰狞，店老板慌了。

"大哥息怒，好说好说……"店老板哆嗦着双手，赶紧打开收银机，把里面的一千八百元钱拿出来给他。

他接过钱揣进口袋，似笑非笑地："店老板，你快报警吧，叫警察来抓我！"

"报警？"店老板觉得更加恐惧了，"大哥，你这又是什么意思啊？"

"快点！"他的脸陡然阴沉，"报还是不报？"

"大哥，你别试探我，我不会报警的。"店老板几乎在哀求，"就当资助你一次，快走吧，我绝对保证你的安全！"

"不行！我就在这里盯着，你必须报警！"他用刀尖抵着店老板的胸口。

店老板无奈，只得拿起手机，给派出所打电话。

警察火速赶到。警察一到，他二话不说，放下刀就向他们投降。同时，掏出刚抢的一千八百元钱，立马将其还给店老板。

（一）

"说吧，为什么抢劫？"在派出所审讯室里，警察声色俱厉地问。

他却从容不迫："最近我失业了，老婆又和我离了婚，心情愤懑，万念俱灰……"

警察皱眉："那——抢劫后为什么不逃，还逼着店老板报警！"

"因为——只有这样，你们才能顺利抓获我，我才能早点进号子吃牢饭。再说，我压根儿不想要店老板的钱！"他如实招供。

"为糊口，你干什么不好？"警察哭笑不得。

"我只想做条寄生虫，不劳而获！"

"先刑事拘留你，送你进看守所！"警察正告他。

"然后呢？"他迫不及待地问。

"等待法院判决，"警察盯着他，"你不是想坐牢吗？你会如愿以偿的！"

"好，这就好！"他灿烂地笑了，"能告诉我，会在牢里住多久吗？"

"这要看法院的判决，"警察思忖道，"像你这种情况构成的抢劫罪，应判三年以上有期徒刑。但你有自首情节，可减轻处罚，因此，会判三年以下吧！"

"三年以下？这怎么行啊？"他十二分地失望，"我煞费苦心地抢劫，是为了坐穿牢底，后半生只吃牢饭！"

"你？"警察不解地看着他。

他扑通一声跪下："警察同志，你就行行好，成人之美，让法院判我无期徒刑吧？"

"不行，"警察斩钉截铁地说，"判你多长刑期，法院会依法判处！"

"那你就不能想办法帮帮我，使法院重判我，判得越重越好吗？"他眼巴巴地望着警察。

"你呀，"警察教训道，"法不容情，我们是执法者，只能依法办事，严格执法！"

"天哪！"他霎时泪如泉涌，一下子瘫软在地。

（二）

"说吧，为什么这样做？"在派出所审讯室里，警察声色俱厉地问。

他却从容不迫："最近我失业了，老婆又和我离了婚，心情愤懑，想狠狠发泄一番。"

"可你付出的代价实在太大了！"警察为之叹息。

"什么意思？"他嗅出气氛不对，赶紧问。

警察正告道，"你这种情况已构成抢劫罪，应判三年以上有期徒刑。虽然你有自首情节，可减轻处罚，但也会判三年以下吧！"

"怎么要判刑啊？"他立马慌了，"我只想演一出戏让老婆回心转意，并非真要抢劫。店老板的钱在我口袋里还未焐热，我不就主动还给他了吗？再说，我压根儿没逃跑啊！"

"还真是个法盲！有些戏是随便就能演的吗？你的所作所为从法理上看，已构成抢劫！"警察盯着他说。

"那我现在咋办？"他小心试探。

"还能咋办？先送你进看守所，再等法院判决。不论刑期长短，准备坐牢吧！"警察直截了当。

他感到事态很严重，赶紧扑通一声跪下："警察同志，你就行行好，帮帮我，别让我坐牢啊！吃一堑，长一智，我知道错了，下不为例！"

"晚了，你的行为已构成犯罪。"警察教训道，"法不容情，我们是执法者，只能依法办事，严格执法！"

"天哪！"他霎时泪如泉涌，一下子瘫软在地。

（原载《小说月刊》2017年第12期，转载于《微型小说选刊》2018年第3期）

两记响亮的耳光

朋友们聚餐。要结束时，张灿然起身喊服务员结账。

"不好意思，我结过了。"王一禾冲他笑笑。

张灿然一愣："你什么时候结的？花了多少钱？"

"聚餐结束前，你们都不在意时。至于花了多少钱，朋友之间，还谈这个？"王一禾又笑笑。

张灿然的脸就阴了，闷头闷脑走过去，"啪！啪！"正一巴掌，反一巴掌，扇了王一禾两记响亮的耳光。

王一禾蒙了。朋友们也目瞪口呆。

很快，朋友们就围过去，七手八脚拉开了张灿然。

"灿然，人家抢先结账是热情好客，你

干吗还打他？"有人责问。

"是啊，别人送人情你不领也罢，怎能恩将仇报？今天怎么说都是你的不对，你得向一禾道歉！"有人好言相劝。

"什么？我不对？"张灿然的脸黑黑的，"他这样看不起人，我还要向他道歉？"

"他怎么是看不起人？"

"难道——就他一人大款？我们都穷，没钱付账？"

"你，你，你……"朋友们摇头。

"我怎么啦？打他那是教训他，让他长记性，为他好，还拿他当朋友！"张灿然振振有词，拂袖而去。

朋友们愕然，只得劝王一禾"宰相肚里好撑船"。

不久，又是这拨人聚餐。聚餐完，王一禾一声不响地走了，朋友们也纷纷离席，只把张灿然留在包房。

"服务员，多少钱？"张灿然摆出一副大老板的派头。

"三千五百八十元！"服务员应声递上账单。

张灿然准备付款。可钱包和全身的口袋翻遍，也只找出八百四十元。

"这，这，这……"张灿然尴尬不已。

服务员却像棵大树，稳稳地长在他面前。

无奈之下，张灿然只好给老婆打电话。

老婆气呼呼地赶来："猪，没钱逞什么能？"

张灿然把头一低："人要面子树要皮呗！"

"面子？"老婆狠狠地瞪他一眼，"面子值几个钱？面子能当饭吃？"

"这个嘛，"张灿然嗫嚅道，"我实在没想到，他们都会扔下我开溜！"

"不开溜才怪！"老婆白了他一眼，"上次，王一禾抢先买单，你还出手打他，难道——就你一个大款？就你会逞能？"

"我，我，我……"张灿然弱弱地说，"我没想到——这次会花——这么多钱！"

"你，你，你……"老婆瞪着他吼，"你不参加这次聚餐就会死人？"

"这个嘛……"

"蠢蛋！"老婆跺着脚骂，"钱多得漫出来啦，那你赶紧付呀！"

这时，张灿然就彻底尿了，又"啪！啪！"左一巴掌，右一巴掌，狠狠地扇了自己两记响亮的耳光。

目睹张灿然的狼狈相，老婆终于憋不住，扑哧一声，笑了。

原来，张灿然准备了聚餐后买单的四千元钱，老婆却在他出发前，悄悄从其钱包里"偷"出了三千多元……

（原载《小说月刊》2017年第8期，转载于《喜剧世界》2017年10月上半月刊、《微型小说选刊》2017年第19期）

春风化雨

黄昏时分，小偷正在三楼一户人家翻箱倒柜地寻找钱财，忽然传来清脆的开门声，业主和他的妻子已回到家中。

小偷一愣，赶紧蛇似的溜向阳台，纵身一跃，跳到二楼一家的阳台上。小偷的脚有些痛，但他忍住了，又纵身一跃，跳至一楼的空地。这时，小偷的脚疼痛难忍，脚踝已严重扭伤。可小偷不敢停顿，又咬紧牙关，跌跌撞撞地奔向小区的出口。

小偷不慎掉进水池。待他费力地爬上岸来，两个保安已凛然挡住他的出路。他们是从监控里发现异常情况后立马赶来的。

"刚才你都做了啥呀？"一个保安盯着小偷询问。另一个保安则抓紧给派出所打电话。

"我……我什么也没做，来这儿只

为……找朋友啊！"小偷沉着应答。

"找朋友？你朋友叫啥名字？"保安冷笑。

"哎哟，我的脚痛得厉害，你们还是……"小偷王顾左右而言他。

看热闹的居民越聚越多，派出所民警也火速赶到。

民警威严地打量着小偷："你来这里干什么？"

小偷面不改色："找朋友玩儿呗！"

"你朋友叫什么名字？"民警审视着小偷的眼睛。

"哎哟、哎哟，"小偷哀号起来，一边小心揉搓自己的脚踝，"我的脚痛得……"

"别耍伎俩啦，你这个小偷！"站在一旁的保安憋不住了。

"对，他就是小偷！"有人也跟着大喊。

"我……我不是……我……"小偷一副很屈很冤的模样。

小偷正想为自己辩解，三楼业主和他的妻子已拨开人群径直来到他的面前。

业主圆睁怒目，攥紧拳头，咋咋呼呼的，欲当众狠揍可恶的小偷。妻子却及时拽住他，叫他少安毋躁，然后微笑着走向小偷，缓缓蹲下身去，查看小偷的脚踝，果真青紫一片，肿了起来。

妻子对小偷说："你等等，我给你拿药去。"

说话间妻子一路小跑上了楼，又一路小跑下楼跑到小偷跟前，弯腰为小偷上药按摩受伤的脚踝。

在众人惊讶的神情里，她始终春风满面，小偷却满脸通红，满头是汗。她一边温柔地拿捏按摩，一边轻言细语地开导。

"小兄弟，你还这么年轻，做什么不能养活自己呢？我相信你一定遇上了窘境，是被逼无奈，有难言之隐吧？"说着掏出五百元钱塞给小偷，"拿着吧，小兄弟，虽不多，也许能给你救救急！"

这一幕大出小偷所料。小偷羞愧难当，感动得抱头痛哭："你们不要问了，我就是小偷，我愿如实招供！"小偷就这样老老实实地跟着民警去了派出所。

经审讯，这次之所以入室偷盗，是因为他刚到一个新的城市，人生地不熟，一时半会儿找不到打工的地方，口袋里没有了生活费，情急之下……

"你看你，以后还偷吗？"民警责问。

小偷眼泪汪汪地发誓："以后决不偷了！再偷，我对不起一个女人的宽厚和善良；再偷，我还是人吗？"民警十分欣慰，当即请保安把小偷的转变通告业主。

"真行啊你，把一个惯偷也调教好了！"业主赞美其妻。妻子眼睛一亮："是吗？"

"当然，告诉我你当时是怎么想的？""教训他只能出口恶气，而且，你揍他可能还违法呢！我们以德报怨，通过春风化雨来感化他，让他立地成佛，还有可能减少一个小偷，岂不是更好？"妻子微笑着又有点小得意地说。

"聪明不过我妻。"业主感叹。

（原载《天津文学》2019年第5期，转载于《微型小说选刊·金故事》2019年第8期）

别样考验

这天，区纪委书记收到一封举报信：举报教育局局长任泽球在美食府酒店预订八桌酒席，要在后天为儿子任晓杰考上兰州大学举办升学宴……

立马查实！纪委书记火速派调查组进行调查。

"是的，任泽球确已在我们这里预订八桌酒席……"美食府酒店经理承认。

"看来举报属实！"调查组连忙来到任泽球家进行核实。

调查组不绕弯子，开门见山问任泽球："有人举报你，要为儿子考上大学举办升学宴，是这样吗？"

"是这样！"任泽球红着脸，点头承认。

"为什么要办酒宴？"调查组追问。

"我想儿子晓杰能考上'985'重点大

学，是我们家天大的喜事，值得高兴和庆贺！"任泽球坦白地回答，"还有就是以前我参加过太多的酒宴，送过太多的酒水钱，什么结婚酒、离婚酒、当兵酒、升学酒、提干酒、乔迁酒、杀猪酒、中彩酒……五花八门的、数不胜数，只要亲戚、朋友、同事和熟人告诉我，一律前往。而我却很少设宴，太亏了。所以要找机会整酒，以前送出去的酒钱收回一点算一点。"

"可现在有明文规定，你这样做是在违纪违规，知道吗？"调查组正色道。

"知道！"任泽球低着头说。

"知道又为什么明知故犯？"调查组不解。

任泽球就嗫嚅道："这次，我请的都是请我吃过酒的人，他们都欠我的人情。因此，我想应该没有人举报我。只要没有人举报我，也就不会有事。谁知没有不透风的墙。"

"想侥幸过关？有这种念头都不对！你是党员领导干部，应该带头遵章守纪啊！"

"我错了，谢谢领导，我马上取消酒宴。"

"当然，我们之所以提前介入，就是考虑到早提醒，让你不犯错误。有人事先举报你，这也正是为你好，明白吗？"

"明白。"

纪委调查组一走，任泽球就给美食府酒店打电话，取消了预订的酒宴。

"是哪个缺德鬼动作这么快？我还没办酒宴就偷偷向纪委举报了！"任泽球向妻子雷微紫说出心里的疑惑。

雷微紫想了想，分析道："这可不是缺德，应该是德行好！好在没办酒宴之前举报。试想一下，等办过酒宴再举报你，会是什么结果？按党纪处分？退回所收的酒钱？而且，不只你，我也要被连累，这值吗？"

"如果无人举报呢？"

"要想人不知，除非己莫为！何况我们都是党员干部，这样顶风违纪，带的什么头？难道就不羞愧？"雷微紫反问。

"如果我没猜错，这个举报人就是你这个乡纪委书记，对吧？"任泽球认真打量着妻子。

"不错，正是！"雷微紫把头一扬，承认道："泽球，我是为了你好，也为这个家庭好。"

"为什么？"任泽球问。

"因为我明确反对你为咱儿子张罗升学宴，和你好说歹说你就是不听……"雷微紫下意识地看了看任泽球。

任泽球笑了笑，看着妻子说："你做得对！微紫，在党纪党规面前，我们身为党员干部，千万不能触碰红线，千万不能心存侥幸！"

雷微紫便皱起了眉头："既然你明白这个道理，为什么还要如此折腾？"

"想考验考验你呗！"

"考验考验我？"

"对！本来嘛，我也是不想办酒宴的。之所以要'一本正经'地筹办，就是想以此考验你，作为一个共产党员，作为一个纪检干部，你能否事事、时时、处处遵章守纪？能坚持原则到什么程度？别人要违纪违规了，你会不会出面制止？又将用什么法子来制止？其实，这是我悄悄并精心设计的一个'局'，没有被你识破吧？"

"高明啊，都不动声色地考验你老婆啦？"雷微紫用手指点了一下任泽球的鼻尖。

"如果——"雷微紫进一步试探，"我不向区纪委举报你，你会咋样？"

任泽球斩钉截铁地回答："这请帖不都没有发出吗？我会提前一天取消酒宴！"

"那你说，我经受住了这次考验不？"雷微紫笑问。

任泽球满意地点了点头。他知道，在家里尚且如此，在单位上、在工作中，妻子是什么形象？什么姿态？他完全可以放心了。

这时，夫妇俩对视一眼，会心地笑了。

（原载《辽河》2018年第11期，发表时题目改为《举报》）

笑

似乎天天有喜事，无论遇上谁，墨局长都是一脸的明媚、一脸的笑意。让人感到，他总是很乐观、很亲切的。

可前不久去了趟华山，回来，墨局长就像变了个人。人们对他也陌生了。

局里开会听取仲、车、鲍三位副局长的工作汇报。走进会议室，墨局长就未张嘴，只平静地向各位点点头；听汇报时，一直是右手握笔在笔记本上沙沙沙地记个不停，没有开口；听完汇报作工作指示，才用左手轻轻捂着嘴，右手小心比画着，认真而谨慎地讲话。会上，墨局长脸上始终没有平易近人的笑容。而以往，他都是谈笑风生、很幽默、很诙谐的。

仲、车、鲍三位副局长就禁不住惊恐，就联想是不是墨局长外出期间，他们的工作没有做好？尤其仲副局长，他是常务，那段时间，局里的工作由他主持。工作没做好，他要负主责。想到这里，仲副局长额上就沁出汗滴，就有些如坐针毡。可自己的工作又有哪些错失？他苦苦地想，是不是还有墨局长的亲信悄悄向墨局长打过小报告？

办公室千主任无疑是墨局长最铁的亲信。过去墨局长给千主任的笑，就像一个怜爱儿子的父亲给儿子的笑，秋阳般生动感人。可打华山归来，在局机关第一次碰到墨局长，千主任毕恭毕敬、满面春风地向他打招呼，墨局长依然没有笑，只平静地点点头，就匆匆进办公室了。千主任本想找墨局长汇报的，小心翼翼跟到墨局长的门前，又若有所思地转身离去。千主任想：是不是墨局长听信了小人的谗言，不相信甚至要疏远自己了？

听到墨局长凯旋的消息，墨局长的小情人云燕心花怒放，迫不及待地要见他。墨局长在局里转了个圈，便只身一人去江边等云燕。云燕蹦蹦跳跳来到约会地点，原想墨局长会笑得像怒放的桃花，一把将她揽在怀里。不料墨局长压根儿就未对她笑一下，只是向她递了个不冷不热的眼神，就用左手轻轻捂着嘴，借口有事，走了。云燕心头一凉：是哪个狐狸精把墨局长的魂勾走了？如若逮到她，非撕碎她不可！

回家，见过老婆，墨局长也没有温馨的笑。只是用左手轻轻捂着嘴，轻轻地说声"老婆，你辛苦了"就径直进了自己的书房。老婆一愣：这老公不是在外面拈花惹草、另有新欢了吧？要不，就是工作上遇到麻烦、走了麦城？

女儿看到墨局长风尘仆仆的模样，冲着他甜甜地、脆脆地喊"爸爸！"墨局长也只用左手轻轻捂着嘴，"嗯！"地应了声，问她不欠老师的作业吧？没有像往日慈祥地笑笑，就忙自己的去了。女儿好生奇怪：爸爸会不会身体有病，感觉不舒服啦？

……

墨局长不笑了，许多人疑窦顿生，惶惶不可终日。

直到有一天，上级领导来该局检查工作。墨局长带全局班子成员在大门口迎接，虽然恭恭敬敬，脸上还有亲切感，但仍旧没有笑，说话也总是用左手轻轻捂着嘴。上级领导的脸色就不好了。上级领导逼问："墨局长，你今天怎么啦？不像往常，脸上丁点儿笑容也没有！是我们患有呼吸道传染病，还是你内心里不欢迎我们检查啊？"话说到这份上，墨局长终于忐忑不安、招架不住了。墨局长羞涩地笑笑，这才指指张开的嘴腼腆地向上级领导报告说："对不起，领导，我的一颗门牙掉了，难看！""哦，是这样！"上级领导一愣，"门牙怎么会掉的？""在华山摔了一跤，就……"墨局长的脸石榴花一样红了，又不好意思地笑笑。

　　墨局长笑了！自此，所有的人都如释重负，长长地吁了口气；所有的人又都在心里深深地抱怨："墨局长啊墨局长，你为什么不早……"

　　（原载 2008 年 12 月 16 日《新课程报·语文导刊》，转载于《小说选刊》2018 年第 8 期，选入《亚特兰大孔子学院 2019 年春季阅读教材》）

老太太和小男孩

老太太上了公交车，小男孩立马起身。

"老奶奶，您请坐！"小男孩满面春光。

老太太心头一热，笑问："为什么让我坐呀？"

"我是小孩，小孩应该孝敬老人。"小男孩朗声回答。

"不，"老太太摇摇头，把一只手轻轻搭在小男孩肩上，稍加用力将小男孩压向座位，"好孩子，还是你坐吧！"

"为什么呀？"小男孩眨眨清亮的眼睛。

"看到你，我就想起自己的孙儿。换了我的孙儿，我一定会让他坐的。"老太太的慈善如秋阳一般。

"可我是小孩子，站一站不累。老师教我们尊老爱幼……"

"'爱幼'也是中华民族的传统美

德呀！”

　　老太太打断小男孩的话，自己和蔼地站在小男孩身旁。

　　[原载《当代文学（海外版）》总第19期，转载于《小小说选刊》2017年第24期、《微型小说月报》2018年第9期，选入《中国微篇小说年度佳作2017》]

自动扶贫

考上全国重点大学，本是件大喜事，可黄鹤林却因此忧心忡忡。黄鹤林的家在一个闭塞贫困的山区，他的父母体弱多病，家里不仅没有积蓄还负债累累，这大学可怎么读啊？

黄鹤林想打退堂鼓了，父母坚决不同意。"考上重点大学太不容易，重要的是只有读完大学你才能在城里找一份好工作，过上好生活。所以，这大学一定要读！必须要读！即使去银行贷款也要读！"他们咬紧牙关说。

大一第一学期，黄鹤林的学费还真是用银行贷款缴的。他是个善良且懂事的孩子，暗下决心再苦再累再难也要熬到大学毕业，以便找到工作后尽力还贷，也让父母好好享享福。

于是，黄鹤林在生活上总是最大限度地节俭，能不买的东西绝对不买，能不花的钱坚决不花。餐费也抠得很紧，每天早餐只吃两根油条喝一杯豆奶，花费一元两角；中餐和晚餐则仅买半份最廉价的菜，费用都控制在两元以内；下晚自习后，如果不是实在饿得受不了，他不会吃一星半点食物，实在撑不住了，才去学校食堂买个茶叶蛋充充饥补充一下营养。这样，黄鹤林每天的生活费用都控制在六元以内，大一第一学期的第一个月，他只用了一百七十三元生活费。

黄鹤林很欣慰。他觉得这个办法切实可行，准备以后每个月都这样硬扛。

第二个月的头一天，校园一卡通管理中心给他发来了一封邮件，通知他前往一卡通管理中心去领取三百六十元生活补助款。

看罢邮件，黄鹤林既惊喜又一头雾水：我可从没向任何人透露自己的家庭困境，也压根儿未向学校申请贫困生资助，这天上怎么会掉馅饼呢？会不会是中心发错了邮件？或是自己遇上了骗子？

思来想去，黄鹤林还是决定去揭开这个谜。

"您好，我是生命科学学院生物技术专业大一新生黄鹤林，请问，是你们发邮件通知我来领取生活补助款的吗？"来到管理中心，黄鹤林小心试探。

"是啊！"工作人员点头，"请你在这张困难学生生活补助发放表上签个名吧。"

黄鹤林一愣："我怎么是困难学生？我从没对任何人说过我有什么困难呀？"

"你上个月的费用仅一百七十三元，是吗？"工作人员反问。

黄鹤林怔了："是啊，你们怎么知道的？"

"是这样，你就餐时，每次用校园一卡通刷卡，我们这边的电脑都会自动记录和统计。"工作人员向他解释。

黄鹤林还是不解："即便如此，可我并未向学校申请生活补助啊，怎么……"

工作人员微微一笑："这事无须申请。学校内部有一个不成文的规定，不管哪个学生，只要每月餐费少于二百元，我们这里就会自动为其安排生活补助款！"

"为什么呀？"黄鹤林好奇地问。

"这个嘛，是考虑到有的学生自尊自爱自强，即使生活困难也不会主动向学校申请困难补助，为了让他们秘密而体面地享受到学校的爱心扶持，我们就在电脑里设置了相关程序，通过电脑自动……"工作人员耐心回答。

"无一例外吗？"

"当然！"

黄鹤林的心头温暖如春，两颗豆大的泪珠悄无声息地从他的眼角滚落。

（原载《时代文学》2017年第11期，转载于《微型小说选刊》2018年第1期）

这个故事我不写不快

同学聚会时，唐亚琼讲了一个亲身经历的故事——

那天在亲戚家吃过晚饭，她和母亲一同步行回家，边走边欣赏香港的美丽夜景。因为亲戚已答应借钱给母亲为父亲治病，娘俩心情还算好。

哪想拐进一条小胡同不久，她们遭遇了两个歹徒，其中一个手提尖刀，另一个举着木棒，都是一副杀气腾腾的模样。

路上再无其他行人，唐亚琼惊慌失措，母亲却镇定自若，扯扯她的衣角，轻声说："别害怕，咱们命里注定会有的劫难，想逃也逃不掉的。"

听了母亲的话，唐亚琼还是很紧张。

"你们听着，我们只抢钱，不要命，也不劫色。识趣的话，就留下钱走人！"拿刀的用刀尖指着她们，拿棒的则在一旁虎视眈眈。

唐亚琼从没见过这种阵势，吓得连话都说不出来了。母亲仍是面不改色，像堵墙一样挡在她的前头。

母亲平静地问："年轻人，你俩干什么挣不到钱，非要抹黑脸，上街抢劫呢？"

"有什么办法呀？"拿棒的说："黑心老板扔下厂子跑了，辛苦一年的血汗钱没了，我俩也没脸回家过年了！"

"你俩总比我俩有钱。我俩现在有家不能回，不抢你们抢谁？"拿刀的接过话茬，"要怪，就怪你俩运气不好。别啰唆了，快点拿钱，我们只谋财不害命！"

母亲毅然掏出口袋里仅有的七百元港币，缓缓举起，仍是轻言细语地说："年轻人，既然你们确实有难，不抢总可以吧？"

"不抢？"拿棒的一愣，"不抢，你们会心甘情愿给钱？"

"当然！"母亲点头。

"那你直接给我们不就得了！"拿刀的又说。

"不行！"母亲摇头，"只有收到借条这钱才能给你们。"

"为什么？"拿棒的追问。

"因为嘛，"母亲盯着他们，"抢劫犯罪，即使你们能侥幸逃过法律的惩处，两人身上的污点也一辈子清除不了。"

"这个……"拿刀的手抖动了一下。

母亲察言观色，接着说："如果是借钱给你们，就成了我们之间正常的经济往来。等你们以后有钱了，想什么时候还就什么时候还。"

"这……"两歹徒依然犹豫，他们担心母亲有诈。

母亲也不多说，很快从背包里摸出纸和笔，就着小胡同里昏暗的灯光，沙沙沙地写借条。借条上留下了母亲的签名和母亲的联系方式。

写好借条，母亲微笑着把它和笔递过去，让他们在借款人处签字。

"你是不是想套取把柄，再向司法机关举报咱们？"拿棒的机警地问。

母亲扑哧一声笑了："年轻人，你们还不放心我，怀疑我会告发你们？那这样吧，借款人这一栏随你们签不签，这个借条给你们收着总行吧？"

拿棒的从母亲手中接过借条，顺手往口袋里一塞。

母亲将钱递给拿刀的。

钱已到手，两人转身就跑，很快消失在小巷的深处。

唐亚琼和母亲继续走在回家的路上。

"真的祸不单行啊！"唐亚琼抱怨，"爸爸病了这么久，家里本来就没什么钱了，可今晚……"

"那两个人也是走投无路吧。"母亲还是心平气和。

"可是，"唐亚琼忧心忡忡道，"这两人会还钱吗？"

"不知道。"母亲摇头。

"那要他们打借条干吗？"唐亚琼不解。

"让他们有借款意识！"母亲笑笑，"如果他们存良心，有钱了肯定会还钱；如果他们没良心，咱们也算仁至义尽。再说，让他们拿钱时感到安全，他们才不会因一时冲动而伤害咱俩啵？"

唐亚琼点点头："妈说得对，只是——您这样做了，反而让他们违法犯罪不用承担后果？"

"你要这么看，"母亲说，"第一，通过咱们说服教育，他俩已办好借款手续。事情的性质因此发生逆转，他们的所作所为不构成违法犯罪了。第二，普法和执法的最终目的，还是要教人遵法守法向善向上啊！"

唐亚琼朝母亲竖起大拇指。

半年后，母亲就收到了一张金额为一千三百元港币的汇款单，汇款单附言栏上写有借款人的姓名、借款的时间、地点和一句说明：多出的六百元，是利息和答谢款……

这个故事也让我不写不快，于是就唰唰唰地写下来了。

（原载《湖南文学》2017年第7期，转载于《小说选刊》2017年第10期，选入《2017年中国微型小说排行榜》《2017中国年度微型小说》，获"紫荆花开"世界华文微小说征文大奖赛一等奖）

一串佛珠

海力和我是好朋友。虽然相距遥远，但我们联系十分紧密。

去年上海召开一个全国性会议，我去了，海力也去了。

会后，我送他一本我出的小小说集。他则送我一串玉制的佛珠，再三叮嘱我每天戴在手腕上，它会逢凶化吉，给我好运。

这么精致的东西，又是好朋友相赠，我实在舍不得戴，就把它装进礼品盒，珍藏在家里。

眨眼一年过去。

海力忽然给我发来短信："戴兄好！有句话羞于启齿，但又不得不说。"

我愣，赶紧给他回信："海兄，我们什么时候讲过客套？你就开门见山照直说吧。"

"是这样的，"海力小心解释道，"去年送你的那串佛珠，其实是个女的送我的。"

"哎呀，那不是定情之物吗？"我一惊，"你怎么能转送给我呢？"

"这一嘛，我们是很要好的朋友，送你有什么不可？二嘛，我真没想到，她送出的东西还要收回！你见过这种事儿吗？"

"没有！"我脱口而答。

"一般不收回！但既然收回，"我想了想，"那原因肯定不一般。"

"还真让你言中，我和她闹崩了。本来，我是一百个不愿向你诉苦的，买一串还给她不就得了？"

"你真这么想？"

"真的！所以，我跑遍南宁市的大街小巷，好不容易在家玉器店买了串颜色、大小、做工都十分逼真的去还她，你猜她怎么着？"

"猜不中，还是你说吧！"

"这娘儿，只扫一眼，就说佛珠不是她的，她送给我的东西她认得，她要收回的，只能是真正属于她的东西。"

"那你咋办呢？"

"我向她摊开一双手：'要就要，不要就拉倒，反正找不到了！'说完转身要走，她却叫住我：'慢！别以为会这样便宜你！听好哦，三天之内，你不把我的东西还给我，我就冲到你的家里去闹，让你老婆收拾你！'"

"吓坏了吧？"我笑。

"还真是。戴兄，我老婆哪里是省油的灯？不好惹呀！"

我赶紧宽慰他："你看你看，一开始便跟我讲，我快递给你不就得了？"

他又解释说："我原想买一串还她便是，她还能认出自己的不成？再者，我真不想你也知道此事，让老兄见笑哇！"

"朋友之间只有真诚，哪会幸灾乐祸？"我纠正他的话。

"也是啊，早向你求助不就得了，免得被那娘儿整……"

"你这样精灵的，女人缘又好，怎没想到赔点儿钱给她？"

"想到过，在她识别佛珠之后。可我一说赔钱，她就大骂我亵渎她的感情，就狮子大开口了！"

"她要你赔多少？"

"十万！一分不少！那东西能卖十万吗？这娘儿真是！"

"好了海兄，不能误你的大事，我立马把佛珠快递给你。幸好这佛珠我只珍藏，一直未戴。不然，让她发现有人用过，又没有你的气息，你想她会咋样？"

"不猜她了！幸亏你有远见！这东西三天能寄到吗？"

"能！"我向他保证。

"太谢谢啦！戴兄。"

"谢什么？本来就是人家送你的。"

我中断通信，即冒着倾盆大雨回家去找。

"唉，不好了！那佛珠怎么就找不到了？"我在家里给海力发短信。

"戴兄，你一定要好好找，它可是我的命根子！你别慌，再找找、再找找啊！"海力几乎在哀求我。

"好的，我再找找。"

"噢，谢天谢地，终于找到了！"过了一会儿，我发短信安慰他。

其实，我一回家就找到了。我是存心要逗逗他。

"这就好，这就好哇！"海力已迫不及待，"戴兄，时间紧迫，你就快给我寄呀！"

"遵命！"

佛珠寄出，我又给海力发短信："海兄，宝贝已寄！"

"上帝保佑！"海力长叹，"我终于可以睡个安稳觉了！"

"睡吧，尽管放心地睡。"

半个月后，南宁市的古玩拍卖市场爆出一则大新闻：某位神秘人士拍卖了一件家传玉制佛珠，拍卖了整整一百五十万，创下史上玉制品拍卖的最高价格。我看了一下那串佛珠的照片，觉得有些眼熟，这不正是我还给海力的那串吗？

好家伙，原来这个海力，听说古玩玉制品在古玩市场有价格上扬的势头后，就想向我索要回去，怕我不还他的佛珠，居然编了这么一个曲曲折折、缠缠绕绕的故事，真是难为他了。

（原载《小说月刊》2014年第7期，转载于2014年7月7日《文学报·手机小说报》《小小说选刊》2014年第17期、《小说选刊》2014年第11期、《小小说月刊》2015年2月上半月刊，选入《中国·武陵"德孝廉"小小说全国征文大奖赛获奖作品集》、选入江西省上饶市铅山县致远中学2015—2016学年高二语文上学期期末考试试题，获中国·武陵"德孝廉"小小说全国征文大奖赛一等奖）

脸面

商震在大街上被人抢了。

强盗有眼无珠，连他这个工商局长也抢！商震恨。

立马去派出所报案。

派出所迅速组织侦破。

那个叫曲有源的强盗很快被擒拿。

经突审，曲有源对抢夺之事供认不讳。抢夺时间、地点、经过及强盗外貌体征皆与商震的证词吻合。只是抢夺的金额相差甚大，曲有源交代的只有商震申报的二十分之一。派出所又找两人复核，可都赌咒发誓、绝不改口。派出所无奈，只好采信商震的证词，勒令曲有源退赔。

曲有源死活不愿。被法院判处3年有期徒刑，关进离城区远而又偏的一家监狱。

起初，商震感觉很解恨，食得好，睡

得香，精神爽快。

但不久，商震就忐忑不安了，开始对强盗大发慈悲。隔三岔五地拎着名烟好酒，驾车去监狱探视。仿佛曲有源乃自己救命恩人。有时面对曲有源，好像他商震倒成了龟孙子。狱警和犯人都好生奇怪。

这天，商震又迫不及待，拎了名烟好酒，准备去监狱探视。

老婆郑玲再也憋不住了，便扯起嗓门河东狮吼："老商，你是不是脑子进水了？那毛贼不长眼抢了你，本为咎由自取、罪有应得。你倒好，俨然欠了他一辈子的债，三天两头不去监狱探视，就像丢了魂儿似的。天底下有你这么古怪的人吗？"

"这——"商震欲言又止。

才读初一的儿子商琦看不顺眼，也在一旁好言相劝："爸，你别同情像蛇一样的恶人！曲有源不愿退赔，你没揍他就算善了，犯得着把他当菩萨供奉？"

"你们懂什么？这么多屁话？"商震忍不住申辩，"我还没疯，头脑清醒着呢！"拎上名烟好酒，还要出门。

郑玲和商琦急了，不管三七二十一，死死地拖住他。

曾经绵羊般温顺的郑玲又撒起泼来："老商，你是老糊涂了是吧？今天不说个明白，休想走出这家门半步！"

"你看你！"商震无奈地摇头。

"爸，有理走遍天下，你经常教导我的。总不能自己来事就为所欲为吧？"商琦眼巴巴地恳求商震。

母子俩一硬一软，商震左右为难了。

思虑再三，商震咬牙决定，向妻儿全盘托出事情的真相。

"实不相瞒，"商震颤抖着说，"曲有源只抢夺我一千元！本来，行政拘留他十五日便可放人的，我却一口咬定他抢了两万元，害得他蒙冤受屈，不得不蹲长达三年的牢狱！"

"怎么？只抢你一千元？你干吗不如实报案？"郑玲大惊失色。

"有什么办法？人都是自尊的。我堂堂一局之长，让人知道包里仅带一千元，多丢人现眼！只抢一千元，我说得出口吗？"商震一脸的苦相。

商琦就上下打量一番商震，仿佛很陌生似的："爸，你总是教导我为人要真诚、正直，怎么自己却说谎呢？两万元的天文数字你当时怎么讲得出口？"

"我气疯了，恨这毛贼目中无人，只想狠狠整他！"商震脱口而答。

郑玲依然不解："提审毛贼后，派出所又找你核实情况，既然和毛贼说的金额对不上，你及时纠正也不迟啊？"

商震立马正色道："万万不可！我这等身份和地位，让人知道也搞弄虚作假，今后还有脸在社会上混？"

"那你打算咋办？"郑玲的手心捏了一把汗。

"经常去监狱探视曲有源，给他送大礼、说好话，直至他刑满释放。"

"唉，你这不是亏大了，招罪吗？"郑玲喟叹。

"没法啊，为了良心的安宁！"

郑玲和商琦都软了，不约而同地松开手，看商震拎上名烟好酒，匆匆出门。

可一出门，商震就如释重负，不，应该说是扬扬自得了。

商震心想：还是我这个局长高明哩！第一，我拎的名烟好酒，都是局里的招待用品，或者别人求我办事送的礼，无须自掏腰包购买；第二，毛贼被我的友善深深感动，肯定会一辈子守口如瓶、永不翻案，我安全了；第三，我堂堂一局之长，居然经常去监狱探视抢夺自己钱财的毛贼，此事经狱警和犯人之口说出，向监狱外扩散，一传十、十传百，我的大慈大悲、以德报怨之举，不会在社会上形成良好的口碑？这三点，恐怕很少有人能想到，充其量想到一丁点儿吧！

啧啧！

（原载《啄木鸟》2013年第5期，转载于《微型小说选刊》2013年第16期）

声东击西

谢白杨一有机会就夸鲁西兰美丽迷人，就说很爱很爱鲁西兰，十多年来，朝思暮想、不能自拔。

鲁西兰听了，心里像鹅羽撩拨，全身暖暖的。

有段时间，鲁西兰工作、生活很不顺心，郁闷、伤感之下，特想找个蓝颜知己倾诉倾诉。

略一思虑，鲁西兰便给谢白杨发了条手机短信：白杨好！今晚八点，我请你喝茶聊天，你方便吗？如方便，请记住：地点在山晓茶楼江南春包房。不见不散！

哟嗬！这个骄傲的公主，终于也对我动心、向我低眉啦！收到鲁西兰的短信，谢白杨飘飘欲仙、心花怒放。

但激动刚过，谢白杨眼珠贼溜一转，

立心生一计。

七点在家吃过晚饭，谢白杨便迫不及待，把鲁西兰发给他的手机短信，下意识地翻给老婆雪静看。

雪静看完醋意大发，暗骂：鲁西兰啊鲁西兰，你真不是东西！咱们可是最好的闺密，你竟挖起我的墙脚！这么想着，雪静脸上的笑容就僵住了。

谢白杨察言观色，小心谨慎地问："老婆，我给你看短信是要请示你呢：我是否接受鲁西兰的约请？"

雪静装得十分大度："接受啊，有什么不能接受的？美女对你有意，说明我老公魅力四射，我脸上有光啊！去吧，亲爱的老公，赶紧去！"

"如果……"谢白杨笑笑，"我丁点儿不想去呢？"

雪静一愣："美女主动约你，你会不想去？"

"是啊，亲爱的老婆，在我眼里就你最美！我心里只能容纳你！鲁西兰是什么东西？比起你来，差了十万八千里！"谢白杨梦呓般地向雪静表白。

"你真不想去啦？不去不会后悔？"雪静紧盯谢白杨。

"报告老婆，一千个一万个不想去哩！"谢白杨举手发誓。

"好了好了，亲爱的老公，你想咋办就咋办！我算嫁对人了。"雪静摸了摸谢白杨的头。

谢白杨便连手机短信也不给鲁西兰回了。

几天后不期而遇鲁西兰，寒暄几句雪静就巧妙地提起谢白杨曾收到她的手机短信，她敦促他一定准时赴约，谢白杨却死活不从。

"这个臭男人！居然在我面前装起忠贞。我们是闺密，我能信不过你？再者，我也知道你是在暗中帮我测试我老公花心不花心。"雪静笑得像灿烂的朝霞，"谢谢你哦，亲爱的西兰、兰妹！谢谢你为我用心良苦！"

"这……"鲁西兰心里像钉进了一枚钉子。欲向雪静解释解释，又怕越抹越黑。

"是啊，雪姐怎么像钻进我肚子里的蛔虫，把我的心思看得一清二楚？"

鲁西兰赶紧迎合。

鲁西兰本想把谢白杨在外面说了些啥，是怎样发短信向她表白心迹的统统倒给雪静，但咬一咬牙，还是三缄其口、只字未吐。

找了个好老公不得了呀，让你雪静臭美吧，让你永远蒙在鼓里、被他哄骗！鲁西兰想。走在回家的路上，鲁西兰反倒轻松，还有几分得意了！

雪静呢，心里也像喝了蜜，从此判若两人：以前在家里，谢白杨几乎把她当祖宗供奉，她对谢白杨则横挑鼻子竖挑眼；现在倒好，太阳终于从西边出来，她拿谢白杨当宝贝捧了，每天坚持给谢白杨端茶倒水，还为谢白杨洗脚捶背。

雪静心里清楚：鲁西兰是让美女们也嫉妒的大美女，她雪静哪能与鲁西兰争艳！

精心设计的"钓鱼"方案就这样完美实施，谢白杨觉得自己实在太高明、太强大了。

窃喜之余，他又不动声色，主动约了自己的红颜知己白慧兰……

（原载2014年8月11日《文学报·手机小说报》，转载于《微型小说选刊》2014年第21期）

培训班

培训前

某地要举办离退休党员培训班。

某单位党委办逐个电话通知该单位离退休党员。

"我在青岛女儿女婿家中，要我参加培训可以，这次往返的差旅费比如飞机票和高铁票等，单位是否报销？"一接电话，离休老党员李宜兴就问。

"这个嘛……"党委办主任马辰哽住了。

"如果连差旅费都解决不了，我还会千里迢迢地赶回来培训？"李宜兴撂下一句话。

退休老党员宗海英听说要培训，不假

思索就满口答应。"这样吧，虽然赤日炎炎、酷暑袭人，到时，我也会骑自行车赶到！"

"骑自行车赶到？"马辰一愣。

宗海英可是耄耋老人，哮喘病严重，其住处离培训地又有二十多千米。听说她要骑自行车赶来，马辰转眼就想，如果她在途中中暑或晕倒了，咋办？万一弄出了人命，其儿女家属难道不会找单位拼命？

马辰拿不准了，赶紧请示组织部门。

"培训这是硬性要求，必须确保百分之百的参训率。离退休党员一个也不能少。关于工作中会遇到什么实际问题，那得你们自己想办法解决。记住，一定要积极稳妥、遵纪守法、万无一失！"

组织部门的回答天衣无缝，马辰却左右为难了。

培训中

这次培训以集中授课为主，是请当地党建理论研究专家朱良沛教授给离退休党员讲《增强党性修养，争做优秀党员》的专题党课。

到会参加培训的一百多位离退休党员，都是七老八十的人，九十多岁的也有。

上课前，朱教授非常认真地说："……大家都是老党员，思想觉悟都很高嘛，所以，我十分乐意和大家交流心得体会。但我这人有个大毛病，讲课不能受丁点儿干扰，课堂上一定要鸦雀无声。否则，我稍不留神，就想不起前面都讲了些什么，后面还有什么内容要讲，就讲不下去了。如果不能让大家学有所得，那就是无端地浪费大家的时间；而无端地浪费大家的时间，其实是无异于谋财害命的。所以，请大家现在就关掉手机或者把手机调整到静音状态。我讲课时，大家只能静静地听、静静地记、静静地想，千万不能交头接耳，更不能大声喧哗。好，该提醒大家的都提醒了。

现在，我们开始上课。"

　　未料才过一刻钟，朱教授刚刚找到讲课的快感，会场上便有手机铃声嘹亮地响起："……看铁蹄铮铮踏遍万里河山，我站在风口浪尖紧握住日月旋转，愿烟火人间安得太平美满，我真的还想再活五百年……"会场上一片哄堂大笑。

　　朱教授的脸色骤然阴沉。"是谁的手机没关啊？我说过我这人记性不好，一受干扰课就讲不下去的。说了要关机就关嘛，关机、关机、关机，现在，都关上了吗？"

　　会场上终于安静下来，朱教授定定神又继续讲课。

　　"……看铁蹄铮铮踏遍万里河山，我站在风口浪尖紧握住日月旋转，愿烟火人间安得太平美满，我真的还想再活五百年，我真的还想再活五百年。"朱教授讲课不到二十分钟，会场上的手机铃声再度嘹亮地响起，又引得满场哄堂大笑。

　　这次，朱教授火了，径直走到那个八十多岁的退休老党员面前。"我说了要关机的，你为什么不关？"

　　"报告老师，我的手机从来不关机，因为我压根儿不会关机！"那位老党员不以为然。

　　朱教授一把夺过他的手机，二话不说就给他关了。

　　"唉，我还真是想不起我都讲了些什么，具体讲到哪儿了，后面还要讲什么，这课已没法讲，没法讲了！"走上讲台，朱教授愁眉苦脸，俨然霜打的茄子，蔫头耷脑的。

　　"可别怪我浪费了你们宝贵的时间，课前就讲好我上课必须鸦雀无声，不能受任何干扰的。"朱教授叹息道。

　　其实，朱教授还真的没有用心备课，真的不想一本正经地给他们讲上三个小时。幸亏他设计得不错，运气也很好，让他有借口撂挑子，而把怨气发在别人头上。他嘴上和脸上看似不悦，心里却说不出的窃喜。

培训后

"……这次离退休党员培训班办得十分及时、广受欢迎、很有成效。……参训人员热情饱满、认真听课；授课老师生动讲解、精彩纷呈。……大家争先点赞：听君一堂课，胜读十年书。通过这次培训，学了业务，长了见识，开了眼界，坚定了理想和信念。老党员们一致和强烈要求，这种有意义的培训班要经常办、长期办、深入办、大规模高规格地办！……"培训一结束，当地办班的成功经验立马红红火火地出炉，各种公开报道铺天盖地，令人振奋。

……

（原载《辽河》2019年第1期）

画家与商人

画家的画很抢手，而虾画是画家的代表作。

收藏画家的虾画肯定比炒房增值更快！商人断想。

于是，商人就找人通关系，专门登门求购画家的虾画。

画家拿出一幅新画的虾画让商人看，商人频频点头。其实商人并不懂画，毕竟隔行如隔山。

赞美一番之后，商人问画家这幅虾画要卖多少钱。画家说："既然是朋友介绍，那就便宜点儿，十万元。"

"少一点儿吧？七万卖不？"商人还价。画家摇头。

"再多一点儿，八万六。"商人试探。画家依然摇头。

"最高九万五，不能再加码了！"商人狠狠心说。

画家面露不悦，略一思忖，说："也行！那我给你另换一幅？和这幅几乎没有差别。"

商人不再吱声。

于是，画家收好手中的虾画，很快又找来另外一幅。

"看看怎样？"画家打量着商人，商人则打量着画。很快，商人点头。

"那——成交啦？"画家问。

"成交！"商人回答。

他们一手交钱，一手交画。做完生意，画家起身送客。

回家的路上，商人想到这幅画现在市价早已经超过十万，而且还在持续升值之中，心里美滋滋的。

屁颠儿屁颠儿地回到家里，正好来了位懂画的朋友。商人便请朋友鉴赏他刚买的虾画。

朋友先是满面春风，但瞅着瞅着脸便阴了。

"你这幅画少了样东西哩！"朋友惋惜地提醒他。

商人一愣，"不会吧？少了什么？"

朋友拉过他指点道："这幅画上的虾怎么会没有脚呢？"

商人赶紧凑上去细辨。

"是没有脚吧？"朋友又问。

商人定睛再看，是没有！这个老狐狸，他可耍了我啊！

商人大怒，立马卷起刚买的虾画，气呼呼地去找画家。

"请问，这幅画上的虾怎么会没有脚？"商人强压住心中的火气责问。

画家淡然一笑，"物有所值，你出的买价低了一点儿，虾子身上的东西自然要少一点儿！"

"噢，是这样？"商人不悦，"我要买完整的虾画，那幅没有少脚的呢？"

"当然可以啊！"画家瞥了他一眼。

商人咬咬牙掏出五千元，又把没有脚的虾画还给画家。

"还是买先前那幅吧，分文不少，十万元！我给你加五千元……"商人看了看画家。

画家笑盈盈地接过商人手中没有脚的虾画，却不肯接商人递给他的五千元钱。

"怎么啦？"商人一头雾水。

"现在的十万元已买不到先前那幅画喽！"画家盯着商人说。

"为什么？"商人眉头紧锁。

"因为嘛，"画家慢条斯理地解释，"时间不同了，那幅画也增值啦！"

"你究竟要卖什么价？"商人追问。

"十万五千元，少一分都不行。"画家斜眼看着商人。

商人的脸唰地红了，犹豫再三，还是无可奈何地加价买下了先前的那幅虾画。

望着商人渐行渐远的背影，画家摇了摇头，又点了点头，笑了起来。

——这是很多年前的事了，一位唯利是图的商人，一位维护自己尊严的画家，两个人上演了很有意思的一幕。只是画家和商人都没有想到，若干年后，画家的虾画价格翻了数番，那幅没有脚的虾画，拍出了上千万的高价！

[原载《湘江文艺》（双月刊）2018年第6期、《延安文学》2019年第2期，转载于《小小说选刊》2019年第8期、2019年5月17日《文摘周刊》《喜剧世界》2019年7月上半月刊、《小说选刊》2020年第1期，选入《2019中国年度小小说》《2019年中国微型小说排行榜》、美国亚特兰大孔子学院2019年春季阅读教材《阅读》，获2019"武陵杯"·世界华语微型小说年度奖二等奖]

招聘启事

A厂门外忽然贴出了一张招聘启事：B厂因发展需要，急招：（1）厂长助理一名，待遇：年薪十万元，赠二百平方米住房一套，奥迪豪华小汽车一辆；（2）工人若干名，待遇：月薪五千元，包食宿，奖金按效益另计。……有意应聘者，请直接与B厂厂长高峰联系，高峰手机号码：……

此招聘启事一出，A厂技术科科长刘金便悄悄拿起手机，率先与高峰通话。问过刘金的姓名、单位和职务，高峰热情洋溢地说：欢迎你应聘我厂厂长助理，你的情况我已心中有数，一周后我将约你面试，面试后即可敲定是否聘任，请耐心等待。A厂工人李文久、白阳、邓兴建等暗中也争先恐后地给高峰打电话。在一一问过其姓名、单位和工作之后，高峰同样满面春风地说：欢迎你应聘我厂工人，你的情况我已如实记录，一周后我将约你面试，面试后即可敲定是否聘用，请耐心等待。

与高峰联系过后，刘金、李文久、白阳、邓兴建等人便一边默默工作，一边准备面试，一边期盼佳音。与A厂相比，B厂待遇太好、太充满诱惑力了。他们做梦都想自己好运，做梦都想跳槽成功！

可约定的日子到了，没有高峰召见，他们却逐一被叫到A厂厂办。厂办主任吴小云分别向他们宣布：从此，他们下岗！皆十分惊愕：干吗？吴小云郑重地说：为加快发展生产力，改善工人生产和生活状况，厂里已从国外引进一条先进生产线。生产自动化水平提高后，要相应减少一定数量的工人？又问为啥其他工人不下岗？吴小云笑答：其他工人以厂为家，与厂同甘共苦，没有跳槽打算！再问怎么得知？吴小云诡曰：他们没给高峰打手机，要到B厂应聘！刘金、李文久、白阳、邓兴建等皆大呼上当，但为时已晚。

原来，A厂厂长林群深谋远虑：想到厂里效益一旦滑坡，不得不减少上岗工人；再说，厂里要引进国外先进生产线，生产效率大幅提高后，减员也是迫在眉睫之事。减谁呢？全厂员工彼此彼此，工作都还卖力！考虑来考虑去，林群认为最好试试人心。人心向厂者，自然留用；人心向外者，一律下岗！于是，他悄悄口述并请人代写了那份招聘启事，夜深人静之时，嘱其秘密而迅速地贴在A厂门外。所谓B厂厂长高峰，其实就是他A厂厂长林群，只是为了假戏真做，让人深信不疑，他又新购了一部手机，新申请得到了一个手机号码，专供"招聘"之用。而且，平素声如洪钟的他，与应聘者通话时，一律改用了优美动听的男中音……

（原载2006年6月30日《讽刺与幽默》，转载于《微型小说选刊》2006年第18期、《商界故事》2006年第8期）

租房

　　我有收藏癖，弄得家里也码满古玩、字画和名人信物，到了水泄不通的地步。

　　必须赶紧租房码放这些宝贝！我想。心急火燎地在附近转悠一阵，在我住的小区内很快看到了一则房屋寻租启事。房主名叫夏雨，有两室两厅面积为一百二十平方米的房子可以出租，月租金五百元。启事上还留有夏雨的手机号码。

　　一看租金便宜，房子又在我住的小区内，利于收藏和管理我的收藏品，当即便掏出手机打起了电话："喂，夏雨吗？""是呵，我是！"一个悦耳的女中音。"你有房子出租？""对，我正在寻租呢。""租给我行吗？""当然！你知道我的租价吗？""知道，我在寻租启事上看了。""那——很高兴你能租用我的房子。请问，你是一个人租住吗？"我一愣："你希望我一个人住？""是呵！"夏雨的声音更柔了，"我有一个条件，不知你能否接受？""条件？什么条件？""我自己还要住一室。租给你一室两厅。卫生间和厨房我们共用。""这？""你犹豫啦？你不觉得在我们这个中等繁华的城市，这等房租算很便宜吗？当然，如果你觉得贵了，我可以把月租降至三百元！换了其他任何人，我都不会这样的！""你随便降低房租，就不和丈夫商定一下？""不用！三个月前，我们就离婚了。这房子归我！""那你，你一定是带着孩子住吧？""不是！戴希先生，我还没有孩子呢！"我大惊："你怎么知道我叫戴希？""我听得出你的声音！""你怎么听得出我的声音？""怎么听不出？你住一号楼，我住二号楼。我们同一楼层、隔窗相望。你在忙收藏吧。经常，我打开窗子就看到你，听到你的声音。你怎么要租房子呢？是不是——也和你那个她拜拜啦？"

我这才想起对门对户那个女人。那是个形象如同声音一样甜美而有磁力的女人。她叫夏雨？我心里热了一下。

但很快，我就沉静地问："美女，如果我们全家过来住呢？"她的声音立马软下来："谢啦！为什么要全家来？不租！""我的收藏品早已堆积如山了！如果——我租房只是为了码放我的收藏品呢？"我进一步挑明。"谢啦，不租！"她不假思索，"你为什么不一个人租住？换了其他人，这是绝不允许的！"我被弄糊涂了："你这美女！又不少你房租，还按五百元租房，行吗？""别人行！可对你，再多的房租也不行！除非——除非你一个人住！"她的声音很低很小，但很清亮。

"为什么呢？"我欲打破砂锅问到底。

"不要问为什么啦！"她有点生气。

哎，这简单的租房，怎么一下就复杂了呢？

（原载《青春》2019年第2期）

法律课上

　　傅老师正兴致勃勃地给同学们上法律课，谆谆教导同学们如何好好地学法、守法和用法。这时，坐在教室最后排的两位男生严阵和流沙忽然大声争吵继而殴打起来。

　　傅老师努力克制自己的情绪，停止讲课。先用温和的目光审视他们，希望他们好自为之，未料他们竟毫不收敛。傅老师摇头苦笑一下，用粉笔头重重地敲击讲台，不想他们依然我行我素。惹得傅老师再猛拍讲台，大声喝令他们立即住手，他们依然充耳不闻。

　　傅老师大怒，手中的粉笔头狠狠地朝地上一摔，火冒三丈地冲下讲台，如狼似虎般扑向严阵和流沙。

　　可两人视而不见，仍旧旁若无人地斗

殴不止。傅老师忍无可忍，一把扯开扭打成一团的他们。先是抡起巴掌"啪啪"地扇了严阵两记响亮的耳光，继而又扬起巴掌狠狠地扇了流沙两下。

两人这才愣住，异口同声地惊问："傅老师，您怎么打人？打人犯法！"

"哼！你们以为我上法律课，教你们好好学法守法，我就不敢违法了是不是？"傅老师的眼中燃烧着熊熊的烈焰，"打人违法？你们违法在前，我是以暴制暴！"

严阵和流沙终于憋不住了："傅老师，我们——我们——"

"有话快说，有屁就放！"傅老师逼视着他们。

"我们是在存心考您，看您怎样学以致用、守法执法呀！"严阵和流沙无奈地低下头。傅老师的喉结处就像卡住了一枚青枣，同学们也面面相觑。

[原载2010年12月8日《长沙晚报》，获第九届全国微型小说（小小说）年度评选三等奖]

机密

杨卉的麻辣火锅店是城里最大的一家。这里每天都是人涌如潮、热气腾腾。虽然城里人嘴刁，却都夸这里的麻辣火锅麻得上劲、辣得味足、香得可人、余味无穷。当然，这里的生意之所以火爆，还有另一个重要原因，那就是价格相当低廉，低廉得你简直不能相信：同样的一个麻辣火锅，别的店子至少要卖二十元一个，杨卉的店子却只卖六元一个。别的店子已被无情的市场竞争挤压得血本无归，杨卉的店子却仍在大把大把地赚钱。

有些麻辣火锅店的老板不信城里也有天方夜谭式的故事，便悄悄乔装成顾客挤进杨卉的店里吃麻辣火锅。一吃，还真被它的味道和价格折服，回来，便无怨无悔、义无反顾地关了自己的店子。也有幻想与杨卉抗争甚至挤垮杨卉的老板，暗暗派人去杨卉的店里买回鸡、鸭、鱼等麻辣火锅，认真研究其制作工艺，可就是未取得丝毫进展。雇人干那克格勃的间谍行当，试图窃取杨卉的所有机密吧，杨卉的店子又俨然国家安全部，各种防范措施密不透风，压根儿就无缝可钻。于是只好悻悻作罢。

这样一来，起初城里繁星般闪烁的麻辣火锅店，没过多久，其中的绝大多数便无声无息地泯灭了，只剩下几家大的"寡头"。这几家之所以还能勉强维持，是因为这里爱吃麻辣火锅的人太多，要挤进杨卉的店里开顿洋荤实在不易，杨卉的店子也承载不了那么多的顾客。再者，经过市场竞争的优胜劣汰，剩下的几家味道也很好，只是价格略比杨卉那儿高些。说白了，幸亏老天恩赐！但这几家麻辣火锅店的生意是远远不能与杨卉的店子相比的。

随着麻辣火锅的生意不断看涨，杨卉全家的生活情绪也随之高扬。这天又是杨卉的妈过生日，儿女们自然带上礼金礼品，齐刷刷地回家庆贺。吃晚饭时，一家人团团圆圆，餐厅里喜气洋洋。

正准备敬酒祝母亲生日快乐，忽然，杨卉的视线被餐桌上热腾腾、香喷喷的鸡、鸭、鱼等麻辣火锅吸引。她一怔，端酒杯的手陡地在空中停住了。

杨卉惊问麻辣火锅从哪儿买的。母亲告诉她是从马晖那儿。还说父亲六十多岁了，体力不支，要做一桌丰盛的晚餐，身体肯定吃不消。买火锅时，父亲还特意品尝过，买回后，我也用心尝了，味很美，价格也不贵嘛。这时，杨卉的脸色就变了，很苍白。她用手捂住胸口，问干吗不上她的店里去买，既照顾了自家生意，价格又便宜些。母亲并未觉察到杨卉的心情变化，依然得意扬扬地说：是她叮嘱父亲这样做的。又提醒杨卉说："你那儿的麻辣火锅都是用死鱼、死鹅、瘟鸡、瘟猪等制作的，你公公、婆婆、叔子、姑子等家人班子组成的后勤小组，每天去乡下忙不迭地走村串户，捡些死了后被人扔弃在路旁或廉价收购些发瘟的家禽，让你制作麻辣火锅。而你那里生意之所以火爆，重在原材料没有或几乎没有成本，所以，你可以把价格压得很低，别人怎么也竞争不过你呀！你咬过我的耳朵，叫我千万不可泄露天机的，难道你忘了吗？""怎么会忘？"杨卉叹息道，"只是……""只是什么呀？"母亲追问。"只是，马晖的麻辣火锅也全是从我那儿批发来的！""……干吗这样呢？"母亲不解地问。"赚钱！"杨卉斩钉截铁地回答，"赚那些没法挤进我的店里吃麻辣火锅的顾客们的钱！当然，马晖也赚，只是，他赚的是小钱，我赚的才是大钱呀！""那么，城里其他几家麻辣火锅店又怎样？"母亲进一步追问。"和马晖一样，都是我店的中转站！"杨卉再也不能掩盖事实，她说。

全家人便都惊呆了，一个个面面相觑。

（原载《山东文学》2014年第10期，转载于《小小说选刊》2015年第4期，选入《最具启发性的智慧美文·领着自己回家》）

高人

大街上，闯红灯的警车被如花似玉的女交警拦住。

"请把你的驾照拿给我！"女交警在警车前敬了个礼。

司机梅颖却爱搭不理："干吗？"

"你闯红灯了，"女交警一脸正气，"我要查验你的驾照！"

梅颖淡然一笑："咱领导有急事要办，我不抢时间不行。"

"所以就要违章？"女交警反问。"不管你有什么理由，都不能强闯红灯！"女交警训道。

"那……"梅颖一双鼻孔朝天，"如果车后坐着咱公安局长呢？"

女交警斩钉截铁："天大的领导都一样，谁也不能无法无天！"

"好哇，你要把我咋样？"梅颖从鼻孔里哼出一句。

"按规定：第一，罚款二百元；第二，扣交通违规分六分。"女交警声色俱厉。

梅颖冷笑。回头看一眼坐在车后的公安局长高梁伟，用目光征求高局长的指示。

高局长竟一声不吭地直点头。

梅颖软了，只得屈从。

回到局里，高局长匆匆奔向会议室，主持召开局党委会议。

"小梅呀，把你今天闯红灯之事向大家说说。"会一开始，高局长就吩咐梅颖。

"这……"梅颖一番嗫嚅，径直把矛头对准女交警，"这娘儿，真她妈茅坑里的石头又臭又硬！我以前闯红灯被拦，只要说小车是咱公安局长的坐骑，连男交警都赔笑放行。虽然，我闯红灯时局长并不在车上。可今天，咱高局长还坐在车后，那娘儿却有眼不识泰山，硬逼我交出驾照，接受处罚。你们说，这不是把咱高局长和公安局三下五除二吗？"

"小梅同志！"高局长的脸一下黑了，"你闯红灯竟有理，违章还不思悔改？以前啊，你乱来我不知情，那是我失察失职！可今天，我既然目睹了你的鲁莽，那就不能放任你一错再错！现在，你必须在局党委会上做出深刻检查，保证往后决不再犯。否则，我只能拿你开刀，让你立马下岗！"

说完这段话，高局长又语重心长："我一局之长不能以身作则，你是局长司机横冲直撞，我们还能要求别人遵守交通规则？小梅呀小梅，你败坏了我的形象，败坏了公安局的形象，你糊涂、糊涂啊！"

"这……"梅颖惊慌失措，只得低头向高局长道歉，哭丧着脸在局党委会上做检查。

做完检查，高局长挥手让梅颖离去。局党委会则继续研究对女交警的处理意见。

"女交警铁面无私的执法精神，正是我们当下必须倡导的时代精神。

在一些地方和单位，执法犯法现象比较严重的今天，她的所言所行难能可贵、难能可贵啊！"高局长感叹。

"为了树立样板，弘扬人间正道，我们是不是应该褒奖褒奖这个女交警？"高局长环顾四周，问道。

有人点头。

"那，"高局长又问，"我们怎样褒奖她是好？"

"发表彰通报，号召全体交警向她学习！"有人提议。

高局长摇头。

"既发表彰通报，又给经济奖励。比如，奖励女交警五千元吧？"有人加码。

高局长依然摇头。

"力度小了不能震撼人心，"高局长想了想，"这样吧，好鼓要用重槌，我们索性提拔重用她！目的嘛，既充分肯定女交警严格执法，又大力鼓励全体交警敢于担当。"

班子成员无人反对。

高局长笑笑："至于职务嘛，大家想想看？"

有人建议让女交警当交警支队人事科副科长，有人建议让女交警当交警支队纪委书记，高局长都不满意。

"我的意见，"高局长最后发言，"任命女交警为交警支队副大队长，在副职中排位第一。同志们，为了深入推进公正执法和严格执法，我们必须把这样的好同志推上领导岗位，让她发挥模范带头作用！"

班子成员察言观色，一致赞同高局长的意见。

"那好，"高局长接着指示，"先查准这个女交警的工作单位和姓名，再按相关程序进行组织调动和任命。"

很快，女交警就摇身一变，由普通得不能再普通的警员，直接擢升为交警支队副大队长。

公安局常务副局长张凌云总觉得这事蹊跷。

　　"要么，徐红霞是高梁伟的至亲；要么，就是他高梁伟的情妇。否则，高局长不会小题大做，破天荒提拔重用与己无关的小警员。"张凌云猜想，"也许，高局长和徐红霞早密谋好了呢。高为有妇之夫，如果徐红霞是他情人，那么，扳倒他就如瓮中捉鳖。而一旦扳倒了他，接任局长者不是我张凌云还会有谁？"

　　于是马不停蹄，秘密调查徐红霞和高梁伟的特殊关系。

　　可调查的结果，他俩不仅不是至亲，连亲戚也不是。

　　"既然如此，徐红霞只能是高梁伟的情妇！"张凌云欣喜，"这不更好？"

　　机不可失！张凌云赶紧向纪委写了封举报信。

　　信发出后，就翘首等待纪委的调查结果。自己和自己安排的人也暗中窥探高梁伟的一举一动。

　　左望右盼，纪委的调查结果终于出炉。可未想徐红霞根本不是高梁伟的情妇，密谋升迁之事纯属子虚乌有。而自己和自己安排的人也并未发现高梁伟和徐红霞有任何异常。

　　咄咄怪事？这个高梁伟还绝非凡夫俗子！

　　从此，张凌云不仅没有了撵走高梁伟、自己取而代之的念想，而且从内心深处对高梁伟刮目相看、佩服得五体投地。

　　（原载《啄木鸟》2014年第10期，转载于《微型小说选刊》2014年第24期、《小小说月刊》2015年4月上半月）

多吸雾霾好

X城小说大赛颁奖大会盛况空前，某重要人物正满面春风，在致欢迎词。

女士们、先生们：

你们好！

"雾霾是X城最大最好的特产。一年三百六十五天，X城至少有三百五十天被雾霾笼罩。今天，你们应邀莅临这里开会，X城张开双臂，热烈欢迎你们！X城敬献你们最好的礼物就是雾霾。

"你们千万不要惊讶，不要紧张，更不要惧怕。过去，我们对雾霾的误解太深、仇恨太大，这是要不得的。其实，雾霾有益于强筋壮骨，有益于人体健康。为什么呢？因为雾霾中含有铁含有钢含有其他各种金属颗粒，吸入后会渗透进我们的筋骨，让我们的骨骼如铁似钢，坚不可摧；因为雾霾中含有多种和大量的矿物质，它是我们生长发育或维系生命所必需的养分，吸入后会让我们更加健康长寿。

"你们别摇头别讪笑啊，这是科学检测的结果。最近，医学家们研究发现：雾霾越是严重的地区，人均寿命越长。比如 B 城、S 城和 X 城，是我们国家雾霾最严重的，排序吧，B 城第一，S 城第二，X 城第三；而人均寿命呢，B 城最长，其次是 S 城，再次是 X 城。反过来，HN 州、XJ 州和 XZ 州是我们国家雾霾最轻微的，XZ 州甚至常年蓝天白云，排序吧，XZ 州第一，XJ 州第二，HN 州第三；而人均寿命呢，XZ 州最短，其次是 XJ 州，再次是 HN 州。事实胜于雄辩。所以，从今往后，我们不仅要放心地吸入雾霾，而且要多吸长久地吸。

"咋啦？你们都说来 X 城吸入雾霾后胸闷、气喘、头昏、难受？没关系的，开始往往这样，慢慢地就习惯了，习惯了就适应了，适应了也就好了。我可以负责任地告诉你们，当你们习惯了雾霾，一旦没有这宝贝你们还真不能活，你们会失魂落魄找不着北的。

"是好东西就会有好市场，是好东西就要大家来共享。所以，我们这里已有人在城郊 QL 山上雾霾浓度最高处组织罐装雾霾，罐装后运到城里公开销售。嗬，这生意还蛮兴隆，挺红火哩！

"因此，建议你们利用会期只争朝夕，先自己抓紧深吸和多吸雾霾，会后再满载雾霾凯旋，动员家人和亲戚朋友多吸雾霾。当然啦，吸完了也不要慌，可以随时向我们网购。我们这里的雾霾取之不尽用之不竭！

"怎么样？我看你们都听得笑容可掬、摇头晃脑的，这就对了，这就好嘛。"

会场上掌声雷动，经久不息。

（原载《芒种》2019 年第 8 期）

解决办法

大儿子和大儿媳、小儿子和小儿媳都在闹离婚，闹得不可开交。

这让丁立老头的老伴于琰玲焦急万分。于琰玲简直就是热锅上的蚂蚁，整日团团转。在儿子和儿媳那里，不停地跑，不断地说，跑断腿，说破三寸不烂之舌，劝和调解就是毫无收效，她对俩儿子的婚姻已然绝望。

丁立老头却像个局外人，俨然在看戏，一点也不慌张。

"老头子，你不会患上老年痴呆了吧？两个儿子都要离婚了，你居然高枕无忧！有你这样做父亲的吗？"于琰玲抱怨。

"不想出好办法，急有屁用？"丁立依然淡定。

"那你快想办法啊，我求你了！"

"好吧，看来到了我该出山的时候。"

丁立老头这一出山，问题还真的迎刃而解。

在他的耐心疏导之下，大儿子和小儿媳、小儿子和大儿媳重新组合，两个新的家庭居然水乳交融、春意盎然。

"亏你想得出这等办法！"于琰玲刮了刮丁立老头的鼻尖，"说说吧，你是怎么想出来的？"

"大儿子喜欢小儿媳，小儿子喜欢大儿媳嘛！所以……"

"你咋知道这情报的？"

"我还真不知道。"

"那你……？"

"我怎么啦？凡事都要多转个弯，这一试不就清清楚楚啦？"

"万一不是那样呢？"

"你还能想出什么办法？"

"哦，是这样，试试，也只有试试。"于琰玲喃喃道。

丁立老头就笑了，是那种开心而狡黠的笑。

（原载《芒种》2019年第8期）

我叫司马立生

"我叫司马立生，曾是东杰县交通局局长。上任之初，我也能严于律己。

"有天晚上，某某老板悄悄来到我家。我们未聊多久，他就从包里掏出个红包，好说歹说一定要送给我，我严词拒绝，把他请出家门。在门口，他不甘心，又把红包往我手里塞，我坚决拒收。推开他后，立马关门。

"原想这事应该结束了，未料还没在沙发上坐热，我就听到从卫生间里传来一声惨叫。赶紧和妻子跑过去，才发现保姆已倒在地上，额头鲜血淋漓。保姆的身旁，还横着个红包。一看，正是刚刚老板要送给我的。

"不好！我叫妻子马上给120打电话，呼救护车送保姆去医院。自己则拾起红包就朝楼下飞跑。

"追上老板后，我气不打一处来，开口便训斥他说：'你这人怎么啦？叫你别送你就别送嘛！这下可好，你的红包砸伤了我家保姆！''怎么会呢？'老板一脸惊诧，'我在楼下侦察时，发现你家卫生间的窗子正开着。你家住2楼，不高，才灵机一动，瞄准窗口，用力将红包投进去。难道你家保姆碰巧在卫生间，红包又不偏不倚砸中了她？'我说：'是啊，当时，我家保姆就在卫生间里搞卫生。''怎么会这样，怎么会这样呢？'他一脸窘态，'保姆是我砸伤的，她的医药费由我承担！''不必了，只要你不再为难我。'我把红包还给他，他执意不收。我火了：'你再不收，我就当着你的面把它扔进垃圾箱！做不得的事，你偏要做，这不是存心害我吗？'最后，我毅然决然地把红包退给了他。

"我想当时的我，应该是拒腐防变的楷模吧？

"还真有一段时间，我是一身正气、两袖清风的。

"可是后来吧，因为我主管的工程项目既多又大，送红包的老板纷至沓来、踏破门槛，红包也一个比一个厚重，我拗不过他们，心想，收受红包这档子事儿，只有天知地知、你知我知，如果当事双方都守口如瓶，就能万无一失。而现在，自己也经常手头紧，要用钱用不起钱的地方太多。因为内心已抗拒不了越来越强烈的诱惑，抱着一种侥幸过关的心理，我试着下水了。第一次，没呛到水；第二次，风平浪静；第三次，平安无事……后来就愈来愈胆大，下了水便再也没有上岸，直至风云突变、东窗事发……

"不承想，我的堕落又应验了那句名言：要想人不知，除非己莫为。陈毅元帅也早说过：手莫伸，伸手必被捉，党和人民在监督啊！

"其实这人世，最不能缺的是阳光和空气。没有了自由，才知道最宝贵的是什么。现在，我悔之晚矣！一个出生于农家，在苦水里泡大的人，通过卧薪尝胆、艰苦打拼，好不容易衣食无忧、生活美满了，却心生贪欲、自毁前程，把金灿灿的饭碗弄砸了，把好端端的家庭给毁了。这上有老下有小的，我叫他们把脸往哪儿放，今后的日子怎么过啊？

"到了监狱里，我一定认罪服法，但我还有一个心愿：求你们最好用我深深的忏悔，教育警醒仍在领导岗位上、手握重权的党员干部，劝他们好好珍惜工作，好好珍惜家庭，好好珍惜当下的幸福生活，千万别像我，千万别步我的后尘！

"你们做纪检监察和政法工作的人，既有责任查办违纪违法分子，也有义务预防贪腐行为、爱护和挽救党员干部啊！"

（原载 2019 年 8 月 25 日《九江日报》，转载于《微型小说选刊》2019 年第 23 期）

发现

　　我们家的贵宾犬小宝真的聪明可爱！我只说一点，在家里，它总是自己上卫生间拉屎拉尿。有时，卫生间的门关着，里面有人，它就站得笔溜儿直，扬起两只前爪在门外敲门，或急或缓，或轻或重。如果敲得急而重，那肯定是它憋不住了，让里面的人快点出来；如果敲得缓而轻，则是告诉里面的人，它正在外面等候。

　　不仅如此，我们带它去亲戚朋友家，一进家门，它也首先在屋子里嗅来嗅去。干吗？找卫生间呗！找到卫生间，等要上时，就自己不动声色地前往。上完，一样用前爪在卫生间门外的地板上擦擦，弄出嗤嗤嗤的声响，提醒我们它已在里面方便了，快帮它冲洗冲洗。冲洗过后，它会人一样站立，两只前爪像手一样抱拳，毕恭毕敬地给你"作揖"，那是深表感谢之意。

经常这样，我和妻白天外出上班，只能把小宝关在家中。下班一回来，我们就匆匆去卫生间，看看小宝拉屎拉尿没。如果拉了，便赶紧冲洗干净。

有次下班回家，我们上卫生间一看，里面清清爽爽的。妻便进厨房准备做晚饭。可这时，妻闻到了一股刺鼻的尿臊味。循味觅去，很快发现小宝在厨房内靠墙边的一角拉过尿。

"小宝，你过来！"妻有点火，但强忍着。小宝应声而至。

妻指指墙边的尿渍，故意问："小宝，这是谁拉的尿啊？你怎么糊涂了，不知道拉在卫生间呢？"

小宝瞥一眼墙边的尿渍，眼一闭，立即耷拉下头，那模样就像坏人在低头认罪似的。

妻想，小宝应该已认识到自己的严重错误，会好好改正了，就不再教训它。

此后一段时间，小宝真又规矩了。

"看来，这鬼东西会听话，知错就改！"妻赞叹。

我说："是啊！咱小宝通人性，乖巧哩！"

那天吃过晚饭，我和妻要去朋友家谈事。小宝看我们在更衣，便机智地盯着，蹦蹦跳跳又寸步不离地跟随我们。它特别喜欢我们带它外出溜达或串门。

走到大门口，妻却转过身子，蹲下去对它说："小宝，外面正在刮风下雨，带你出去很不方便。你就好好待在家里，我们办完事就回！"

小宝听了就一屁股端坐在地上，眼巴巴地目送我们。

从朋友那儿返回，妻又发现厨房一角有小宝拉过的尿渍。不禁大动肝火："小宝，你过来！我问你，怎么好不了几天，又把尿拉在厨房里了？你怎么变蠢啦？"想了想，又话锋一转，"哦，不对，你不会变蠢，肯定在存心发泄不满，报复我们没带你外出溜达是吧？"

闻到火药味的小宝，像顽皮的孩子闯了大祸，赶紧一溜烟地钻到床底下，躲起来，怎么喊它也不出来。

妻拿起竹扫帚要打它。我说算了吧，小宝毕竟是条小狗，看它也像小孩一样，怪可怜的。

妻说可怜？它这是存心跟我们过不去呀！下次要再这样，看我不揍扁它！

我知道妻这是在有意警告小宝，便轻轻走到床边，对躲在床底下的小宝说："小宝听话，下次讲卫生噢！"

小宝"唔唔唔"了几声，仍趴在床下，躲着不出来。

这之后，小宝长了记性，知道拉屎拉尿只能上卫生间了。

又一个风雨天。我们下班回家，发现它又把尿拉在了厨房一角。

这下妻暴跳如雷，操起一支长竹竿就要追打。小宝惶恐不已，赶紧一溜烟地躲进床底下。

妻不肯罢手，攥紧长竹竿就在床底下一番横扫，疼得小宝直"汪汪汪"地惨叫，末了又"呜呜呜"地哭泣。

我看得实在心软，便一把夺过妻手中的长竹竿，说："算了算了，它怎么也是条小狗，教训了就行了！"

"好吧！"妻气哄哄的，"事不过三，下回再这样，我一定要把它撵出去，不养了！"我没吭声。

这个星期天，又是风雨大作。我在家写篇动物传奇小说。写着写着写累了，便想走出去透透气。等我刚出房间，就发现小宝正在卫生间门口：先推门，门不开；便敲，没有回音；再用力猛推，门还是未动。情急之下，它一个转身，准备又去厨房方便。

目睹此景，我立马叫住小宝："小宝，你要上厕所吗？"小宝就眼巴巴地望着我，哼哼示意。

事不宜迟！我赶紧直奔过去，帮它推门。起初，我用力小了，门未推动；接着，我使劲一推，门才打开。

门一开，小宝便如离弦之箭，冲进卫生间，哗哗哗地拉尿。

我侧身站在门口，背抵着门，等小宝拉完。小宝拉完后，摇头摆尾从卫生间出来，我才闪进去冲洗卫生间。我一进去，风又把门给关上了。冲洗了卫生间，要拉开门出来时，我再次感到，从窗口吹来的风力还真大。风把门堵紧了，你用力不狠，根本就打不开。

可小宝呢？小宝分明只是条小狗，它有多大的力啊？

"看来，小宝上卫生间拉屎拉尿的习惯并没改。"我忽然想："虽然偶尔，它也尿拉在厨房里，但那一定是卫生间里风力过大，把门堵紧了，它实在推不开，内急又迫不得已，才……而那几次，刚好也是风雨天啊！"

刻不容缓地，我把自己的发现告诉妻子。妻子说："对啊，那几次正是风雨天，家里又没人帮它！哎，哎，哎，我们错怪小宝，让它受委屈了！我这个人啦，怎么遇事就冲动任性，头脑丁点儿不冷静呢？"

这样说着，妻的眼角不知怎么有了泪。

我笑，眼里也有泪光闪烁。

（原载《天池小小说》2015年第11期，转载于《小说选刊》2015年第12期，选入《2016中国好小说·微小说卷》）

你看你看这蜂鸟

我们谈笑风生，穿行在亚马逊河的热带雨林。

一只色彩鲜艳、美丽可爱的蜂鸟，热情地当起我们的向导。

它在我们眼前，扑棱着翅膀，嘎嘎嘎地欢叫，飞得平稳、轻快。

如果掉得不远，蜂鸟会悬停在空中，等我们赶上；一旦掉得远了，它就倒飞过来，迎接我们。当地人称蜂鸟为神鸟；因为只有它，是这世上唯一能倒飞的鸟儿；也只有它，能长时间地扑棱着翅膀，悬停于空中。

蜂鸟还忽儿向左飞，忽儿向右飞，怎么顺当就怎么带我们行进。

它飞行时拍打翅膀发出的嗡嗡声，几乎和蜜蜂飞行时发出的声音一模一样。

可爱的小天使，它要带我们去干啥呢？

答案很肯定：找树上悬挂的野蜂巢呗！因为它最喜欢吃，自己又摘不了。

亚马逊河热带雨林中的野蜂巢，不仅甜得不得了，而且营养价值极高。既能增强人体免疫力，据说抗癌效果又相当不错。

当地人一样喜食野蜂巢。他们与蜂鸟有着十分亲密的伙伴关系。

果不其然，蜂鸟很快带我们找到了那宝贝！它就悬挂在一棵大树枝上，真不小哩，几乎要流蜜一般。

蜂鸟嘎嘎嘎地叫着，绕树环飞三圈，然后悬停空中，等我们采摘蜂巢。

我们在大树下左顾右盼，觉得爬树采摘很危险。一旦野蜂赶回，成群结队攻击我们，后果不堪设想。所以最后，我们眼疾手快，用长竹竿直接将野蜂巢截下。

蜂鸟又嘎嘎嘎地在我们头顶的上空盘旋，眼巴巴地等我们分出一小块，放在地上，让它享用。

如果丁点儿不给它留，它真会记恨并报复我们？我们不信当地人的忠告。

故意把整块蜂巢都带走，以此试探蜂鸟的反应。

还好！蜂鸟丝毫没有争夺蜂巢之意。它在空中悬停片刻，眼珠骨碌碌一转，又嘎嘎嘎地叫着，继续向前疾飞，为我们当向导。

而且仍像先前一样，一会儿向左飞，一会儿向右飞，一会儿倒飞，一会儿悬停空中，很平稳很轻快，总让我们能跟得上。

我们因此天真地认为：它不仅不会闹情绪，还会继续带我们去找野蜂巢。

哪里像他们描述的那样！我们庆幸。

殊不知，很快，蜂鸟就把我们带进另一片林区，嘎嘎嘎地叫唤几声，便如离弦之箭，疾飞而去。转眼，无影无踪。

咳！不带我们去找野蜂巢？或者，不给我们当向导啦？这，就是蜂鸟对我们的报复？有人笑问。

可笑声未落，我们就听到了狮子的吼叫，而且隐隐约约看到了一大群狮子！

天！我们个个面如土色、魂飞魄散。记不起最后，是怎么逃出来的。

那一块野蜂巢，也不知丢到了哪里。

汗淋淋的，快出亚马逊河那片热带雨林，正后悔没听当地人的忠告，蜂鸟忽又出现在我们头顶的天空，扑棱着翅膀，嘎嘎嘎地欢叫……

（原载《小说月刊》2014年第8期，转载于《小小说月刊》2015年2月下半月刊）

龟兔紧紧地抱在一起

龟兔赛跑。当兔子飞快地跑过终点，乌龟还在离起点很近的地方缓缓爬行。第一次，兔子赢了，乌龟输了。兔子扬扬得意，乌龟心情沉重。

第二次赛跑。乌龟使出浑身解数、争分夺秒向前爬行。兔子呢，不费吹灰之力就跑到了离终点很近的一棵大树下。一看乌龟离自己还差十万八千里，兔子索性背靠那棵大树呼呼入睡。一觉醒来，乌龟已神不知鬼不觉爬过了终点。这一次，乌龟赢了，兔子输了。乌龟欣喜若狂，兔子懊悔不已。

前面的故事家喻户晓，后面的故事就鲜为人知了。

兔子不服，要求再比。大赛组委会采纳了兔子的建议。

比赛开始。兔子表现得优雅大度：每跑一段都停下来等乌龟，等乌龟快赶上来了又起身再跑。乌龟爬得气喘吁吁，丝毫不敢怠慢。兔子却跑跑停停、停停跑跑，悠然自得。兔子吸取上次的教训，决不躺在半途呼呼大睡。直到跑过了终点，才在终点坐下来等乌龟。这第三次，兔子又赢了，乌龟又输了。

"还不服吗？"兔子嘲笑乌龟。"不服！"乌龟眼珠一转，"谁都知道，在陆地上跑，那是我的短处你的长处；而在水面上跑，则是你的短处我的长处。这赛跑仅在陆地上比，那分明是只拿你的长处比我的短处。如此，公平吗？""那你想怎样？"兔子警惕起来，"你想在水面上赛？""如果仅在水面上赛，那又是只拿我的长处比你的短处，也不公平！"乌龟不慌不忙，"一半陆路一半水路，咱俩同时起跑。谁先从起点到达终点，谁赢！这才公平。你看呢？"兔子不语。大赛组委会觉得乌龟的建议很在理，采纳了。

比赛开始。兔子又箭一般向目的地飞跑。可跑完陆路跑到水边，兔子傻眼了：下水吗？自己不死才怪！乌龟呢，慢条斯理地爬啊爬，爬了好半天爬到水边。一下水，又马不停蹄、自由舒展地向对岸游去。乌龟游上岸到达终点时，兔子仍在半途待着。这第四次，乌龟赢了，兔子输了。乌龟乐开了花，兔子沮丧不已。

从此，兔子恨死了乌龟，遇见乌龟就绕道而行或者怒目而视。

乌龟忐忑不安，要求再赛一次。"这样比，我怎么跑也赢不了。大坏蛋呀大坏蛋，你是存心想让我难堪，要把我气倒！"兔子咬牙切齿，连连摇头。乌龟赶紧和善地笑笑，友好地把兔子拉到身旁，悄悄地对兔子耳语了一阵。兔子心里一亮，点头。大赛组委会也同意了乌龟的请求。

比赛开始。只见乌龟大摇大摆地爬到了兔子的背上，兔子驮起乌龟就向目的地跑去。跑完陆路跑到水边，乌龟从兔子的背上爬下。然后，兔子大模大样地跳到乌龟的背上，乌龟再下水，驮起兔子又向终点游去。最后，乌龟硬是把兔子驮上了岸，它们同时到达了目的地。大赛组委会看痴了。

这第五次，只好裁定兔子和乌龟：双赢！

　　兔子和乌龟都笑了，它们紧紧地抱在了一起……

　　[原载《百花园》2009年2月上半月版，转载于《创作与评论》9月号（上半月刊），选入《最生动的动物美文·一只在夜色中穿行的猫》]

鹿战

不知道是哪个年代的故事了，反正当时诸侯割据，群雄鼎立。时间一长，各诸侯国有盛有衰，其中北方的齐国与南方的楚国势均力敌，齐王与楚王都成为当世两大霸主。齐王是个有野心的人，他一心想独霸天下。要称霸必须除楚，但楚国军事力量强大，想用武力征服，并无胜算把握。为此，齐王常常食不甘味，夜不能寐，长了一嘴的燎泡。

有一次，齐王与大臣仲渊闲聊，聊着聊着就聊到了齐楚关系上。齐王说："齐楚之战是迟早的事。他楚国战将如云、军力强悍，两国开战，还不知鹿死谁手。您智谋过人，可有良策？"

"孙子兵法上说，不战而屈人之兵，善之善者也。"仲渊献策说，"大王，您就高价收购楚国特产的鹿吧？"

"高价收购楚国特产的鹿？"齐王大吃一惊，"此招管用？"

"大王放心，管用！"

仲渊是名相，谋略过人，深得齐王信赖，齐王虽心存疑惑，见仲渊胸有成竹，便依计行事。

听说齐国要高价收购楚国的活鹿，这可乐坏了楚王。他迫不及待地招来宰相敖安，眉飞色舞地说："钱这东西人人喜欢，也是国家生存和发展必需的。而活鹿，楚国多如牛毛。退一万步而言，即使压根儿没有也无所谓，此物不过是禽兽耳。现在，齐国高价收购活鹿，这是楚国的福音、福音啊！齐王这个大傻帽儿心甘情愿地让我们占便宜，此乃天赐良机！你赶紧发布命令，动员全国各地火速猎捕活鹿吧！我们一定要尽快把齐国人的钱都赚进楚国人的口袋，赚得满满当当的！你看呢？"敖安听得连连点头、随声附和。

很快，楚国大地风起云涌，掀起捕捉活鹿的高潮。

目睹一批接一批的楚国人送来一群又一群的活鹿，仲渊窃喜。

"大王，您再赏赐赏赐捕鹿有功的楚国人吧？"仲渊又向齐王进言。

"赏赐？我们已经是天价收购啦！"齐王大愣，"为什么还要加赏赐？"

"要加赏赐。凡一次向齐国出售二十只活鹿者，赏银十两；一次出售二百只活鹿者，赏银一百两……"仲渊掷地有声地说，却并不解释缘由。

齐王欲言又止，心想：仲渊啊仲渊，你这葫芦里到底卖的什么药？

虽然心中不解，齐王还是表现得很慷慨："好，依丞相所言，给楚人赏赐！"

于是，接踵而至的楚国人押着一群又一群的活鹿风风火火急赴齐国，接踵而至的楚国人领了赏银，招摇过市返回楚国。

楚国沸腾了！无论男女老少，无论官员百姓，皆激情燃烧，倾巢出动。皇亲国戚、公子王孙也跃跃欲试，一窝蜂地进山捕鹿。漫山遍野都是鹿在惊恐地奔逃，漫山遍野都是铆足了劲捕鹿的人群……

楚国虽然盛产野鹿，但毕竟数量有限。没多久，山林里的鹿就捕光了，可齐国仍在敞开大门高价收购，且加大了赏赐的力度。

鹿价高企，种草养鹿一本万利。很快，老百姓都自觉地开始了种草养鹿。楚国全境又人声鼎沸，掀起毁田种草、弃农养鹿的热浪。待楚王和敖安感觉不对时，楚国大部分的良田都摇身一变，成了像模像样的养鹿场。

仲渊闻信大喜，赶紧向齐王进言："大王，现在停止收购楚国鹿！"

"下一步怎么做？"齐王追问。

"准备伐楚！"仲渊斩钉截铁地说。

"伐楚？"齐王皱眉。

"对，伐楚！"

"说说你的理由。"

"这么长的时间啊，楚国上下都在捕鹿养鹿，他们既毁良田，又误农时，现在已是人心散漫，粮库空虚！"

"可他们卖鹿赚大了，国库里有的是钱！"

"如果咱们让他们买不到粮呢……"

"唔，好主意！"

"大王想一想，我国是楚国最大的邻国，我国粮食储备充足，当然不会卖粮给楚国。而楚国向来以大国自居，周边其他小国早对楚王恨之入骨，只要我们发出伐楚号令，他们就算不愿与我国合作，也必然会封锁城门，不会出手援救楚国，到时候我们再发精兵拦截楚国的运粮军队……"仲渊的陈述有板有眼，齐王听得频频颔首。

风云突变、灾祸临头，楚国一下乱了方寸。

卖鹿？再便宜齐国也不买了。买粮？出再高的价齐国也不卖。楚王派人四处购粮，一出境就被齐军拦截……粮荒导致楚国人心不稳，社会动荡。未出三年，就有近半的楚国难民逃往齐国。一年之后，楚国元气大伤，战力锐减，不得不委曲求全，向齐国俯首称臣。

（原载2012年9月29日《常德社会组织》，转载于《小小说选刊》2012年第24期、《领导文萃》2013年第5期、《微型小说选刊》2013年第5期、《小说选刊》2016年第4期，选入《最难忘的军旅美文·沉默的子弹》，入围"2012中国小小说排行榜"，获2016年武陵"德孝廉"杯·全国微小说精品奖二等奖）

鹞鹰之死

那时，鹞鹰几乎人见人爱。它像鹰但比鹰小，长着鹰的尖喙却没有鹰之凶猛。只要训练有素，会用自己的尖喙给主人梳头、挠痒痒。盛夏酷热的夜晚，还会伫立主人的床头，轻轻扇动翅膀为主人送凉驱蚊。如果主人的偏头疼犯了，甚至会用尖喙和爪子轻轻按摩主人的头部穴位，据说很有奇效。当然，大唐时流行的胡旋舞，鹞鹰也跳得很美……

唐太宗李世民亦爱鹞鹰。

贞观四年的一天，鲜花盛开、风和日丽，有人给唐太宗送来一只鹞鹰。这只鹞鹰形态俊美、毛色漂亮。

唐太宗甚喜，就在内宫赏玩。他把鹞鹰放于肩头，向前平伸出左臂，让鹞鹰在自己的肩头和手臂上翩翩起舞。

"咱大唐啊，一年判死刑者仅二十来人，百姓安居乐业。到处道不拾遗、夜不闭户。四海一统、天下和谐、寰宇来朝，这种盛世景观，中国几朝几代有过？"唐太宗一边欣赏鹞鹰舞之蹈之，一边扬扬自得，"嘘，嘘，嘘"地吹起口哨。

正在兴头上，忽报谏臣魏徵已到门前，有事奏请。

俨然顽童要见严师，唐太宗龙颜惶惧。四顾无处可藏，便将鹞鹰隐蔽于怀。然后正襟危坐，清清嗓子，准备接受魏徵禀报。

这一切，魏徵看得分明，却佯装不知。

"臣闻求木之长者，必固其根本；欲流之远者，必浚其泉源；思国之安者，必积其德义……"礼毕，魏徵就大讲特讲治国安邦之道。还列举尧舜、秦二世、梁武帝、隋炀帝等中国古代君王详加说明。用心阐述有的皇帝就因贪图安逸享乐、沉醉声色犬马，最终导致丧国灭身……

奏请之时，还不动声色地偷窥唐太宗怀中的动静。

魏徵滔滔不绝，唐太宗心急如焚。怀中鹞鹰的气息已越来越弱，唐太宗欲暗示魏徵下次再奏。想想，又觉不妥。因为向来敬重魏徵，只好耐心听他进谏。

结果，魏徵得寸进尺、没完没了。直讲得喉咙干燥如十年未下雨的旱地，嘴角淌出的白沫沾满胡须像初冬的霜挂。

"皇上玩鹞鹰，我就玩皇上！"魏徵暗下决心。"既然我都口吐白沫了，鹞鹰不口吐白沫才怪！"他又使劲给自己打气。

继续天南地北口若悬河，直到唐太宗的怀中毫无动静。估摸那鹞鹰已一命呜呼，才心满意足地退下。

魏徵一走，唐太宗就迫不及待，从怀中掏出鹞鹰。一看，那宝贝早已气绝身亡。心疼之余，不禁火冒三丈。

"朕一定要诛杀这个乡巴佬！"唐太宗怒吼。

正巧长孙皇后轻轻走进，便问："谁冒犯了二哥呀？"

"除了魏徵，还能有谁？这个乡巴佬，简直肆无忌惮！"唐太宗气不打一处来。

长孙皇后一愣："魏徵？他又说了些什么啦？"

"乱七八糟讲上一大堆，还指责我杀兄弟于殿前，囚慈父于后宫……说什么当皇帝就是赎罪的，当知耻而后进。你看你看，我不就玩了一下鹞鹰，犯得上他如此大做文章？"

"哦，这个——"长孙皇后略一思虑，便默不作声地退下。换上朝服后又匆匆折回，毕恭毕敬地给唐太宗行大礼。

"观音婢，你这是……？"唐太宗一头雾水。

"恭喜陛下！陛下有福，大唐大吉啦！"长孙皇后满面春风。

唐太宗皱眉："此话怎讲？"

"臣闻君明臣直。只有皇上圣明，大臣才会正直。……所谓魏徵者，为政也；世民者，世世代代济世安民也。……古人云，玩物丧志。魏徵只是想奉劝陛下励精图治、心无旁骛呀！……"

唐太宗终于转怒为喜。

长孙皇后也窃喜。

原来是长孙皇后听说唐太宗在玩鹞鹰，便悄悄派人给魏徵通风报信，再和魏徵里应外合……唐太宗被蒙在鼓里。

从此，唐太宗再也没有玩过鹞鹰。

贞观之治得以延续并发扬光大。

魏徵死后不久，长孙皇后也英年早逝。

不知从什么时候起，寂寞之余，唐太宗就拿出一面铜镜照着自己，有时眼角闪着泪花。

群臣不解，唐太宗便道："以铜为镜，可以正衣冠；以古为镜，可以知兴替；以人为镜，可以明得失。今魏徵去矣，朕痛失一镜也！"

[原载《创作与评论》2013年9月号（上半月刊），转载于《小小说选刊》2013年第22期、《微型小说选刊》2013年第24期，选入《选择游戏——全国勤廉微型小说选》]

特别赏赐

天有不测风云。这不，左骁卫大将军长孙顺德满以为其贪腐之事压根儿不会走风，哪料未出三日就传得满朝皆知。

这是贞观元年（公元627年）。

唐太宗闻之气恨交加：一者，当时位高权重的宰辅大臣温彦博、戴胄等人，哪个不是倾心于治国理政，以"我瘦天下肥"为荣？二者，一粒老鼠屎，搞臭一仓谷。可这粒老鼠屎，干吗偏偏就是自己的叔岳父长孙顺德？这个长孙顺德，干吗这样不守气节、不顾声誉？

满朝文武拭目以待，他们要看唐太宗如何惩处长孙顺德。

唐太宗彻夜未眠。苦思苦索一番，天亮前终于心生一计。

赶紧叫中书舍人岑文本迅速拟好诏令，

命五品以上在朝官员翌日全部参加早朝，谁也不得迟误。

早朝之时，文武百官各就各位，站得整整齐齐，无一不是洗耳恭听的模样。

唐太宗端坐金銮殿上，环顾文官武将，然后紧盯长孙顺德，重重地干咳两声。

"顺德公啊，受贿绢绸一事，还是你自己通报吧！"唐太宗语气温和。

长孙顺德却面如土色，浑身筛糠似的抖动。

"……这几个奴仆联手偷盗官中财宝被我发现，他们魂飞魄散，齐刷刷地跪在地上向我求饶……说什么也要塞给我二十匹绢绸……然后……"长孙顺德嗫嚅道。

"那——各位爱卿，你们说，长孙顺德为什么要收受绢绸？"唐太宗下意识地问。

谏臣魏徵脱口而答："很简单，他就是个贪官！"

"可他为什么要贪绢绸？"唐太宗追问。

"这个嘛……"魏徵皱眉。

唐太宗不愠不火道："这不是和尚头上的虱子，明摆着吗？长孙顺德家里紧缺这玩意儿。顺德公家里紧缺它朕却不知，朕也有失察之过啊！既然这样，不如朕再赏赐他五十匹绢绸，让他背回家去？"

"皇上，"魏徵急了，"不可，万万不可呀！"

"那魏爱卿说咋办？"唐太宗笑问。

"王子犯法，与庶民同罪。长孙顺德虽是大唐开国功臣，也应交大理寺查处，按唐律治罪！"魏徵正色道。

唐太宗捂嘴而笑低声道："魏爱卿可见过猫捉老鼠？"

魏徵不假思索："当然！"

"猫捉到老鼠后，不是要把老鼠抛一抛、玩一玩吗？"

"这……"

"就听朕一次，这回先赏赐赏赐顺德公吧？"

唐太宗呵令："来人！"

立马有人搬来五十匹绢绸。

"顺德公啊，还得让你屈尊一下，弯腰弓背哩！"唐太宗悠然下殿，轻轻拍拍长孙顺德的肩膀。

长孙顺德的额头开始冒汗，腰背弯曲得几乎让头叩地。

"来呀，把绢绸一匹一匹地放在顺德公的背上！"唐太宗指着长孙顺德的背。

于是，绢绸就开始一匹接一匹地压向长孙顺德。

每放好一匹，唐太宗都会关心地问："顺德公，不重吧？还能扛得住、背得起吗？"

长孙顺德羞得脸一阵红，一阵白，一阵青，一阵紫。对唐太宗赏赐的绢绸，自然是欲卸不敢、欲背不能。僵在那里，他大气不敢出。恨不得找个地缝钻进去。目睹此景，满朝文武都忍不住窃笑，俨然在看一出诙谐、幽默而辛辣的闹剧。

早朝完，文武百官一身轻松，匆匆散去。

唐太宗欲起驾回宫，大理寺少卿胡演却忧心如焚，紧跟在其身后。

"皇上，长孙顺德贪赃枉法，罪不可赦，皇上干吗反其道而行之，加倍赏赐他？"胡演小心探问。

唐太宗轻轻转身，笑道："胡爱卿，你说，只要长孙顺德还有人性、良心未泯，那么，朕在众目睽睽之下加倍赏赐绢绸给他的羞辱，是不是会比判他下狱服法更剜心？反过来，如果面对如此羞辱，他仍无动于衷、不知愧疚，那他不就是一介禽兽，即使杀他又有何用？"

"可是皇上，不怕一万，只怕万一。万一……"胡演忐忑不安。

"放心，朕自有安排。"唐太宗安慰他。

胡演将信将疑。

其后，长孙顺德就像一只泄了气的皮球，很长一段时间都消沉、沮丧，不敢抬头走路。

唐太宗观之，又反其道而行之，诏令他为泽州刺史。

长孙顺德感恩不已，发誓一定改邪归正、改过自新。

果然，上任不久，他就大胆地将前任刺史张长贵、赵士达在郡内多占几十顷良田之事上报朝廷，把全力追回的田地尽数分给当地贫穷的农民。此后，他又亲自查办了泽州的几个贪官，硬是把泽州治理得道不拾遗、风清气正。老百姓都夸他是廉洁奉公的好官。

唐太宗龙颜大悦，有意召胡演进宫。

"胡爱卿，可曾听说老百姓怎样评价现在的长孙顺德？"唐太宗佯装担忧。

"都夸他是青天大老爷呢！想不到啊想不到。"胡演禁不住感叹，"能让长孙顺德发生如此大的改变，皇上真神！"

"真的吗？"唐太宗这才"转忧为喜"，笑道，"那也不能夸朕神，要赞就赞咱大唐政治清明，贪官根本没有立足之地呀！"

（原载《创作与评论》2015年第5期，转载于《小说选刊》2015年第5期、《小小说选刊》2015年第16期、《微型小说选刊》2015年第18期、《小小说月刊》2015年12月上半月、《绝妙小小说》2016年第5期，选入《当代文学作品选粹2015》《2015中国年度小小说》《2016中国好小说·微小说卷》，入选2015年中国小小说排行榜，获武陵"德孝廉"杯·全国微小说精品奖一等奖）

死亡之约

贞观七年腊月初八，迎着纷纷扬扬、漫天飞舞的大雪，唐太宗李世民忽然驾临朝廷大狱。

大狱里关押着已判死刑、只等批准执行的三百九十名囚犯。

此时，他们有人直勾勾地盯着唐太宗，有人眉头紧锁，有人不停地眨巴着眼睛……都不知道玉树临风、英俊潇洒的唐太宗，酒葫芦里装的是什么药。

"我是李世民，今天问你们两个问题，你们要如实回答！"唐太宗目光炯炯地注视着囚犯，"第一，对朝廷大狱给你们所定的罪行和罪责，你们可有异议？"

"皇上，我们一点儿不冤，我们认罪伏法！"囚犯们应声跪下。

"那好！第二，"唐太宗声如洪钟，"说

说临死前，你们最后的心愿？"

跪在最前面、家住京畿扶风的囚犯徐福林，赶紧连磕三个响头，抬起头哽咽着说："皇上，我想回家，看看我的父母妻儿，与他们作最后的话别！"

"这个！"唐太宗仔细打量一眼他，把目光转向其他囚犯，"你们呢？都不要顾忌，但说无妨！"

"皇上，我们也一样！"囚犯们迫不及待地叩头、高喊。

"既然这样，我和你们订个'死亡之约'。可都愿意？"

"我们愿意！皇上。"

"好！"唐太宗点头，"第一，准许你们不受任何约束地回家，看望你们的父母妻儿！"

囚犯们颤抖了，他们的眼里都有泪光闪烁。

唐太宗威严地审视他们，又说："第二，你们必须保证：来年九月初四晌午之前，一个不少，自行、准时地返回朝廷大狱，伏法受罪，主动送死！"

囚犯们一愣。他们相互看看，点头示意。高喊："皇上，我们保证！"

户部尚书兼大理寺卿戴胄额上沁出豆大的汗珠，立即小心翼翼地靠近唐太宗："皇上，这些囚犯可是杀人越货、罪大恶极之徒！他们丧尽天良、毫无人性。您放他们出狱，万一他们凶相毕露，或者逃之夭夭，怎么办？"

唐太宗轻轻拍拍戴胄的肩膀："爱卿，用诚心才能换忠心！我肯定他们不会辜负我对他们的信任！"

"这……？"戴胄不由自主地摇头。"别说了！"唐太宗对他摆了摆手，然后毅然转向囚犯："此事已定！你们，都起来吧！"

霎时，囚犯们泪如泉涌，情不自禁地欢呼雀跃起来。

牢门一开，囚犯们就像挣脱了牢笼的野兽，撒开双腿，没命地向家中奔跑。他们担心唐太宗变卦。可他们错了。

秋高气爽，惠风和畅。都城长安，从四面八方赶来的民众潮水般地涌向朝廷大狱所在的朱雀大街。一时间，一百五十米宽的朱雀大街上人头攒动。人们踮起脚尖，好奇地张望，耐心地等待。

这是贞观八年九月初四，一个史无前例的死亡之约！

没人相信囚犯们守信用！他们来是想验证自己的猜想，是想目睹唐太宗怎样应对突然的变故。

然而出人意料：那些个囚犯很快就接踵而至地来到长安，返回朝廷大狱。他们个个昂首挺胸，人人精神抖擞。

人们目瞪口呆，不得不对他们刮目相看。

晌午到了。清点人数，已返狱三百八十九名！还差一名？戴胄急了。"怎么办呢？皇上！"他小心翼翼地问。

唐太宗浓眉一皱："再清点一次，查查有谁未到？"

又清点人数，依然是三百八十九名，未到者正是徐福林！消息传开，不仅看热闹的民众七嘴八舌，已返狱的囚犯们也开始咆哮了：狗日的徐福林，他怎么能出尔反尔？狗日的徐福林，他胆敢欺骗皇上？狗日的徐福林，他是浑蛋、孬种……

"怎么办呢？皇上！"戴胄诚惶诚恐地靠近唐太宗。人们也不约而同，把目光投向这边。

"等等吧！"唐太宗把右手一挥。

半个时辰过去，不见徐福林的踪影。人们急得如热锅上的蚂蚁。囚犯们则怒目圆睁、咬牙切齿。

"怎么办呢？皇上！"戴胄又小心谨慎，问唐太宗。

"再等等吧！"唐太宗拍了拍戴胄的肩膀。

又半个时辰过去，依然不闻徐福林的声息。人们忧心如焚。囚犯们暴跳如雷。

"怎么办呢？皇上！"戴胄怯问。

就在这时，忽然有人高喊："来了，来了！"

"来啦！"人们循着吱嘎吱嘎的车轮声望去，还真有一辆牛车由远及近、匆匆赶来。

很快，从牛车的车篷里探出一张男人的脸。这张脸消瘦、蜡黄、病恹恹的。狱吏定睛细看，不错，此人正是徐福林！

人们长长地嘘了一口气。囚犯们的怒容也渐渐消弭。

"说说吧，怎么来晚啦？"唐太宗端详着徐福林的脸。

"返回长安的路上，我突然病倒了。幸亏中途拦住了一辆牛车，就雇了它继续赶路。"徐福林喘着粗气，"我起了个大早，本想早点返狱伏法，哪料事与愿违。唉，我有罪，罪孽深重啊。皇上！"

"不，你能抱病返狱，精神可嘉！"唐太宗向徐福林投出赞许的目光。

徐福林挣扎了一下，要奔出牛车给唐太宗下跪。唐太宗走过去扶住他："徐福林，你别动，就在车上待着。"

"现在怎么办？皇上！"戴胄毕恭毕敬地问。

囚犯们无可奈何地低下头。他们明白，真正的死期就要到了。

"怎么办？"唐太宗把囚犯们一一打量过，突然朗声宣布："大赦所有囚犯，让他们自由回家！"

人们惊讶得把嘴张成了大大的"O"形。囚犯们也半晌回不过神来。等终于回过神来，就见他们五体投地地跪在唐太宗面前，热泪盈眶地高呼："皇上万岁、万岁、万万岁！"

风云突变，西域叛乱。贞观十四年唐太宗任命唐朝名将侯君集为西域远征军统帅，统领十五万铁骑远征西域。闻讯，三百九十名囚犯慷慨激昂、自愿请战。他们在侯君集的带领下，一路冲锋陷阵、英勇杀敌，最后全部血洒疆场、壮烈殉国……

西域转眼收复，大唐开始抒写拓土开疆的壮丽史诗！

（原载《百花园·小小说原创版》2010年第4期，转载于《微型小说选刊》2010年第4期、《小小说月刊》2010年8月上半月刊、《小小说选刊》2010年第19期、《小说选刊》2015年第9期，选入《中外经典微型小说大系》《21世纪中国最佳小小说2000—2011》《2010年中国微型小说精选》《2010中国年度小说》《启迪孩子一生的诚信故事·一个温暖世界的方向》）

穿袜还是戴帽

女人是中国吕梁人，男人是美国加州人。女人和男人在英国剑桥大学留学时认识了。那时，女人喜欢向男人介绍中国的春节、端午节和中秋节；而男人向女人说得最多的是美国的复活节、圣诞节和感恩节。每次，女人谈起中国的汉赋、唐诗、宋词、元曲和明清小说，男人都会不停地说"OK"；而男人谈起马克·吐温、席尔瓦、惠特曼、福克纳等美国作家的作品，女人也会竖起大拇指。女人从男人那里了解了华盛顿和美国独立战争，男人则通过女人读懂了中国的诸葛亮和三国鼎立。

那时，他们觉得，中国和美国具有不同的历史和文化真好，让他们在一起总有说不完的话题，对彼此和彼此的国家都充满了好奇。

　　随着交流和沟通的不断深入，两颗心也不断地靠近，直到谁也离不开谁。那时，天很蓝，风很柔，阳光很温馨，他们对未来充满美好的憧憬，很快陷入如火如荼的热恋。之后，他们结婚了，婚后一起定居美国。

　　有段时间，男人和女人的婚姻生活真是浪漫而甜蜜。刚去美国的新鲜感和异国风情，更让女人大开眼界、乐不思蜀。

　　可好景不长，自从他们有了孩子，自从他们的孩子开始扶墙而立，男人和女人便产生了龃龉。

　　天凉好个秋！天凉了，女人要让孩子穿上暖暖的袜子，白天在家里的木地板上摸爬滚打，夜晚盖上被子放心睡觉。因为穿了袜子，即使孩子的脚伸出被子，也不担心他会受凉感冒。对女人的做法，男人强烈反对。男人一定要让孩子整天光着脚丫，无论在室内还是户外，无论玩耍时还是酣睡中。

　　男人倒要给孩子戴上帽子。白天让孩子戴着帽子在家里转悠或随大人外出，晚上戴着帽子盖上被子放心睡觉。对男人的做法，女人强烈反对。女人一定要让孩子头上没有约束，无论在室内还是户外，无论玩耍时还是酣睡中。

　　男人辩解说："脚与生俱来就是人身上最贱的器官，就是要与地面和外界零距离接触，除了行走也只能是行走的。你要保护一双脚，把它捂得严严实实干吗？你不觉得这样很滑稽、挺可笑吗？"

　　"不！我不能听任你这样蔑视一双脚。"女人立马抗议，说："千里之行，始于足下。没有脚，你去得了远门？见得了世面？成就得了事业和理想？寒从脚下起呀，脚是人体最易受凉的部位，脚一旦受凉，寒气就会自下而上向全身渗透，使人生病。不保护好脚行吗？"

　　"怎么不行？"男人举例说，"我从小不穿袜子，不也长大成人啦？"

　　"谁让你这样啊？"女人问。

　　"还能有谁？"男人脱口而答，"我父母呀！"

　　男人试图说服女人。男人解释说："头是出思想和智慧的器官，是人体的中枢神经所在。人和动物最大的区别是什么？人有思想和智慧，能搞发明创造呗！头出了问题怎么得了，头一旦出了问题，不能思考、想办法了，人不就成一般动物了？所以，千万不能让头受寒，一定要好好保护，让我们的孩子天天戴着帽子。"

"笑话！"妻子也辩解道，"人身上数头最能经风雨见世面，抵抗力和免疫力最强。我打小不戴帽子，不一样长大成人啦？我的头出了问题吗？"

"那——"男人又问，"谁叫你在脚上穿袜子的？"

"除了我父母，"女人脱口而答，"还能有谁？"

"不跟你争辩了！"男人最后说，"这可是在美国，你们中国人不是讲'入乡随俗'吗？所以，我们的孩子不可穿袜子，只能——戴——帽——子！"

"我坚决反对！"女人不依不饶，"孩子有中国血统，儿子跟母亲的血缘更近，主要继承母亲的遗传因子。况且，美国社会本身是很包容的社会，难道就不能包容中国人的习俗？所以，我们的孩子不可戴帽子，只能——穿——袜——子！"

……

穿袜戴帽之争愈演愈烈，男人和女人互不相让，直至矛盾无法调解，导致感情破裂。不久，他们只得离婚。

可即便如此，他们还是没有想通，不就是彼此的习惯和思维不同吗？

（原载《安徽文学》2018年第11期，转载于《小说选刊》2019年第1期、《小小说选刊》2019年第3期，选入《2018年中国微型小说精选》，获2019"善德武陵杯"全国微小说精品奖一等奖）

每个人都幸福（续篇）

刚刚写完一首诗，沈利娜心情正好。这时，外面传来清脆的敲门声。沈利娜赶紧起身，轻快地走向客厅。

开门，却呼啦啦地涌进一群残疾儿童。只有一位女青年，看上去身体健全，长得也挺美。

"我并不认识你们！你们……是不是找错了地方？"沈利娜愣愣地打量着他们，心里顿生不爽。

女青年嫣然一笑："没找错哩，我们要找的人正是你！"

"不错，我们要找的人正是你！"能说话的儿童也异口同声，响亮地回答。

"那你们……要找我干吗？"沈利娜茫然地问。

哑巴女孩在打手势，沈利娜不明其意。

"是想向你讨口水喝，她渴了！"女青年立马解释。

"这个……好说！"沈利娜随即递给她一瓶矿泉水。

哑巴女孩又在打手势，女青年告诉沈利娜，这是表达感谢之意。

"站着说话还是不舒服，你能让我们坐下来讲吗？"一个双目失明的男孩也开口了。

"哦！"沈利娜转身去搬椅子，女青年也跟上去帮她。

"现在，既然大家都坐好了，说说看，今天找我什么事？"沈利娜有些急切。

一个双腿残疾、坐在轮椅上的男孩看了看沈利娜，就说："我有点饿了。阿姨家可有糖果？如果没有，饼干，或者水果都行。只要是甜的，我想吃点甜食。"

沈利娜觉得这群残疾儿童还真是……她心里有点烦，但嘴上仍说："好吧！"便又找出一包糖果，递给坐在轮椅上的男孩。这个男孩也连声道谢。

"那么，其他的孩子，你们呢？"沈利娜想尽早打发走他们，然后潜心研读泰戈尔的诗集《吉檀迦利》。她有些憋不住了。

一个双耳失聪的女孩就默不作声，径直走进沈利娜的书房，找出她新出的诗集《我是谁》。

"阿姨，能把这本书送给我吗？如果能，还请你签名题字。我叫许敏。"

沈利娜眉头一皱，心想："这群残疾儿童都把我当什么人啦？在我的家里竟然如此随便！"但她略一思虑，还是点了点头。拿出笔，又在自己书的扉页上写道："冬天短暂，春季很长！"

"好！"女青年向沈利娜竖起大拇指，"很有诗意嘛！"

……

"看来，你们是事先组织好了的，找我究竟有什么事？"沈利娜被这群残疾儿童折腾得有些累，心里也压抑着一股怨气。但还是语气温和。

话已至此，女青年只好捅破那层封窗纸："不瞒你说，想要你请客，给我们做一顿饭，你看……"

"这个……？"沈利娜犹豫了。

"不用担心做得好坏，也不用担心有无准备。菜，我们预先买了。只是，我们不会给你钱的，因为，你还得感谢我们！"女青年话中有话。

"感谢你们？"沈利娜一头雾水，"此话怎讲？"

"我先问问你，曾经有段时间，你工作很不顺心，爱情严重受挫，家里多灾多难，苦恼的事儿扎堆，是不是有过轻生的念头，多次在沅江岸边徘徊，想投江自尽、了断此生？"女青年试探道。

沈利娜心弦一动："是啊！"

"可后来，你不仅没有轻生，反倒顽强而快乐地活下来。曾经觉得自己很不幸的，从有一天开始，竟认为自己很幸福了，对不？"女青年进一步问。

沈利娜感到越来越玄："你怎么知道的？"

"不急，我会慢慢地告诉你。"女青年故意卖了个关子，"你之所以会有180°的大转弯，是因为那天，当你闷闷不乐地在高山街转悠，来到一处报刊亭前，随便要了本《小说选刊》，是2009年第9期吧，又随手翻了翻，这不翻不要紧，一翻竟瞥见了戴希的微小说《每个人都幸福》。因为和戴希太熟，有亲切感，激动之下，你便站在报刊亭前，一口气把这篇微小说看了。不看不要紧，这一看完，你竟忍不住，含着眼泪微笑。你毅然买下了这本杂志，后来还经常翻看。也是这篇微小说，让你明白了：每个人都幸福！从而看到自己的幸福，坚定了活下去的信念。此后你时常想，我怎么说都是个健全的人啊，而小说里那些残疾儿童都能感悟到幸福，顽强且快乐地生活，我既然连死都不怕，为什么还怕活下去，还怕找不到幸福呢？"

越说，沈利娜对女青年越是好奇："你怎么知道这么多？"

"不瞒你，是戴希告诉我的。戴希说有一回在高山街遇到你，只聊了几句，你就激动地告诉他，你特别特别地感谢他，特别特别地感谢他写的微小说《每个人都幸福》。要不，你肯定离开人世了！是这样吗？"女青年娓娓道来。

沈利娜点头称是。接着她问："戴希为什么要告诉你？你又是他的什么人？"

"很巧吧，我正是他的微小说《每个人都幸福》中的女主人公苏浅老师。今天啊，这篇微小说里的其他人物——双目失明的男孩孙方杰，右耳失聪的女孩许敏，双腿残疾、坐在轮椅上的男孩余笑忠，哑巴女孩李南……他们也都来了。"女青年把在场的残疾儿童逐个向沈利娜认真地介绍过之后，又说："你说，你特别特别地感谢戴希，特别特别地感谢他的微小说《每个人都幸福》。难道——你就不该感谢戴希微小说《每个人都幸福》里的主人公我和其他人物？如果没有我们这些角色，戴希能创作出这个微小说名篇？"

沈利娜眼里禁不住泪花闪烁了："也真是，也真是！应该感谢你们，应该感谢你们啊！"她紧紧地握住了女青年的双手。

她们这一握手，让在场的残疾儿童都笑了，是那种含着眼泪的微笑。

"做饭吧？咱们是一家人了！"女青年高兴地说。

"好，做饭！"沈利娜欣喜地回应。

于是，沈利娜掌勺，女青年帮厨，那些残疾儿童也各尽所能，只一会儿工夫，饭菜便做好了。

开饭之初，女青年若有所思，又端坐于餐桌前，把《小说选刊》上戴希的微小说《每个人都幸福》，充满深情地朗诵了一遍。

沈利娜的家里，因此热气腾腾、清香四溢，欢声笑语不断，尽是幸福的模样。

（原载《红豆》2018年第12期）

追逃

就在警方身心疲惫、一筹莫展之际，陈东从天而降，忽然向他们投案自首并对其犯罪事实供认不讳！警方惊讶不已，一时不敢相信这是真的。

据警方介绍，陈东是在一次聚众斗殴中故意杀人后潜逃的犯罪嫌疑人。

陈东潜逃后，警方一直在绞尽脑汁全力寻找他的下落：每年节假日特别是春节，警方都会去陈东家蹲点守候；对陈东的亲属、朋友和其他关系人，警方一直耐心地做工作，经常上门询问相关信息；也四处张贴悬赏通告进行通缉。在警方看来，陈东可能的藏身之处，他们都认真仔细地排查过多次……可挖地三尺，找遍全国，使出浑身解数，也是徒劳无果。一晃十六年过去，这十六年里，母亲去世，陈东没有回家；父亲走了，陈东没有现身；家中大小事情，陈东都不问不顾……俨然在人间蒸发了一般，没有一丁点儿陈东的蛛丝马迹。

而现在，十六年之后，2020年这个春天，陈东竟主动地投案自首了！这么长的时间，他都去了哪儿？

据陈东坦白，杀人脱逃后，他通过改名换姓、漂白身份，浪迹大半个中国。在广东的电子仪器厂、四川的家政服务公司、河南的建筑工地等多处打过工，也在甘肃的穷乡僻壤、新疆的"生命禁区"等人烟稀少的地方藏匿过。

陈东是洞庭湖里的麻雀吓大了胆，不仅不惊慌，还扬扬自得的。

可天有不测风云。陈东怎么也没想到，春节前，新型冠状病毒开始侵害国人，很快武汉封城，接着全国二十四个省、市、自治区启动重大突发公共卫生事件一级响应，涵盖总人口超过十二亿。

也是人算不如天算。警方哪里料到，正当他们忧心如焚之际，就在全国进入"一级响应"后不出一周，犯罪嫌疑人陈东投案自首，对其故意杀人的犯罪事实供认不讳了！

这里一定隐藏着某种玄机，警方更想解开个中谜团。

"说吧，你为什么选择抗疫之战最紧张最紧要之时，直接向我们投案自首？你不是狡兔三窟，隐藏得很深很巧吗？"民警讯问陈东。

陈东狡黠地一笑："这样躲猫猫都十六年了，我早已习惯，可你们一定累坏了，是不？"

"直接回答问题！"民警正色道。

"也行。"陈东很快梳理了一下思路，"很显然，武汉我是不能去了。武汉成了重疫区，病毒感染人数最多，传染速度最快，医院床位最紧。如果感染，身体抗病力又差，容易死人的。新冠肺炎不好惹呀，武汉太凶险！湖北也不安全。"

"有头脑，接着说。"警方盯着陈东，点头。

"那么逃到其他地方比如湖南、广西、山东等省藏匿吧，我试过，压根儿不行！这些地方都在挨家挨户、昼夜不息、逐人登记比对，小区物管一走，社区干部又来；社区干部刚转身，街道督查又到；街道督查离开了，公安民警又上门……一批一批，接踵而至，不断地询问，连续地清点，哪家还敢违法藏匿我这个陌生人？哪家又有招儿藏得住？"陈东叹气。

民警面露不易觉察的欣喜："原来如此！继续说。"

陈东扫视一眼民警，又道："我也试图以打工为掩护，同时挣点儿钱糊口。可大街小巷冷冷清清，四面八方关门闭户，没有一家企业开工，没有一个店铺营业，我无处可投，又身无分文，总不能眼睁睁地饿死吧？"

"还是保命要紧，"民警瞟一眼陈东，"好死不如赖活着。往下说。"

"躲到荒郊野岭去吧，"陈东几乎哭丧着脸，"南方阴风怒号，北方天寒地冻，不死也得脱层皮！再者，万一染病特别是被蝙蝠等野生动物叮咬，传染了新冠肺炎，前不着村后不贴店的，不能及时得到医治，咋办？"

"怕死吧？"

"当然！我现在投案自首了，还能争取宽大处理，或许小命能保。就是坐牢吧，也能混口饭吃。"

"逃亡至今，你总算想清楚了。还有吗？"警方提示陈东。

陈东摇摇头，接着若有所思地说道："我都投案自首了，你们就给我好好检查一下吧，看我是否传染了新冠肺炎？"

民警笑道："不是给你量过体温吗？"

"可我听说，有些人在潜伏期体温也不升高。"陈东辩解道，"之前一直逃亡天涯，东躲西藏，天知道我接触过武汉人或者湖北人没？"

民警们笑了，是那种尘埃落定之后的舒坦。

陈东也跟着笑了，是那种获得解脱之后的安然。

（原载《小说月刊》2020年第4期《头题》专栏，转载于《小说选刊》2020年第5期、《微型小说选刊》2020年第6期）

命运

　　西琴是一条青春、亮丽的鲫鱼。本来，西琴在一个很圆很大的池塘里，生存得优雅自在。要不是那天天气晴好它很惬意，要不是那天它瞥见了一条肥美的蚯蚓在水中晃动，要不是那天它游过去张口就咬那条蚯蚓……

　　可是晚了，悲剧立马发生了。它的樱桃小嘴被一个凶残的鱼钩钩住，在一阵锥心的疼痛之后，鲜血汩汩流出。它想挣脱，可鱼钩有倒挂齿，无济于事，而且越挣扎越疼。没法，它只好认命。眼睁睁地让鞭子一样的钓竿把自己拖出水面。到了岸上，它被垂钓者信手扔进深深的鱼篓里……

　　人为刀俎，我为鱼肉。西琴终于感受到了步步紧逼的危险，它惶恐极了、伤心极了、沮丧极了。逃脱已无可能，生死有命，准备死吧。它想。

在一家蔬菜批发大市场，有位老太太花钱买下了它。左看右看，老太太流露出满意之色。

"放了我吧，老人家，我有父母和兄弟姐妹，我爱它们，它们也爱我。我舍不得它们，向往水中自由自在的光阴；它们和我一刻也不能分离，没有了我，它们都活不下去的。发发善心啊。"西琴在菜篮子里哀求。可老太太听而不闻。也不怪她，她不懂鱼类的话。死里求生是不可能了。西琴索性闭上眼睛，任人宰割。油煎也好，炖汤也罢，怎么死都是死，早死早托生，托生后或许会变成人！

没想老太太会急匆匆地来到池塘边，正是西琴的生存之地。老太太一边弓着身子，阿弥陀佛阿弥陀佛地祈祷，一边小心而迅速地把西琴放入水中。

死而复生，西琴的运气真好！它一个猛子扎进水中，很快又腾空一跃跳出水面。浮在水上，西琴向老太太，向它的救命恩人深深地鞠了一躬。游走后又回头，发现老太太还在水边祈祷。老太太慈眉善目的模样永远定格在西琴心灵的深处。

西琴绝处逢生，回到家里，一家子喜极而泣。问过它死里逃生的经历，所有鱼的额头都沁出豆大的汗珠，既庆幸不已，又心有余悸。

"教训深刻、教训深刻啊！"西琴的父亲长叹。

"对，可不能好了伤疤忘了疼。"它的母亲沉思道，"一定要火速提醒六亲四朋，觅食时务必小心谨慎，认真分辨食物与诱饵，高度警惕那不易觉察的细牢的丝线和丝线下隐藏的残忍的鱼钩。千万千万要力戒贪心，千万千万要爱惜身家性命！"

就这样，张三告诉李四，李四告诉王五，王五告诉陈六……西琴的切身经历和深刻教训一传十、十传百，很快，整个池塘里的鱼类都长了见识，个个变得精明如猴。

从此，诱饵再鲜再香，再美轮美奂，池塘里的鱼儿都只是驻足远观，看看表演，绝不咬钩了。充其量，轻轻地触碰一下诱饵立即潜水，以此调戏盯着浮标的垂钓者。

高兴而来，空手而返。垂钓者不爽，池塘里的鱼类却很得意。

料不到鱼类也有思想和智慧吧！一些鱼儿甚至在挑衅。它们觉得，和人类玩玩这种有惊无险的游戏也是一大快事。

殊不知，垂钓者是为了享受等待、斗智和收获的乐趣而来，钓鱼的多少倒在其次的。现在屡试不爽，他们就没有耐心，更没面子了。他们恼怒。

依然天气晴好，依然风平浪静。可这天，水面上张口了一张又一张的渔网，渔网拖过，被网住的鱼更是在劫难逃。池塘里的鱼看到被网住的鱼比被垂钓的鱼不知要多出多少倍，心中就生出空前的惶恐。

这种绞杀几乎天天发生，危险无时无处不在，怎么办？

（一）

它们密谋，它们开会，绞尽脑汁，就是想不出对付网捕的锦囊妙计，而且对付网捕的办法还没有，那些可恨的坏人又在用电打鱼了，这是要让鱼类断子绝孙啊！

人为刀俎，我为鱼肉。弱肉强食。这种局面没法改变，也永远改变不了。

西琴后悔自己侥幸逃脱，后悔自己死而复生，后悔自己教育同类。看来，一切都是命中注定，一切都没有任何意义。悲观绝望之下，它选择了自杀。

随后，它的父母、兄弟姐妹一个个自杀。

池塘里的鱼类也都无可奈何地纷纷自杀。

水面上到处漂浮着鱼的尸体，散发出刺鼻的腥臭味。

这下，岸边的捕捞者们愣住了，他们人人目瞪口呆……

（二）

"也许，垂钓者是在警示我们：如果垂钓不能如愿以偿，他们就改用网捕来击杀我们！"会上，有中年鲫鱼提醒鱼类。

"所以，只要他们再来垂钓，我们还得上钩。"有老鲫鱼当即建议。

"可上钩就等于送死！"有年轻鲫鱼哀叹。

"也不一定！万一遇上行善者放生呢？西琴不是回来了吗？"

"西琴那是运气好。不是每条鱼都走运的。"

"即便如此，这样也可让他们不再撒网或用电打我们，减少死亡。"

"道理是这样。可第一，让谁上钩自愿献身？第二，能否尽快找到绝对安全的好办法？"池塘里官儿最大的鱼皱眉。

"鱼总有一死，或重于泰山，或轻于鸿毛。不如，让老鲫鱼上钩吧，越老的鲫鱼越先上。因为老鲫鱼离坟墓更近。"一条老鲫鱼大义凛然。

"这，这，这……"鱼首长面露难色。

"只能这样，为了整个鱼类的繁衍生息。"老鲫鱼坚持己见。

"好吧！"沉默良久，鱼首长无奈地说，"但这终归不是确保我们鱼类安全的一劳永逸的办法。大家再好好想想，能否找到让我们不受坏人侵害的锦囊妙计？"

它们绞尽脑汁，群策群力，办法终于有了。

果不其然，网捕几天之后，垂钓者又开始尝试垂钓。

再有垂钓者，鱼类又开始咬钩。鱼一上钩，垂钓者又不撒网和用电打鱼了。

这样持续了很久，终有一日，无论网捕还是电打，岸上的垂钓者再也见不到鱼类的踪影。它们去了哪儿？

1

一些鱼类昼夜不息，三叩九拜，它们的虔诚感天动地。在神灵的点化与帮助之下，它们终于长出翅膀，像雄鹰一样翱翔天空了。即使没有长出翅膀的鱼类，也通过苦练加巧练，练出一身轻功，跳出池塘，飞檐走壁，远走高飞。

当然啦，为了这一天，它们牺牲了整整一代老鱼！

2

它们万众一心，众志成城，筚路蓝缕，前赴后继，硬是在水底开凿狠挖，于池塘地下深处建起新的家园。

它们组建了侦察兵，昼夜侦察不敢大意。一有危险立即报警，一有警报立马潜入地下城池。待警报解除又回归池塘。

为了这一天，它们也牺牲了整整一代老鱼。

天有不测风云！它们万万没有料到，太平的日子没过多久，池塘里的水就被人用机器抽干，池塘就被人用泥土填平，池塘上面很快就建起林立的高楼大厦。

因为是块好地皮，因为升值空间太大，因为有暴利可图，一个实力很强的房产开发商在层层打通关节，廉价买下这个池塘后，立即在这儿风风火火地做起房地产开发的大文章。

而池塘里鱼类的命运，自然又凄凄惨惨戚戚了。

（原载《红豆》2020年第4期，转载于《小小说选刊》2020年第11期，选入《中国当代文学选本》第2辑）

柳暗花明

湖北新冠肺炎疫情严峻，铁柔也加入驰援武汉医疗队了。

医疗队出征时，铁柔的老父亲铁谷黄还神志不清，正在她所在医院的神经内科二病区住院治疗。

铁谷黄年近古稀，是患脑梗第二次住院，因病情严重，又要做介入手术。

没人会想到从大年初一开始，铁柔就三番五次向院党委递交请战书，主动要求驰援湖北，抗击新冠肺炎疫情。

院党委并不知晓铁柔的父亲已病重住院，又架不住铁柔一而再再而三的请战，才同意铁柔加入驰援医疗队出征。

可没有不透风的墙。铁柔出征的故事很快在她所在的医院传开。被铁柔的英雄事迹深深感动，从院领导到医护人员都纷纷主动加入义务照料铁柔父亲的行列。

　　呼吸内科一病区护士唐小曼更是把铁谷黄视为自己的亲生父亲,一有空就直奔病房,给老人喂食、端茶递水,帮老人翻身、擦身换被,为老人洗衣、倒屎倒尿……不仅自己悉心照料,还动员老公黄灿灿也挤时间为铁谷黄服务。夫妻俩满腔热情、尽心竭力,把老人关照得妥妥帖帖、无微不至。很快,唐小曼又请示院党委、说服同事们,小两口全盘接过照料铁谷黄的义务。

　　当老人清醒之时,问起女儿铁柔怎么不在他身边侍候,为了不让他担心女儿,唐小曼就告诉他,说铁柔已临时受命,去外地进修深造。唐小曼还事先与老公和医护人员约定,众口一词,让老人安心治疗、尽快康复。

　　春来春去,转眼就是夏天,火热的盛夏。出色完成战疫任务的驰援医疗队终于凯旋,铁柔也满脸喜悦、平安归来。

　　看到父亲已康复出院,得知住院期间,是唐小曼和黄灿灿夫妇始终忙里偷闲,精心守护父亲,和父亲相处得亲如一家,铁柔先是蒙了,继而感动得落泪。

　　父亲有难,任何人出手相助都能理解。可唐小曼之举却像自己此次出征,绝对是逆行啊!说白了,铁柔不敢相信眼前的事实。

　　想当初,铁柔和唐小曼同在胸外科二病区当护士,那时俩人互帮互助、无话不谈,还真像一对亲姐妹。

　　可后来,铁柔和黄灿灿相恋,没过多久,黄灿灿就与铁柔分手,投入到唐小曼的怀抱。唐小曼和黄灿灿如胶似漆,转眼就走进婚姻的殿堂,成了情深意笃的夫妻。

　　铁柔总是想,她和唐小曼关系这么好,唐小曼真不该勾引她的男朋友,真不该夺她所爱。

　　而唐小曼却认为,强扭的瓜不甜,捆绑不成夫妻。黄灿灿既然不爱铁柔了,铁柔单相思还有什么意义?

当然，唐小曼也恨铁柔。胸外科二病区护士长空缺之后，唐小曼是护士长的极佳人选，二病区医护人员呼声高，自己向院党委汇报争取过，也把想法如实地告诉了铁柔。哪料铁柔表面上鱼不动水不跳的，最后还是她坐上了护士长的宝座。铁柔未使暗劲与自己争夺才怪？

铁柔则觉得，护士长由谁担任，一要看二病区医护人员真心向谁，二要看院党委更器重谁。她这个护士长又不是自己要来的！

俩人的心里一有隔阂，关系就渐行渐远。之后，唐小曼向院里申请调到呼吸内科一病区工作，她们从此井水不犯河水，即使偶尔相遇，也形同陌路。

而现在，"人往低处走，水往高处流了"，这是怎么回事？铁柔太想解开个中之谜，于是主动约请唐小曼，傍晚结伴去柳叶湖边散心。

"非常感谢你不计前嫌，我爸病重住院期间，你关照他比亲生父亲还好！"两人并肩漫步于金柳拂岸的柳叶湖边，铁柔十分感激地说，"可是小曼，我真没想到你会出手相助。能告诉我，为什么会这样吗？"

唐小曼微微一笑："老实说，有段时间，我误以为你是个自私自利之人。就说这护士长一职吧，我一直认定是你在院领导那儿使了我的绊子，从我手里抢过去的。没想这次湖北特别武汉的疫情如此严峻，驰援武汉那么苦那么累那么危险，你都义无反顾、多次请战，我感觉你是心中有善、胸怀大爱之人，对你的敬意立马油然而生。受此启发，我又悄悄去了解情况，院领导告诉我，你根本就没争护士长一职，不仅没争，还以适当的方式直接力荐过我。所以……"

"原来是这样，"铁柔也浅浅一笑，"我曾以为，是你在黄灿灿面前说过我的坏话，戳过我的脊梁骨，使过下三滥的主意，硬把黄灿灿从我手中抢走的。后来多方探听到的情况，是黄灿灿真的爱上你了，才不顾一切地追求你。爱是双方的情愿，你又何错之有？正想找个机会和你沟通沟通，可新冠肺炎的疫情忽然爆发了……"

"柳暗花明，现在好了！"唐小曼感叹。

这时她们几乎同时转身，相互对视，俩人的眼里都柔情似水，一如清澈的柳叶湖，湖光耀金，湖面上漾起粼粼的潋滟。

（原载《啄木鸟》2020 年第 5 期）

后记

戴希微小说集《儿女》评述

// 余莉

　　戴希是武陵微小说的代表作家，多年来从事微小说创作，发表了一批优秀的作品。他的新小说集《儿女》，描绘社会生活非常广泛，涉及养老问题、婚姻问题、教育问题、反腐问题、扶贫问题等，既大力传播社会正能量，也敢于揭露社会阴暗面，尤其该书中处处充满人性关怀，体现了一个成熟作家对社会诸多现状的深度思考。笔者试着从以下三个方面略作评述。

一、新知与旧念：戴希微小说的现实观照

　　戴希微小说集《儿女》在内容上的一大特点是关注新科技、新观念，在新旧观念的交会中把握时代脉搏。微小说作为新时代的

快讯，最善于抓住时代发展的脉搏，它们在新科技、新观念的传播方面，比传统小说更具优势。比如在养老问题上，戴希这本微小说集就聚焦了科技前沿成果和新的养老观念。

他的微小说《儿女》写一位孀居的老太太与机器人小儿子的故事。老太太的大儿子在美国，女儿在北京，工作繁忙，均无暇照顾老母亲，于是女儿购买了一个机器人来照顾老母亲的日常生活。机器人成了老母亲的小儿子，无论老母亲情绪好坏，小儿子都任劳任怨地照顾她的一切，甚至陪她听音乐、看电视，带她下楼溜达。十年后，老母亲去世，大儿子因老婆生孩子未能回来，小儿子却因过于悲伤而自毁程序自杀。这篇微小说聚焦了目前非常前沿的养老机器人话题。中国的养老传统是养儿防老，但三十多年的计划生育造成了老少比例失衡，目前中国正处于人口老龄化的快速发展阶段，六十岁以上的人口已经超过两亿五千万，一对年轻夫妇要照顾四个老人成为常态。在工作、小孩的挤压下，传统观念中的养儿防老实施起来难度很大，机器人养老或将成为一种趋势。2017年，工业和信息化部、民政部、国家卫生计生委三部门印发了《智慧健康养老产业发展行动计划（2017—2020年）》（工信部联电子〔2017〕25号），其中特别提到加强"家庭服务机器人"的技术攻关。2018年，在北京举行的世界机器人大会上，养老机器人一出现就吸引了相当多人的眼球。戴希通过微小说《儿女》向大众宣传这一新科技动态、新养老观念，体现了一个优秀作家对社会发展趋势的敏锐观察力，同时对这种养老方式触及的人伦问题，也通过作品提出了反思与质疑。

《新孝顺时代》写新一代年轻人的新赡养观。一对小夫妻突然辞退保姆，请孀居的婆婆来承担家务琐事。劳累母亲，看起来似乎是不够孝顺，直到有一天，爱摄影的儿子给母亲拍了一张美美的照片，谜团才真正解开。原来儿子发现一向爱美的母亲胖了，为了帮助爱美的母亲减肥而出此下策，减肥成功后，儿子和媳妇说出原委，母亲非常感动，一家人和睦幸福。传统的孝道一般只关注老人的生存层面，即衣食住行，新一代的年轻人思想前卫，觉得母亲虽然老了，依然有爱美的权利。小说中的儿子能关注到母亲的身形之美，一方面固然是因爱好摄影、审美触觉高出一般人，另一方面则在于他真的非常孝顺。社会上绝大多数的人，有兴趣仔细欣赏恋人、孩子的容颜，却不曾认真地看过父母的容颜、父母的身材美不美，这完全不在他们关注的范围里。小说中儿子关注母亲的身材，从某种程度来讲，是想带着母亲一起成长，一起跟上这个时代，而不是孤独地老去。

《新孝顺时代》和《儿女》，分别描绘了目前社会两种不同方式的养老，有弘扬，也有反思，但都超越了传统的养老观念，在新知与旧念的螺旋交会中，呈现出新时代特色。

二、引领与救赎：戴希微小说的人性关怀

教育问题一直是社会各方面重点关注的对象之一。学校教育自从教育产业化以来，传统的"传道、授业、解惑"观就逐渐被各种西方教育观取代，教育追求升学率、就业率、创业率等，各种可以量化的东西成了学校和教师工作的重点。然而，当教育被分割成很多零散的东西后，素质教育并没有真正到来，孩子们比从前更累、更孤独、更多心理问题，这已经引起社会各方面的反思。学校教育的变化，直接冲击社会教育，同时随着法治建设的日益完善、法治意识的逐渐提高，老百姓的日常素质越来越高，但彼此之间的爱护与关怀，却变得越来越难得。戴希这本小说集涉及教育的篇章非常多，有《每个人都幸福》《胯下之辱》《啊，太阳》《里程碑》《童心》等，均体现了对当代教育各方面的深刻反思。

　　首先，学校教育方面，注重引领。《每个人都幸福》写残疾人教育，一群身体有缺陷的孩子，为自身的缺陷所束缚，生活缺乏幸福感。苏浅老师对此感到十分担忧，经过多日思索，终于想到帮助孩子们找到幸福的方式，让孩子们意识到自己原来拥有别人梦寐以求的东西。《胯下之辱》写一个重点大学的权威教授，看到学生在学习过程中只专注于抄笔记，缺乏创新和探索精神，非常痛心。为了鼓励学生勇于创新，坚持真理，要求学生从自己身上跨过去，以此方式来开悟学生，要敢于超越老师。两篇小说都选取一个教学侧影，思考目前教育中的突出问题，即在信息化时代，教育的本质和意义何在？仅仅是帮助孩子们学点通过网络搜索也可以获得的基础知识吗？不，这远远不够，我们应该关注人性，引导孩子们建立健全的人格，有智商、有情商、有幸福感。对于大学教育而言，要继承老一辈学者的"独立之精神，自由之思想"，特别注重学生学术精神的培养，使之成为真正的人才，而不是唯唯诺诺的庸才。

　　其次，社会教育方面，注重救赎。《童心》写一个小女孩对假"乞丐"的关爱。父女散步遇到一个职业乞丐，女儿怜悯乞丐，父亲用常识判断，告诉女儿这是假装的乞丐，如果给钱会助长他好逸恶劳的恶习。女儿却说大人"总是喜欢把人往坏的方面想"。在女儿的坚持下，父女最终决定给乞丐钱。然而出乎意料的是，一直听父女说话的乞丐突然爬起来，落荒而逃。他羞愧了。这个故事也许并不具有代表性，但是它告诉我们，唯有爱可以医治世间所有的丑恶。《善心》写我的太爷爷每到春荒时节，便以三斤大米的日薪聘请贫民清扫一间私塾，其本意并不在打扫，而在救济贫民，还告诫爷爷，"生逢乱世，家道富裕，那是上天的恩赐"，不要再求贫民的回报。救济他人不求回报，还注意照顾其自尊心，这是中国传统学术的智慧，也是值得我们今天继续传承的文化。《这个故事我不写不快》写母女在为父亲生病筹款的夜晚，遭遇穷途末路的抢劫犯，尽管自身无比艰难，母亲在了解了歹徒的情况后，仍然很慈悲地分给歹徒七百元，但她有一个条件是要歹徒写张借条。母亲并没有想过要歹徒还钱，她只是觉得一个困境中犯罪的人需要的不仅是钱，还有灵魂救赎。半年后，她收到一千三百元的汇款，是那个抢劫者寄来的。她真的救赎了他的灵魂。

教育从来不是高高在上的，不是站在某个高度灌输、管教，也不是道德绑架，或者高贵地施舍，教育最重要的是人性关怀。《易经·系辞上》云："一阴一阳之谓道，继之者善也，成之者性也。"社会是多层面的，它有正能量的，也就会有负能量的，有阳光的，也就有黑暗的，教育就是从人性的角度去调和。戴希的教育系列微小说，重视人性关怀，通过不同的故事，呼吁重视心灵的关爱。除了上述篇章之外，还有《啊，太阳》写了某高三班级为了帮助患病的同学树立信心，全班同学陪她一起剃光头。《里程碑》写了一位睿智的班主任老师鲁藜巧用里程碑实例，帮助孩子们树立正确的学习心态，让高中三年的学习变得轻松，等等。戴希对教育的关注和思考是深刻的、有温度的。

三、风趣与幽默：戴希微小说的创作风格

文笔风趣、幽默是戴希微小说创作上的最大特点。这个微时代，人们快速地在手机上浏览各种信息，习惯寻找轻松愉快的话题。为了吸引读者，微小说一般都具有一定的娱乐精神。戴希的微小说也不例外。在他的微小说中，无论社会性话题还是日常生活话题，普遍藏着一种别致的风趣和幽默。

这种风趣与幽默首先体现在他对微小说写法的探索上。比如写开放式结局。开放式结局，意味着一个事件没有真正结尾，这种手法一般多在影

视上使用，给观众无限遐想的空间，或者制作者还有拍续集的打算。微小说本身篇幅短小，讲述一个事件还要精心剪裁，如果结尾还是开放式的话，是有点风险的。戴希的开放式结局运用呈现出某种风趣和幽默，能吸引读者的注意力和好奇心，同时也体现了他对事件的深度思考，尽管这种思考仍是隐秘的，甚至是矛盾的。比如《祝你生日快乐》写男主人公江非和网友林馥娜网恋，林建议他给老婆暗送一枝生日玫瑰，小说就此写了三种结局：老婆隐瞒、女网友暗爽；老婆识破、女网友退出；老婆即女网友，婚姻破裂。三种结局均具有合理性，由读者自己选择。那么，这个没有结尾的故事讲述的意义在哪里呢？其实是让人思考婚姻。爱情婚姻是小说永恒的主题，每一对夫妇都有自己的相处模式，无论是冷是热、是爱是恨，婚姻都经不起折腾，太明白的婚姻多是悲剧。小说并没有很明确的结局，但是它引发人的思考。《抢劫》的结尾也采用了开放式结局，抢劫商店之后，抢劫犯并不离开，反而让店老板报警，等警察来抓。这不符合常理！小说提供了两个说法：一是想不劳而获，终生吃牢饭，结果警察不许；二是失业失婚，自编自演，结果真成罪犯。小说读起来好笑，又渗出来一种底层人物的无知与辛酸。开放式结局是一种未完成的思考，由读者自己去领会。除开放式结局外，这本小说集还使用了连环戏。两篇《每个人都幸福》虚实结合，取得了较好的阅读效果。这种写法风趣、幽默，体现了小说家对微小说创作手法的大胆创新与积极探索，同时也隐藏着一个成熟作家对现实生活的深刻认知。

　　其次，戴希擅长运用一种风趣与幽默的笔触来揭露社会问题，在笑声中启人思考。比如揭露腐败问题的《红色收藏》，"我"去白老太太家购买一个红色藏品碗，随口问了一句其儿子的情况，当晚其当水利局局长的儿子就让秘书送来了高档烟酒——对方害怕"我"是暗访的纪检内线。这个故事虽在逻辑上略显不足，但讲得风趣幽默。就在这种风趣幽默的讲述中，将过去的吏治腐败刻画得入木三分。又如《扶贫问题》描写扶贫题材，其中扶贫工作者与扶贫对象的对话，如演小品、相声，让人忍俊不禁。但笑过之后，会带给读者一种深思：贫困户真正贫困在哪里？扶贫还需要在哪些方面努力？此外还有培训问题。目前社会上各种各样的培训泛滥，其实不过是劳民伤财，不仅效果寥寥，甚至弄虚作假。《培训班》就通过一个退休党员培训班的事例，揭露了这一社会现象。这几篇微小说，讲述的都是严肃的社会问题，但是读起来却富有喜剧色彩。

优秀的文学作品总是以描摹社会为主要内容，以人性关怀为终极目标，并落实在某种创作风格上。所以，以上粗略分类的三个方面，并不是严格独立的，而是紧密联系、浑然一体。从二十世纪七八十年代至今，微小说已经过三十多年的发展，逐渐成为一种独立时尚的新文体。期待戴希创作出更多优秀的微小说作品。

（原载《小说月刊》2020年1月下半月刊）

作者简介：余莉，湖南文理学院教师，南开大学中国文学思想史博士。